Jean-Noël Orengo

DER ARCHITEKT UND SEIN FÜHRER

Roman

Aus dem Französischen
von Nicola Denis

Mit einem Nachwort des Autors
zur deutschen Ausgabe

Rowohlt

Die Originalausgabe erschien 2024 unter dem Titel
«Vous êtes l'amour malheureux du Führer»
bei Éditions Grasset & Fasquelle, Paris.

1. Auflage

Deutsche Erstausgabe
Veröffentlicht im Rowohlt Verlag,
Kirchenallee 19, 20099 Hamburg, September 2025

Satz aus der Aldus Nova
bei Pinkuin Satz und Datentechnik, Berlin
Druck und Bindung GGP Media GmbH, Pößneck
ISBN 978-3-498-00766-9

Kontaktadresse nach EU-Produktsicherheitsverordnung:
produktsicherheit@rowohlt.de

MIX
Papier | Fördert gute Waldnutzung
FSC® C014496

Der Architekt und
sein Führer

Liebe auf den ersten Blick

(1930–1933)

1.

München, Juli 1933

Als der Architekt den Führer zum ersten Mal sieht, ist dieser gerade dabei, an seinem Tisch eine Pistole zu reinigen. Adolf Hitler – der Führer, der Machthaber – schiebt die einzelnen Waffenteile zur Seite und bedeutet Albert Speer – dem Architekten, dem Künstler –, die Skizzen auf die freie Fläche zu legen. Es geht um den ersten Reichsparteitag der NSDAP seit seiner Machtergreifung, der im darauffolgenden August in Nürnberg stattfinden soll. Eine Inszenierung mit Podium, Lichtern, Zuschauerrängen. Für den Architekten der erste Großauftrag. Bisher hat er mehrere Gebäude der Partei umgestaltet und die Wohnung des Ministers für Volksaufklärung und Propaganda eingerichtet. Ein Achtungserfolg, der ihm nun erlaubt, dieses ambitionierte Projekt zu leiten. Doch niemand wagt, ihm die Zustimmung zu erteilen. Man reagiert ausweichend, schickt ihn schließlich nach München, wo der Führer den Sommer verbringt. Nur er kann über das Schicksal seiner Arbeit bestimmen.

Zu keinem Zeitpunkt schaut der Führer sein Gegenüber an. Dafür betrachtet er eingehend die Zeichnungen. Ohne den Blick zu heben, erklärt er schließlich mit unbeteiligter Stimme und in einem schwer zu deutenden Tonfall: «Einverstanden.»

Die Unterredung ist beendet, der Architekt wird ohne ein Wort hinausgebeten. Der Führer widmet sich erneut dem Schrubben, Reinigen, Fetten von Lauf, Abzug, Schlaghebel und Kolben der Pistole, dessen Hersteller wir nicht kennen.

2.

Diese Eröffnungsszene ist Speers Biografen entlehnt, die sie wiederum dem Betroffenen entlehnt haben.

Manche Romane spielen mit der Zeit, zu ihrem Werkzeugkasten zählen Rückblende und Vorausschau; ab sofort gilt es, einen ähnlichen Frevel zu wagen und mit dem linearen Komfort der Erzählung zu brechen.

Albert Speer hat den Krieg überlebt, und in gewisser Weise lässt sich behaupten, dass er auch seine eigene Geschichte überlebt hat, aus der er im Grunde mehrmals hätte verschwinden müssen. Das thematisierte er in seinen 1969 veröffentlichten *Erinnerungen*, die zum Bestseller wurden. Mit ihrer Hilfe sicherte er sich ein gewisses Ansehen, einen verhältnismäßigen finanziellen Wohlstand und ein ebenso einmaliges wie verstörendes öffentliches Image, zu dem es keine andere frühere Nazigröße je brachte. Schon bei ihrem Erscheinen im Buchhandel sprengten seine Memoiren den Rahmen der Gattung, sie wurden zu etwas anderem. Auch diverse SS-Untergebene, militärische und politische Führungskräfte verfassten ihre Erinnerungen, doch verglichen mit Speer blieb ihr Erfolg unbedeutend, und die Spezialisten hatten keine Mühe, das Bild, das sie selbst von sich zeichneten, von ihrer tatsächlichen Persönlichkeit zu trennen.

Bei Albert Speer ist das anders. Trotz der abweichenden Versionen von Historikern und Forschern hat sich seine Version durchgesetzt, sodass Biografien über ihn oft nur widersprüchliche Anverwandlungen seiner eigenen Erinnerungen sind. Es sind keine Plagiate. Doch Speers Prosa wird zu einer undurchdringlichen Front: Gegen den Quelltext kämpfen die Historiker mit Dokumenten, die voller Lügen und Auslassungen sind, die Wahrheit erweist sich als unzureichend, und letzten Endes bleibt Speer der Sieger.

Er scheint einen noch nicht da gewesenen Krieg der Narrative eröffnet zu haben, den nur er überzeugend zu führen vermochte: aufgrund seines Ausnahmeverhältnisses zu Hitler und seiner Expertise in Fragen der Kunst und der Militärproduktion, zwei Bereiche, in denen nur selten ein einziger Mann mit Begabung glänzt. Als Meister des Dekors und der Rüstung inszenierte er sich als Kronzeuge, gleichzeitig Schauspieler und Zuschauer, Hitler und sein Gefolge im Vordergrund. Im Hintergrund – denn es handelt sich bei ihm tatsächlich um einen Hintergrund mit grauenerregenden Effekten – arbeitete er an der Vernichtung der europäischen Juden, so wie wir heute von ihr wissen, so wie er, während sie sich ereignete, nichts von ihr gewusst, sie angeblich erst 1945 entdeckt haben wollte; damit erzeugte er eine ebenso unleugbare wie unheilvolle dramatische Spannung.

Die Ende der 1960er-Jahre niedergeschriebene Szene ihres Kennenlernens, die 1933 stattgefunden hat, beruht auf einer einfachen, wirkungsvollen Grundlage mit wenigen entscheidenden Details nach Art eines Schachzugs.

Zwei Männer, die sich allein in einem Raum befinden; eine Pistole; ein Entwurf.

Auf der einen Seite die Macht, auf der anderen die Kunst.

Auf der einen Seite, vor sich die Waffe, der Machtmensch, auf der anderen, seine Skizzen unter dem Arm, der Kunstmensch. Ein typisches Paar der europäischen Kultur. Es könnte sich um Julius II. und Michelangelo handeln. Es geht um Adolf Hitler und Albert Speer.

Zwischen beiden eine Beziehung, die mit einem Kräftemessen beginnt.

3.

Von diesem ersten beruflichen Treffen, das immerhin den Hauptparteitag des neuen Regimes zum Gegenstand hat, geht etwas komplett Unwahrscheinliches aus. Eine überzeichnete Vision, ganz der Nachkriegszeit verhaftet, die brillant einen bereits mitten in der *Wiederaufrüstung* stehenden Führer darstellt.

Dabei maß Adolf Hitler den optischen und akustischen Äußerungsformen der nationalsozialistischen Ideologie größte Bedeutung bei. Er war es, der das Hakenkreuz zum Emblem seiner Bewegung erkoren hatte, eine kriminelle Umwidmung, die noch immer anhält; die Zweckentfremdung eines universellen, wohlmeinenden Symbols, das überall, vor allem in Indien und Südostasien, bekannt ist und zu einem Synonym für Mord und Rassenhass geworden ist.

1933 hat die Inszenierung der Zeichen und Äußerungen des neuen Regimes in den Augen des Führers noch keine zufriedenstellenden Formen gefunden. Er sucht jemanden. Und er ist nicht nur Staatschef.

Welche Anziehungskraft Adolf Hitler in den 1920er- und 1930er-Jahren auf die deutschen und selbst ausländische Massen auszuüben vermochte, ist heute nicht mehr nachzuvollziehen. Alle seine Biografen ringen damit. Durch das Ausmaß der begangenen Verbrechen lässt sich seine Anziehungskraft nicht allein auf gesellschaftliche Alibis wie die Wirtschaftskrise oder das antisemitische Klima der damaligen Zeit zurückführen. Aus existenzieller Sicht scheint die Figur unerklärlich. Er hatte weder einen gewalttätigen Vater noch eine entbehrungsreiche Jugend, geschweige denn, dass vermeintliche Offenbarungen über seine Sexualität oder seine Anatomie einen Bezug zu den Gaskammern herstellen könnten. Die Vernichtung der europäischen Juden hat die Geschichte zweigeteilt. Die Verbindung zwischen vor- und nachher ist gekappt.

Offenbar hat Albert Speer das schneller begriffen als die anderen, oder doch zumindest besser als sonst jemand diese Trennung auszusprechen und zu nutzen gewusst. Als seine Tochter ihm eines Tages schreibt und Rechenschaft verlangt wie Millionen deutscher Kinder, die von ihren Eltern wissen wollen, warum sie Hitler zugejubelt haben, gibt er ihr folgende Antwort: «Es gibt Dinge, an denen man schuld ist, auch wenn man sie entschuldigen könnte, einfach weil das Ausmaß so übergroß ist, dass davor jede menschliche Entschuldigung zu nichts verblasst.»

Weder Speers persönlicher Ehrgeiz noch fehlende väterliche Anerkennung oder sonst etwas vermag das Verhältnis, das sich zwischen ihm und seinem Führer entwickelt, genau zu definieren.

Sicher ist, dass er soeben dem meistfotografierten Mann Deutschlands und einem der weltweit meistfotografierten Menschen begegnet ist. Berühmtheit ist nach 1918 zu einem gesellschaftlichen Grundwert geworden. 1933 ist der Führer – neben Gandhi – das politische Wesen mit dem höchsten Bekanntheitsgrad der Welt. Abgesehen von einigen wenig beachteten Schriftstellern und Cineasten im Exil war Winston Churchill wohl der Einzige, der in einem Artikel aus dem Jahr 1934 die Folgen von Hitlers rassischer Obsession für die Gesetzgebung und Politik eines so fortschrittlichen Landes wie Deutschland erkannte. Für viele unterschied sich sein Antisemitismus kaum von ihrem eigenen oder galt als unglückliche Marotte eines Mannes, der vor allem sein Land wieder aufrichten wollte. Die Kommunisten unterschätzten ihn und beachteten ihn nicht weiter; Gertrude Stein, die jüdische, homosexuelle amerikanische Schriftstellerin, wollte ihm den Friedensnobelpreis verleihen, und Charlie Chaplin bescheinigte ihm ein unleugbares schauspielerisches Talent. Ein Star.

Als Begrüßungsgeschenk hat dieser Führer dem jungen Architekten eine Reihe widersprüchlicher Gefühle mit auf den Weg gegeben.

Er verlässt sein Büro glücklich und fassungslos, von der Gleichgültigkeit des anderen frustriert, ratlos, stolz auf die Billigung seiner Entwürfe, enttäuscht, keinen persönlichen Kontakt geknüpft zu haben. Er ist außerstande, seine Emotionen zu ordnen, das ist ihm noch nie passiert. Ob angenehm oder unangenehm, sie sind durchweg heftig und ungewohnt. Die Musik seiner Zeit erprobt die *Atonalität*, ein Klang ohne tonales Zentrum, ohne gesicherte Tonfolge, was bei den mit Jahrhunderten der Harmonik vertrauten Hörern ein Gefühl des Unbehagens und Missklangs, eine Verunsicherung der Hörgewohnheiten hervorruft, aber auch Faszination und klanglichen Rausch. Im Angesicht des Führers ereignet sich etwas Ähnliches. Eine amoralische und *asentimentale* Erfahrung, bei der es einem nicht mehr gelingt, seine Gedanken zu ordnen. Zorn, Liebe zu den seinen und Hass auf die anderen verschmelzen in einer Skala primitiver Eindrücke; Archetypen, wie sie in jeder Gesellschaft vorkommen, die sich bedroht fühlt.

Dieser Führer ist ein atonales, ja, ein expressionistisches Wesen, eine Figur, die sich aus den Gemälden und Partituren ihrer Zeit schält; er, der den Expressionismus und die atonale Musik hasst, Maler, Musiker und Dichter dieser Strömungen verfolgen lässt. Er ist eine eigenständige Persönlichkeit mit einem unnachahmlichen körperlichen Stil, der ihn mit seinen Hasstiraden, seiner Doppelzüngigkeit, seiner Eloquenz und Haltung zugleich lächerlich, intelligent, vulgär, modern, visionär, magisch, pazifistisch, beruhigend oder nicht geheuer erscheinen lässt … eine Reihe extremer, konfliktgeladener Emotionen und Urteile, eine betörende, monotone Atmosphäre, in der er von Rede zu Rede eine begrenzte Anzahl von Themen endlos durchdekliniert.

Dieser Führer hat dem Architekten soeben die für einen Künstler begehrteste Hand überhaupt hingestreckt, die des Auftraggebers, des Gönners und Mäzens. Und blieb dabei gelassen auf die Einzelteile seiner Pistole konzentriert.

4.

Wahrscheinlich eine Walther PP. Oder aber das kompaktere Modell, eine Walther PPK. Ein deutscher Verkaufsschlager. Der Führer besaß gleich mehrere Exemplare. Am 30. April 1945 jagte er sich vermutlich mit einer dieser Pistolen, die seither verschollen ist und möglicherweise in irgendeiner Familie der ehemaligen Sowjetunion aufbewahrt wird, eine Kugel in den Kopf. Sie, die Sowjets, die Soldaten der glorreichen Roten Armee, sollten als Erste in Berlin und in dem berühmten Führerbunker eintreffen, den detailversessene Filme über die letzten Stunden des Führers und seines Gefolges von einer Generation zur nächsten akribisch nachzubilden versucht haben. Einer der roten Soldaten muss sich das schon zur Reliquie gewordene, mit einer unheilvollen, mythischen Patina versehene Objekt unter den Nagel gerissen haben. Im Netz finden sich zahlreiche Beiträge zu dieser Frage. Dort, in dieser Unmenge mehr oder weniger informativer Artikel, äußern Internetnutzer, die sich für den Zweiten Weltkrieg und das Dritte Reich begeistern, die Hypothese der Walther PKK. Doch es bleiben Mutmaßungen. Die Details fehlen.

Dabei sind sie wichtig. Sie erinnern an das Incipit von Karl Marx' *Kapital*: «Der Reichtum der Gesellschaften, in welchen kapitalistische Produktionsweise herrscht, erscheint als eine ungeheure Warensammlung.» Ebenso verhält es sich mit den Werken von Historikern, Schriftstellern und Dichtern: Der Reichtum eines Textes, in welchem historische, poetische oder romanhafte Schreibweise herrscht, erscheint als eine ungeheure Detailsammlung.

Als er an seinen Zeichnungen für den Parteitag 1933 arbeitet, schenkt der Architekt Details und Verzierungen wenig Beachtung. Lange, hohe Hakenkreuzbanner zieren die Rückwand eines weitläufigen Podiums. In der Mitte thront ein riesiger Adler mit ausgebreiteten Schwingen. Holz und Stoff, eigentlich eher empfindliche Materialien, die kaum jahrhundertelang überdauern werden.

Dem Führer scheint dies genügt zu haben, zusätzliche Informationen über den Aufbau braucht er offenbar ebenso wenig wie ein eingehenderes Gespräch mit dem Gestalter. Tatsächlich kennt der Führer entgegen allem Anschein den Architekten und hat ihn nicht vergessen.

5.

Deutschland, Oktober 1932

Das erste Mal begegnet der Führer dem Architekten in seinem Werk, das ihm ausgesprochen gut gefällt. Bescheiden noch, das schon, aber vielversprechend. Im Herbst 1932 besichtigt er die neue Parteizentrale in Berlin. Ein Gebäude aus dem späten 19. Jahrhundert, typisch für diese Zeit, die sich durch einen als pompös geltenden Stil auszeichnete. Gesimse, Giebeldächer, Putti, Friese und Karyatiden überfrachten die Fassaden. Für Hitler stellt just die zweite Hälfte des 19. Jahrhunderts eine Blütezeit der Kunst dar – dazu zählt er vor allem Architektur, Musik, Malerei und Skulptur, mit Literatur weiß er nichts anzufangen. Ist Richard Wagner nicht der größte deutsche Komponist überhaupt? Ein typischer Vertreter des 19. Jahrhunderts? Die für Wagner zentrale Vorstellung eines Gesamtkunstwerks lässt ihn nicht gleichgültig. Und es gibt das Kino, dem er nachts mit strapaziösen, eigens für sein Gefolge organisierten Filmvorführungen frönt. Er ist ein Nachtschwärmer, selten geht er vor vier oder fünf Uhr morgens ins Bett, oft wartet er, bis es dämmert.

In den Renovierungsarbeiten des Architekten, der aufgefrischt hat, was nötig war – staubige Wandbespannungen, schmuddelige Teppiche –, um die Raumhöhe zu unterstreichen und manche der erhaltenen Verzierungen – Stuck und Holzvertäfelungen – noch besser zur Geltung zu bringen, erkennt er eine Neigung zum Monumentalen, die ihn sofort anspricht. Er teilt seinem Umfeld seine Begeisterung mit. Möglicherweise hat er ohne Wissen des Architekten eingehendere Nachforschungen zu dessen Biografie angestellt.

In Speers Memoiren ist der Führer über manche Begebenheiten im Leben des jungen Mannes nicht unterrichtet; er gibt sie erst nach und nach preis und sorgt damit bei seinem Meister für Erstaunen, Aufregung und sogar ein gewisses Entzücken. Sicherlich gibt er seine Erinnerungen hier aufrichtig wieder.

Dennoch ist diese Version nur wenig glaubhaft. Zum Zeitpunkt ihres ersten Treffens hat der Reichsführer SS Heinrich Himmler bereits einen exzellenten inländischen Nachrichtendienst gegründet. Er besitzt detaillierte Auskünfte über jeden, der eine Funktion ausübt oder auszuüben gewillt ist, ob in der Partei, im Staat, in den Medien, in der Industrie, im Bankwesen, in den Wissenschaften oder Künsten … Eine mächtige Bürokratie mit spektakulärem Papieraufwand. Gut, Hitler ist kein Bürokrat. Akten, gleich worüber, liest er nur selten. Aber er lässt sich mündlich Bericht erstatten. Es ist gut möglich, dass er sich mit einem SS-Angehörigen über den großen, schlanken jungen Architekten ausgetauscht hat.

Das würde ein plausibleres Licht auf seine Haltung während der ersten Monate werfen. Es scheint, als hätte er in ihrer Beziehung immer eine Länge Vorsprung: das Wechselbad der Gefühle, vor allem aber das schmeichelhafte Erstaunen angesichts dessen, was der andere ihm über sein Leben berichten sollte.

Mit ihren sachlichen Hinweisen ähneln die Auskunftsbögen manchmal Lexikon- oder Wikipedia-Seiten. In einem Roman kann man sie abwandeln und Querverbindungen herstellen, die in einem anderen Kontext als unwissenschaftlich gelten würden.

6.

Um 1932 lauscht der Führer in seinem Büro einem SS-Mann.

Albert Speer ist ein deutscher Bürger arischer Abstammung. Bislang ist keinerlei jüdisches Blut in seinem Stammbaum entdeckt worden. Er wurde am 19. März 1905 in Mannheim geboren. Er stammt nicht aus einer wohlhabenden, einflussreichen Familie, kommt aber auch nicht aus dem gesellschaftlichen Nichts, wie der Führer – *auf diese Bemerkung verzichtet der SS-Mann, vielleicht denkt er sich seinen Teil, nach Art eines inneren Monologs, des Bewusstseinsstroms, den manche Avantgarde-Romane seiner Zeit nachzuahmen versuchen, wahrscheinlich hat auch er einen akademischen Abschluss, ist in Jura oder Medizin promoviert worden, wie so viele SS-Angehörige des Nachrichtendienstes, die aus dem ursprünglich wohlhabenden, aufgrund der Wirtschaftskrise 1929 ruinierten oder verarmten Bürgertum stammen und sich durch Klassenreflexe und einen karrieresüchtigen Opportunismus auszeichnen, wie er bei den von Kindheit an mit dem Nationalsozialismus vertrauten jungen SS-Männern, vollkommen fanatisch, vollkommen außerstande, ihren Führer mit stummer Ironie zu bedenken, nicht mehr zu finden sein wird.*

Sein Vater ist Architekt. Sein Großvater war Architekt. Sie gehören dem Großbürgertum an. Seit 1918 haben sie sich endgültig in Heidelberg niedergelassen, an ihrem ehemaligen Zweitwohnsitz. Sie haben Bedienstete, und Autos. Ihre Nachbarschaft weiß nichts zu berichten, das ihnen zum Schaden gereichen könnte. Sie besitzen Häuser, die üppige Einkünfte abwerfen. Albert Speer bräuchte nicht zu arbeiten. Ein bisschen wie ein Sprössling aus einem Roman von Thomas Mann – *auch diese Bemerkung verkneift sich der SS-Angehörige, Thomas Mann ist kein Sympathisant der Nazis, und trotzdem ist dieser junge Albert Speer eine typische Figur aus den* Buddenbrooks, *allerdings mit einem erheblichen Unterschied: Er ist kein Dekadenter wie der letzte Sprössling des Mann'schen Romans. Vielmehr kerngesund, schlank und hochgewachsen, kühl und distanziert, wenngleich – seinen Kameraden zufolge – freundlich, eine Beschreibung, die sich ganz und gar mit jener deckt, die der Führer unlängst in einer Rede von dem in seinen Augen idealen Deutschen der Zukunft gegeben hat. Er solle «schlank und rank sein, flink wie Windhunde, zäh wie Leder und hart wie Kruppstahl».*

Zu seinen Sportarten zählen Rudern, Rugby, Skilaufen, Bergsteigen und Wandern. Das romantische Deutschland der Wälder und Wipfel kennt er demnach wie seine Westentasche, hat es mit Herz und Beinen erkundet. Er ist gut gekleidet. Die Zweireiher stehen ihm gut. Er hat Künstlerhände. Eine Begabung für Zahlen. Eigentlich wollte er Mathematiker werden. Er ist Architekt geworden, um seinem Vater zu gehorchen. Er leidet nicht darunter, dass er seinem Vater gehorcht hat. Der Gehorsam gegenüber Leitbildern und Vaterfiguren liegt ihm im Blut.

Frauen haben in seinem Leben keine übermäßige Bedeutung. Für Frauen ist er harmlos, eben weil sie in seinem Leben keine übermäßige Bedeutung haben. Er hat ein junges Mädchen kennengelernt, Margarete, kurz Margret genannt – damals war er siebzehn –, eine gleichaltrige Deutsche mit arischen Wurzeln. Am 28. August 1928 heiratete er sie. Ein Hang zu außerehelichen Beziehungen ist nicht bekannt. Er ist kein Schürzenjäger – *wie Sie, mein Führer, die Sie in fast ungewöhnlicher Weise monogam leben, wenn man sieht, welche Mengen an Liebesbriefen von unseren Schwestern, Töchtern, Müttern und sogar Freundinnen Sie erreichen, auf die Sie immer die gleiche Antwort geben: Ich bin mit Deutschland verheiratet.*

Er unterrichtet an der Technischen Hochschule in Berlin, wo er zunächst bei einem gewissen Heinrich Tessenow studiert hat. Später wurde er sein Assistent. Am 1. März 1931 ist er in die NSDAP eingetreten, und seine Mitgliedsnummer ist die 474481. Bemerkenswerter ist, dass auch seine Mutter Mitglied ist. Der Führer hat seine eigene Mutter stets verehrt.

7.

Der SS-Mann fasst einen anderen Auskunftsbogen zusammen. Es geht um besagten Heinrich Tessenow. Der Führer will genauer wissen, wer dieser Architekt ist, für den der hochgewachsene, junge Mann arbeitet. Ein deutscher Bürger arischer Abstammung. Er ist alt. Geboren am 7. April 1876 in Rostock. Er gehört dem alten Deutschland an – der Führer hasst das alte Deutschland. Auf dem Gebiet der Architektur ist Tessenow ein Modernisierer. Er bevorzugt Glas, Beton und die skelettartigen Konstruktionen des Modernismus. Der Führer hasst Beton, Glas und die skelettartigen Konstruktionen dieser Gebäude, die schon tot wirken, bevor sie gelebt haben. Der junge Architekt hat sich mit diesem alten Deutschen zusammengetan, der für ein Deutschland steht, das der Führer auf immer zerstören will. Aber das spielt keine Rolle. Dieser Tessenow ist weder Jude noch Kommunist. Bloß einer, der keine ausgeprägte Meinung hat. Sicher, sein Geschmack ist verjudet. Sicher, ein paar Nazistudenten haben ihn wegen seiner internationalistischen Entwürfe ausgebuht. Doch angesichts der Proteste anderer Studenten hat die Partei ihm einen Musterbrief geschickt, um ihn ihrer Hochachtung zu versichern.

In den darauffolgenden Monaten wacht der Führer über den Werdegang des jungen Architekten. Er hat bereits selbst einen Führer in Sachen Architektur. Er heißt Paul Troost und ist gebürtig aus München – der Führer liebt München. Sie haben sich 1929 kennengelernt. Troost ist ein Deutscher arischer Abstammung, 1878 geboren, groß und stark, ein alter Professor, der das ewige Deutschland verkörpert, das klassizistische Deutschland, das griechisch-römische Deutschland, ein bisschen lateinisch, überhaupt nicht germanisch, ohne gotische oder wagnerianische Elemente, und Widersprüche kümmern den Führer wenig, auch wenn er Wagner verehrt und auf Jugendgemälden akribisch ein paar gotische Kathedralen abgebildet hat. Bei Troost gibt es viele Säulen, keine Verzierungen, alles ist glatt, kantig, massiv, weder Kuppeln noch Friese noch vielsagende Wölbungen. Doch so war es nicht immer. Seinerzeit hatte er sich mit dem Modernismus eingelassen. Er hatte mit einzelnen Bauhaus-Vertretern geliebäugelt – der Führer hasst das Bauhaus. Vor allem hatte er Luxusdampfer ausgestattet, im Stil der Stromlinien-Moderne, die nicht von ungefähr so hieß: schlichte, funktionale, bequeme Möbel, mit einfachen Kurven, dezenten Rundungen, eine Unterform des Jugendstils im Stammbaum der dekorativen Arten. Der Führer redet Paul Troost systematisch mit *Herr Professor* an.

Der Werdegang des jungen Architekten überschneidet sich mit dem der Partei.

Januar 1933, die Nazis gelangen an die Macht, er ist glücklich.

März, er renoviert das Gebäude des neu gegründeten Ministeriums für Volksaufklärung und Propaganda unter der Leitung von Joseph Goebbels, einem der engsten Vertrauten des Führers.

Immer noch März: Er kann dem Projekt für einen Großaufmarsch mit Rede des Führers auf dem Tempelhofer Feld in Berlin nichts abgewinnen, man fordert ihn auf, es besser zu machen. Am darauffolgenden Tag präsentiert er eine lange Rednertribüne, bekrönt von riesigen

Hakenkreuzfahnen, die von großen Scheinwerfern beleuchtet werden. Die Kundgebung findet am 1. Mai statt und wird ein strahlender Erfolg, der Führer ist von der Inszenierung begeistert.

Juni, im Nullkommanix modernisiert er Goebbels' Dienstwohnung. Der Führer wollte nicht daran glauben, lächelnd hat er mit seinem Minister gewettet. Er und seine Gefolgsleute wetten gerne auf Kosten ihrer Untergebenen, das ist wie ein Gesellschaftsspiel, sie reißen oft grausame Scherze über die anderen. Der junge Architekt aber ist rechtzeitig fertig geworden, und der Führer ist neugierig auf das Ergebnis.

Er befindet alles für ausgezeichnet, mit Ausnahme der Bilder an den Wänden, «Gemälde» eines gewissen Emil Nolde. Ein deutscher Staatsbürger arischer Abstammung, ein glühender Bewunderer des Nationalsozialismus und des Führers, ein erklärter Antisemit, der über die Juden herzieht wie die übelsten SA-Leute. Nolde gehört der sogenannten «expressionistischen» Strömung an, die verzerrte, groteske, abstoßende Gestalten zelebriert anstatt der klassizistischen schönen Jünglinge oder Karyatiden, die dem Führer gefallen. Der Führer hasst den Expressionismus, er ist empört, ihn bei seinem Minister vorzufinden, der stolz auf seinen avantgardistischen Geschmack ist. Dieser Nolde malt wie ein Jude, ist also ein Deutscher verjudeter Herkunft. Ein als arischer Deutscher verkleideter Jude. Ein jüdischer Nazi! «Wir entscheiden, wer arisch ist und wer nicht», soll Goebbels dem Regisseur Fritz Lang beschieden haben, der mütterlicherseits aschkenasischer Abstammung war, als er ihn überreden wollte, im neuen Deutschland zu bleiben. Sie entscheiden auch, wer das Recht hat, Nazi zu sein. Nolde ist Expressionist und demnach kein guter Nazi. Eine Geschmacksverirrung ist ein künstlerisches Verbrechen, das Goebbels auf der Stelle von der Wand nimmt, während er nebenbei diesen Speer beschuldigt. Der Führer zuckt mit den Achseln, das spielt keine Rolle.

Goebbels behandelt den jungen Architekten mit relativer Gleichgültigkeit. Er beachtet ihn nicht mehr als jeden anderen, ihre Beziehung ist die hierarchische zwischen Chef und Untergebenem. Speer ist Architekt, aber da ist er nicht der einzige, in den Reihen der Partei werden es immer mehr, so wie auch immer mehr Juristen und Ärzte zu ihnen stoßen, drei Berufsstände, die vom Programm der Nazis in Rasse-, Gesetzes- und Architekturfragen höchst angetan sind. Arglos wiederholt Goebbels gegenüber seinen Getreuen, die es wiederum Speer hinterbringen, wie begeistert der Führer von dessen verschiedenen Umsetzungen seit den mittlerweile ein Jahr zurückliegenden Projekten in Tempelhof und im Propagandaministerium sei; und wie sehr er die Gemälde Noldes verabscheue.

Der Architekt speichert die Informationen, allmählich lernt er den Führer besser kennen, und er passt sich sofort an. Noch nie hat ihn jemand derartig gelobt, ganz bestimmt nicht Tessenow, und dass es ausgerechnet der mächtigste Mann Deutschlands tut, stimmt ihn überglücklich. Die Übereinstimmungen siegen stets über die Unstimmigkeiten. Im Grunde weiß er nicht, ob er den Expressionismus mag oder nicht, es ist ihm herzlich egal. So bezeichnet er sich etwa als Musikliebhaber, geht gern ins Konzert und kennt berühmte Dirigenten und Musiker, die er in seinen Memoiren ebenso beiläufig wie bewundernd erwähnt. Doch nie führt er Anton Webern, Igor Stravinsky, Alban Berg oder Arnold Schönberg an, was geradezu absurd ist, wenn man sich für Musik interessiert. Dem Anschein nach ähnelt er den gebildeten jungen Bürgerssöhnen der Zwanzigerjahre, die um keinen Preis die aufstrebenden Größen versäumen und wie ihre Eltern und Großeltern sein wollen, die verächtlich auf Impressionismus, Fauvismus, auf Gauguin, Van Gogh und sämtliche Genies des ausgehenden 19. und beginnenden 20. Jahrhunderts herabsahen. Doch im Grunde begeisterte man sich für die Künste nicht aus Überzeugung, sondern um seinem gesellschaftlichen Milieu Genüge zu tun. Malerei und Musik sind für ihn in erster Linie Zerstreuungen und ziehen keine leidenschaftlichen, hitzigen Diskussionen nach sich, wie sie unter echten Musik- und Kunstliebhabern üblich sind. Bestenfalls gehören sie zum Dekor.

Er ist ein Meister des Dekors, egal in welcher Größenordnung, ob Wohnung oder Kundgebung, so wie der Führer ein Meister darin ist, seine Zuhörer mithilfe seiner Stimme zu manipulieren, egal in welcher Größenordnung, ob kollektiv oder individuell.

Davon kann der junge Architekt ein Lied singen, er wird sein Leben lang ein Lied davon singen, sogar dann, wenn er den Führer geringschätzig verleugnet. Wegen dieser Stimme und der Visionen, die sie ihm vorgaukelte, wurde er eines Abends zum Nazi.

8.

Das erste Mal sieht der Architekt den Führer bei einer Kundgebung im Saalbau in Neukölln. Vor allem hört er ihn hier zum ersten Mal.

Wir sind in Berlin, Dezember 1930, während der unheilvollen Epoche des «Systems». So nennen Kommunisten und Nazis die Weimarer Republik, das «System» und sein faules Räderwerk, eine Mischung aus Laxheit im Umgang mit Kriminellen und Autoritarismus im Umgang mit redlichen Arbeitern; dahinter verbirgt sich die schlimmste Diktatur überhaupt, die der Demokraten, die sich an alle verkauft haben: Amerikaner, Juden, Arbeitgeber, die weltweite Oligarchie der Banken und Trusts. In den Salons ihrer neuen Macht sollten die Nazis stets dieses Bild hochhalten, auch nachdem sie sich ihrerseits enorm bereichert hatten. Gerade die Deutschen arischer Abstammung litten unter dem «System», wie sie sich gern erinnerten. Man brauchte nur ein Kabarett oder einen Nachtclub in Berlin, Hannover oder Düsseldorf zu besuchen, in das fiebrige Nachtleben der Weimarer Zeit einzutauchen, um schöne, verarmte Arierinnen zu erblicken, die sich mit nackten Brüsten und langen Beinen einem zusammengewürfelten Publikum aus pseudodeutschen, widerlich dickbäuchigen, aufgedunsenen Kanaken verkauften, mit hochroten Wangen und nach Zigarre stinkenden Mündern, die Augen unter dem Monokel weit aufgerissen.

Auch der Architekt vegetierte in seinem professorenhaften bürgerlichen Dasein oder vielmehr als Assistent von Professor Tessenow an der Technischen Hochschule Berlin vor sich hin und wusste nicht, was die Zukunft bringen würde. Er besuchte keine Nachtclubs und Kabaretts, schon früh führte er ein Leben als treusorgender Ehemann und teilte mit seiner Frau die Freude an Wanderwegen und Rucksackausflügen in die deutschen Wälder und Berge. Doch er wartete auf etwas, er wusste nicht, worauf.

Einmal mehr ist er es, der uns lange nach den Ereignissen im Ton einer schwer überprüfbaren Beichte von all dem erzählt. Und wie auch immer, seine Zeilen bilden eine perfekte Kulisse zu jenem Zeitgeist, den Historiker und Schriftsteller mit den 1930er-Jahren assoziieren, einer Mischung aus gesellschaftlichen Krisen und politischem Messianismus.

Eines Abends drängen ihn seine Studenten, mitzukommen und sich einen außergewöhnlichen Mann anzuhören. Viele von ihnen sind der Partei des Führers, ein wahres Idol der Jugend, beigetreten. Der Architekt kennt diesen Hitler und seine endlosen Reden, denen er nie lange zu folgen vermag. Der ungefiltert artikulierte Hass stößt ihn ab und hindert ihn daran, weiter zuzuhören. In seinem Milieu redet man so nicht zu den Leuten, außerdem steckt er in einer Uniform, die es mit dem stattlichen Aussehen echter Militärs nicht aufnehmen kann. Sicher, der Architekt ist Antisemit, nach der überall in Europa oder den Vereinigten Staaten verbreiteten Art, die man «salonfähig» nennt, mehr den Konventionen zuliebe als aus echter Überzeugung. Eines Tages sollte er in einem Brief gestehen, nichts gegen die Juden zu haben, allenfalls eine gewisse Verlegenheit in ihrem Beisein zu empfinden, er wendet sich höflich und respektvoll an sie wie an alle anderen auch. Im Grunde sind die Juden ihm gleichgültig, er hegt keine ausgesprochen negativen oder positiven Gefühle für sie.

Er geht zu der Kundgebung, weil er neugierig ist und sich eine aufstrebende Größe nicht entgehen lassen will. Der Saal ist voll, als er eintrifft. Tausende von jungen Leuten in Begleitung ihrer mehr oder weniger alten Lehrenden. Außerhalb der Massenkundgebungen wendet der Führer sich oft an ein spezialisierteres Publikum. An diesem Winterabend gleicht die Versammlung fast der Vortragsveranstaltung eines Bestsellerautors. Zu dem er auch geworden ist. *Mein Kampf*, 1925 veröffentlicht, setzt sich im Buchhandel zunehmend durch.

Er erscheint auf der Tribüne in einem eleganten Zweireiher, der die allenthalben fotografierte – bei Bewunderern und Widersachern gleichermaßen beliebte – Kombination aus Schnauzer und Scheitel etwas mildert. Er wirkt bewegt, konzentriert. Der Architekt hat sich noch nie wirklich eine seiner im Radio ausgestrahlten Reden angehört, oft ist er mitten in einer der typischen, peinlichen Tiraden dazugekommen, einem herausgebrüllten Monolog in tiefer Stimmlage, der vor Drohungen und antisemitischem Hass nur so strotzt.

Der zu Beginn angeschlagene Ton dieser Stimme verblüfft ihn, fast ein Zögern, eine gewisse Demut in Anbetracht der zu behandelnden Themen: die Kunst, die unvergleichliche Bedeutung der Künste für die Zivilisation. Er scheint die Politik in den Dienst der Kunst zu stellen, nicht umgekehrt. Er behauptet, dass ein Staat, ein Land nur dank der Spuren bestehe, die seine Kunstdenkmäler, Skulpturen, Gemälde und seine Musik hinterlassen. Er wird lauter, als er auf die gegenwärtige Dekadenz zu sprechen kommt, die finanzielle und geistige Verarmung all der blutjungen, arbeitslosen Künstler, deren hochfliegende Träume an den prosaischen, profitgierigen Ambitionen des Regimes scheitern. Er gibt den Juden die Schuld dafür, hält sich aber nicht lange damit auf, dem Architekten prägt sich vor allem das Loblied auf die Kunst ein.

Es sind Banalitäten, nachdem alle geistigen Verrenkungen und Spitzfindigkeiten im Deutschland des Jahres 1930 zu nichts geführt haben. Es sind Gemeinplätze, aber jedes Schauspiel beginnt mit einem Gemeinplatz. Der Architekt weiß das, der Führer wird es besser wissen als alle anderen. Eine Kuppel zum Beispiel ist mit ihren Bögen, Kassetten, Wölbungen und mit ihrer Akustik seit Jahrtausenden ein architektonischer Gemeinplatz, doch sobald sie fertiggestellt ist, versetzt sie das Publikum in Verzückung. Das ist unwiderlegbar, es funktioniert immer. Die Feinsinnigen können mit den Achseln zucken, die Kuppel wird sie mit ihrer Wirkung immer erdrücken.

Am Ende der Kundgebung ertönt tosender Beifall, überbordende Begeisterung, Gedrängel für ein Autogramm und einen kurzen Wortwechsel mit dem Führer.

Der Architekt ist erschüttert. Er wartet nicht auf seine Studenten, verlässt unverzüglich den Saal, steigt in sein Auto und hängt vor der Kulisse des Mondhimmels am Ufer der Havel in Spandau die ganze Nacht lang seinen Gedanken nach. Es könnte eine Tragödie von Goethe sein – «*Heraus in eure Schatten, rege Wipfel / Des alten, heil'gen, dichtbelaubten Haines*» – oder ein Gemälde von Caspar David Friedrich, eine Landschaftskulisse von 1930, die Illustration der unvergänglichen deutschen Romantik. Die Romantik macht Deutschland universell, vor allem für die Jugend, unabhängig von Epoche und Nation. Das

Leben des Architekten steht im Zeichen der deutschen Romantik. Das ist sein bester Schutz, er sollte nie davon abweichen.

Über drei Jahre hinweg sind sie sich mehrfach begegnet, ohne je miteinander zu sprechen, sie beobachteten und bewunderten sich, ohne sich wirklich darüber im Klaren zu sein. Der Führer hat vermutlich mehr über den Architekten in Erfahrung gebracht, als er später zugeben wird, aber er weiß nicht, wie sehr er dessen monumentalen Visionen verfallen ist. Und der Architekt weiß nicht, ob die positiven Bemerkungen des Führers zu seiner Person ehrlich gemeint oder nur Floskeln ohne weitere Bedeutung sind.

Herbst 1933. Der Führer ist mittlerweile der unumschränkte Herrscher Deutschlands. Der Architekt hat den Auftrag, den Wohnsitz des Reichskanzlers neu zu gestalten, wo es nach einer bestimmten Art von Schimmel stinkt, nach dem Schimmel des alten Deutschlands. In Wahrheit ist es Troost, der die Entwürfe zeichnet, aber er lebt in München, und weil Speer Berlin und seine Bauunternehmen kennt, beaufsichtigt er die Renovierung.

Der Führer kommt fast täglich auf die Baustelle. In der Zwischenzeit wohnt er in einer winzigen Wohnung direkt darüber. Er ist nett zu den Handwerkern, unterhält sich mit ihnen, nie aber mit dem Architekten. Er übersieht ihn. Der Architekt findet sich damit ab, er erledigt mit Leidenschaft seine Aufgabe, nicht mehr und nicht weniger.

Eines Tages lädt der Führer ihn unvermittelt zum Mittagessen ein.

Honeymoon

(1933–1934)

9.

Der junge Architekt ist überrascht, ratlos. Gerade ist etwas Putz auf seine Hemdbrust gespritzt, so kann er sich nicht sehen lassen. Er fühlt sich überrumpelt, verblüfft, glücklich, angespannt, beunruhigt wegen des plötzlichen Ansinnens.

Der Führer beschwichtigt ihn, sieht ihn aufmerksam an, taxiert seine Statur. Gewiss, der Architekt ist größer als er, aber der Unterschied ist minimal, entgegen der Behauptungen seiner Gegner ist der Führer kein Winzling. Ein Meter fünfundsiebzig, das ist keine Winzigkeit, oft sind es nur die Angehörigen der Leibstandarte SS, die ihn bei den Aufmärschen deutlich überragen. Sofort lässt der Führer eine seiner eigenen Jacken holen, und er prüft, ob sie dem Architekten passt. Sie steht ihm ausgezeichnet! An der Jacke steckt eine goldene Brosche, ein Adler, der ein Hakenkreuz in den Klauen hält. Es ist das Abzeichen des Führers, niemand anders als er darf es tragen. Der Führer fordert den jungen Architekten auf, ihm in den Speisesaal zu folgen.

Eine doppelte Überraschung für die Gäste: Die meisten kennen den jungen Mann im Gefolge des Führers nicht. Er ist schlank und groß – einen Meter zweiundachtzig –, die Geladenen sind sämtlich kleiner und älter. Er ist zum ersten Mal dabei und trägt das Abzeichen des Führers. Goebbels ist überrascht und wütend zugleich. Er kann es sich nicht verkneifen, Speer ebenso empört wie verständnislos darauf hinzuweisen, dass er das Abzeichen des Führers anhabe. Der Führer erwidert kurz angebunden, es handle sich ja auch um seinen Rock, und platziert den Architekten neben sich.

Der Größenunterschied ist trotz allem erheblich. Ein Meter zweiundachtzig und ein Meter fünfundsiebzig, das macht schon etwas aus. Sonderbar, dass Hitlers Jacke Speer so gut passt. In seinen Memoiren passt sie ihm wie angegossen und macht ihn in symbolischer Hinsicht bereits zu einem potenziellen Thronfolger. 1969 sind sämtliche Zeugen dieses Mittagessens verstorben. Speer ist allein mit seinen Erinnerungen.

Während der ganzen Mahlzeit grenzen sie sich von den übrigen Gästen ab. Der Führer stellt dem Architekten eine Frage nach der nächsten, nach seinem Vater und Großvater, nach den Architekten und ihren Bauten. Er hört zu. Er staunt. Er entdeckt, dass es der blutjunge Architekt hier ist, der für die atemberaubende Kulisse der Kundgebung am 1. Mai 1933 auf dem Tempelhofer Feld verantwortlich ist. Anscheinend war ihm das nicht bewusst. Sie waren das also! Eine echte politische Szenografie. Bisher unübertroffen. Früher vielleicht, in Rom. Ja, gewiss, die Triumphmärsche nach einem Sieg über die Barbaren. Hollywood gebe sie zugegebenermaßen ganz gut wieder. Ob er, der Architekt, der Künstler, Filme möge? Western? Sandalenfilme? Komödien mit schönen Schauspielerinnen? Der Führer schwärmt für das Kino. Ob der Architekt vielleicht einmal abends zu einer Filmvorführung kommen wolle, wenn die Kanzlerwohnung fertig sei? Jedenfalls sei das am 1. Mai in Tempelhof eine völlig neue Szenografie gewesen. Sogar die Bolschewiken mit ihren Paraden in Moskau kommen da nicht heran. Solche Effekte kriegen sie nicht hin. Die Kommunisten haben keinen Sinn für Kunst. Die Kommunisten haben keinen Sinn für Politik, die doch als eine der schönen Künste gilt. Der Führer betrachtet die Politik als Kunst. Er wolle ihm seine eigenen Zeichnungen zeigen, seine architektonischen Entwürfe. Sie könnten sich wiedersehen, um sich in Ruhe über diese Themen auszutauschen.

10.

Später, kurz vor dem Krieg, wahrscheinlich auf dem Obersalzberg, auf einem dieser Spaziergänge, bei denen man sie gemeinsam abgelichtet hat, vertraut der Führer dem Architekten ein Geheimnis an. Schauplatz ist der Berghof, das Landhaus des Führers in den Bayerischen Alpen. Es könnte ebenso gut in der Dämmerung gewesen sein, in der großen Halle mit dem Panoramafenster, das den Blick auf das Gebirge freigibt, mehr Kulisse als Landschaft, filmartig gerahmt. Sie sind jedoch nur selten allein in diesem prunkvollen Raum, haben immer irgendwelche Höflinge um sich. Wahrscheinlich war es auf einem Waldwanderweg in Höhenlage. Der Führer hält eine Leine in der Hand, trägt Handschuhe und Lederstiefel, führt Blondi aus, seine geliebte Schäferhündin. Hinter ihnen, in gebührendem

Abstand, folgen die anderen, die Angehörigen des engsten Kreises. Der Führer schweigt. Der Architekt ebenfalls. Beide halten den Blick gesenkt. Sie tragen Militärmützen, die ihn zusätzlich verdunkeln. Sie haben pausenlos über ihre Entwürfe gigantischer Kuppeln oder gigantischer Triumphbögen sinniert. Und nun schweigen sie, hängen andächtig ihren steinernen Träumen nach.

Plötzlich ergreift der Führer das Wort und gesteht mit tiefer, leiser Stimme: «Sie fielen mir bei den Rundgängen auf. Ich suchte einen Architekten, dem ich einmal meine Baupläne anvertrauen könnte. Jung sollte er sein; denn wie Sie wissen, gehen diese Pläne weit in die Zukunft. Ich brauche einen, der auch nach meinem Tode mit der von mir verliehenen Autorität weitermachen kann. Den habe ich in Ihnen gesehen.»

II.

Mit dem erwähnten Mittagessen betritt der Architekt den Kreis der engsten Vertrauten des Führers. Magische Worte für die Mitglieder. Sie fühlen sich auserwählt, an seiner Seite weilen zu dürfen, ein Phänomen, das sämtlichen Herrschergestalten gemein ist. Der Architekt weiß es, schließlich ist er kein Neuling mehr. In einem anderen Maßstab hat er das bereits an der Technischen Hochschule Berlin bei Tessenow erfahren, all diese Spielchen, um einen Posten zu ergattern und die anderen Kandidaten auszustechen. Dem engsten Kreis eines Präsidenten, eines Industriemagnaten, eines Führers anzugehören, entspricht den immer gleichen Ambitionen, die wiederum die immer gleichen Intrigen nach sich ziehen. Ehrerbietung, Unterwürfigkeit, Speichelleckerei, Fügsamkeit, Furcht, der Wunsch zu verführen, wieder und wieder – das typische Gefühlsspektrum eines Höflings. In den vertraulichen Nebengesprächen eines Verwaltungsrats, eines großen Unternehmens oder einer angesehenen Fakultät, stets wird vor den Meistern gekrochen, und Aufstieg und Fall ereignen sich nach dem gleichen Muster wie in den Vorzimmern der Diktatur. In Gegenwart des Führers steigert sich diese Banalität der Macht über jedes Maß hinaus. Die Proportionen sind andere, die moralischen Konsequenzen ebenfalls. Der Führer spricht, und seine Vertrauten überbieten sich gegenseitig, um seine Verkündungen, jeder auf seine Weise, in schriftliche Befehle zu übersetzen.

Es gibt indes unbestreitbar auch Liebe auf den ersten Blick. Fälle, besonders in den Bereichen von Politik und Kunst, in denen zwei Individuen jenseits aller prosaischen Ambitionen, jenseits finanzieller oder persönlicher Herausforderungen zusammenfinden. Kunstakademien und politikwissenschaftliche Fakultäten ziehen sich gegenseitig an, und von den Pyramiden bis zu den Palästen von Päpsten und Königen ist die Architektur von jeher das bevorzugte Terrain ihres Dialogs. Es gibt Wahlverwandtschaften, ein vermeintliches Wiedererkennen nach dem Motto «weil er es war, und weil ich es war». Doch wieder nehmen im Fall von Speer und Hitler die Proportionen und moralischen Konsequenzen eine ganz andere Größenordnung an.

Der Führer praktiziert so etwas wie eine Kunst der Kontraste. In den Augen des Architekten unterscheidet sich der Privatmann enorm von der öffentlichen Figur. Er wirkt im Inneren noch freundschaftlicher, weil er im Äußeren so autoritär und unnachgiebig auftritt. Ein theatralischer Effekt, ein für den Architekten ebenso brutaler wie unwiderstehlicher Kontrast. Eine ästhetische Erfahrung im Herzen der Macht, dem vergleichbar, was in der Malerei als Clair-obscur bezeichnet wird, jedoch ohne die geringsten Abstufungen. Das vertrauliche Verhältnis zum Führer bietet ein Gegengewicht zur Autorität, man fühlt sich von einem hehren Wesen auserwählt, auserwählt von ihm, dem mächtigen Mann, man sitzt an seinem Tisch, empfängt seine Geheimnisse, seine Blicke, sondert sich mit ihm ab, ist dank ihm ein anderer. Eine emotionale Abspaltung, denn wenn man eine Mahlzeit mit ihm teilt, denkt man aus Gründen der Symmetrie an alle anderen Vertrauten, die sie nicht mit ihm teilen.

Es ist ein Kreis, rund wie ein Verlobungsring. Tritt man ihm bei, spürt man den Ring am Finger.

Künftig atmet der Architekt die Luft eines anderen Planeten.

Er mietet ein Künstleratelier in einer Straße an, die nur ein paar Hundert Meter von der Reichskanzlei entfernt liegt. Er will den, den er «meinen Auftraggeber» nennt, jederzeit sehen können. Er hat eine wichtige Entdeckung gemacht. Er hat sich unsterblich in die Arbeit verliebt, mehr als in sonst jemanden. Das Eheleben entlockt ihm nicht die gleichen Empfindungen. Wenn er in seinem Atelier ist, arbeitet er nicht, er lebt. Nach seiner Begegnung mit dem Führer ist er immer seltener zu Hause.

Seine Arbeit ist nicht abstrakt. Sie hat ihre Verkörperung. In seinem Atelier, in dem der Architekt zeichnet und für die Partei alle möglichen Renovierungen alter Gebäude organisiert, ist Arbeit ein Synonym für Hitler, den Führer.

Und die Aufträge häufen sich. Um sie zu bewältigen, hat er sich mit einem Team umgeben, ausschließlich Männer, alle jung. Das ist ein Auswahlkriterium. Sie sind jung, und der Architekt rühmt und schätzt ihre Hingabe an die Arbeit auf Kosten ihres Privatlebens. Von morgens bis abends bilden sie das Dekor der immer gleichen, fieberhaften Tage in dem brodelnden Atelier, dem der Führer regelmäßig Besuch abstattet. Sie haben ihre Jugend dem Architekten verschrieben, der sich seinerseits dem Führer verschrieben hat.

12.

«Dunkel!» So das Urteil des Führers zu der soeben renovierten Wohnung seines preußischen Ministerpräsidenten, Reichstagspräsidenten, Chefs der Luftwaffe und alten Weggefährten Hermann Göring. Unterkühlt inspiziert er die Wohnung. Wie kann man an einem solchen Ort leben, in diesen winzigen Räumen, die aussehen wie in Puppenhäusern, die Fenster mit schweren Vorhängen verhangen, überall klobige Möbel? Und diese grotesken Winkel überall, die hinter all den Chaiselongues halb versteckten Alkoven, wie eine in Stein gehauene leidenschaftliche Liebeserklärung an jene zwielichtigen Geschöpfe, auf die der preußische Ministerpräsident, Reichstagspräsident, Chef der Luftwaffe und alte Weggefährte Hermann Göring leider Gottes so versessen ist. Und dann die Hakenkreuze. Das ist vielleicht das Schlimmste. Überall sind sie angebracht, auf den Wänden, auf dem Boden, auf den Kissen. Wie ein Kind, das lauter Herzen abmalt, damit seine Eltern es lieb haben. Unwürdig für einen Mann seines Ranges. Das alles ist also «dunkel».

Bei einem der Mittagessen im vertrauten Kreis fragt Göring seinen Führer – wie alle nennt er ihn «meinen Führer», aber seine Stimme, seine Uniformen, seine überbetonte Unterwürfigkeit lassen die ohnehin schon pompöse und martialische Formulierung noch kindischer und alberner klingen –, ob Speer der Architekt seiner prächtigen Privatwohnung sei. Der Führer nickt. Er lügt, Speer ist bloß Troosts Bauleiter, dennoch bejaht er. Göring bittet um Erlaubnis, Speer engagieren zu dürfen, um seine Wohnung erneut umgestalten zu lassen. Der Führer willigt ein, ohne das Einverständnis des jungen Mannes abzuwarten, der hocherfreut ist. Er gehört ihm, das zeigt er nun allen, indem er ihn an Göring weiterreicht, ohne ihn nach seiner Meinung zu fragen, und für den Architekten ist es ein Privileg und eine Freude, ihm zu gehören.

Nach dem Essen fährt Göring ihn in seinem protzigen Cabriolet zu seiner in der Tat «dunklen» Wohnung – da ist sich der Architekt mit dem Führer einig. Göring erklärt, er könne sie selbst nicht mehr sehen, und will nur eins: dass es aussieht «wie beim Führer».

Innenausstatter, das ist er fürs Erste, denkt der junge Architekt. Er spaziert von einem Potentaten-Palais zum nächsten. Er reißt Wände nieder, schafft weitläufige Prunkräume, stützt sich immer wieder auf die all diesen Gebäuden gemeinsamen Raumhöhen und Perspektiven, betont sie, indem er Licht einfallen lässt und mit Schatten spielt. Man goutiert seine szenische Auffassung der Räume, sein Geschick, eine opernhafte Atmosphäre heraufzubeschwören.

Trotzdem, er bleibt ein Regisseur des häuslichen Lebens der Mächtigen. Ist das so schlimm? Er zählt zum engsten Kreis des deutschen Staatsoberhaupts, das war noch vor wenigen Monaten unverhofft. Das Problem ist, dass er sich nicht mehr damit begnügen kann. Das Problem ist, dass ihn der Umgang mit dem Führer in einen euphorischen Zustand versetzt: Architektur ist Macht über den Raum. Alle Architekten sind autoritär und sich durchaus bewusst, mit ihren Bauten unseren Lebensraum zu prägen.

Mehr als Maler, Musiker oder Bildhauer, geschweige denn Schriftsteller und Tänzer, spielt der moderne Architekt für Politiker die Rolle des «Künstlers». Im Falle des Führers erreicht dieses Klischee ein nie da gewesenes Ausmaß. Seine Begabung bricht sich Bahn, er sieht sich als Kanzler-Künstler, als Architekt-Staatschef. Im Bereich der Baukunst fördert er die maßlosesten Ambitionen, so wie seine Skizzen das Exzessive eines Triumphbogens oder einer Kuppel zum Ausdruck bringen, die ihrer Größe nach – so will es die Regel – systematisch alle Vorgängerbauten übertreffen müssen. Als würde er einen Krieg mit den Werken anderer Nationen und mit der Vergangenheit, selbst mit der deutschen Vergangenheit, führen. Einen Krieg der Baudenkmäler und Zeichen: das Hakenkreuz, das auf dem Territorium des christlichen Kreuzes kämpft, ganz zu schweigen von Hammer und Sichel, dem Führer zufolge eine vulgäre Wahl ohne Verwurzelung.

Mit ihm, denkt der Architekt, verheißen Steine, Zeichen und Affekte gänzlich neue Empfindungen und Dimensionen. Und sie verheißen Macht.

13.

Seitdem er zum Kreis der engsten Vertrauten zählt, pflegt der Architekt mit Wonne die Rituale seines neuen Lebens.

Die Mahlzeiten haben einen hohen Stellenwert. Eingeladen zu werden, hat nicht unbedingt etwas mit dem jeweiligen Rang in Partei und Regierung zu tun. In Wirklichkeit handelt es sich um einen in mehrere Unterkreise unterteilten Kreis, allerdings keineswegs um hübsche Ringe auf dem Wasser, dieses Bild des Kreises mit diversen Unterkreisen hat überhaupt nichts Heiteres.

Da gibt es zum Beispiel den Kreis um Heinrich Himmler, der praktisch nie kommt und immer bei seiner mysteriösen SS-Sekte bleibt.

Dann gibt es den um Hermann Göring, der immer seltener kommt: «Mir ist offen gestanden das Essen dort zu schlecht. Und dann diese Parteispießer aus München! Unerträglich.»

Es gibt den Kreis um Rudolf Heß, den Reichsminister und Stellvertreter des Führers in der Parteileitung. Heß wird immer mehr zur Persona non grata. Er hat lächerliche Schrullen, bringt zum Beispiel sein eigenes vegetarisches Essen mit zum Führer – aus «biodynamischem» Anbau, eine spirituelle Lehre, die sich auf die Anwesenheit von Nixen in Flüssen und Quellen sowie auf den Geist aller möglichen Elfen und Trolle in Bäumen und Pflanzen gründet. Der Architekt ist dabei, als der Führer bemerkt, wie Heß sein Kochgeschirr in der Küche aufwärmt, und zeigt sich nachhaltig empört darüber.

Es gibt den Kreis um Joseph Goebbels. Trotz seines intensiven gesellschaftlichen Lebens ist er bei den Mittag- oder Abendessen oft zugegen. Einer der gehässigsten Tischgäste. Der Führer liebt ihn, weil Goebbels ihn auf Kosten anderer amüsiert.

Und dann ist da Martin Bormann, für sich genommen ein eigenständiger Kreis. Offiziell ist er der Sekretär von Heß, der seinerseits während der Niederschrift von *Mein Kampf* Privatsekretär des Führers war. Da Heß immer häufiger fehlt, nimmt Bormann jetzt diesen Posten ein. Er ist ständig an der Seite des Führers. Er verwaltet sein Vermögen. Er verwaltet seine Termine. Er organisiert seine Reisen. Er verwaltet den Obersalzberg, wo sich viele Angehörige des Kreises allzu gern aufhalten. Er organisiert die Mittagessen und kümmert sich um die Anfragen der Höflinge, die dort einen Platz ergattern wollen. Er führt eine Warteliste. Ausgenommen sind davon Göring, Goebbels, Himmler, Speer und einige andere, die jederzeit zugelassen sind. Vor allem auf Speer will der Führer nicht mehr verzichten.

Dann gibt es die Vertrauten aus der ersten Zeit, Sepp Dietrich, Kommandeur der Leibwache des Führers, Julius Schreck, seinen Chauffeur. Beide tragen den gleichen Schnauzer wie der Führer. Verstörend, beunruhigend und grotesk, befindet der Architekt, auch wenn er selbst sich für Sepp Dietrich immer eine besondere Zuneigung bewahren sollte, vor allem, als Dietrich Generaloberst der Waffen-SS wird und 1942 eine schöne, elegante Frau im Stil des Café Society heiratet und mit ihr ein höchst eindrucksvolles kontrastreiches Paar bildet, ausgesprochen ästhetisch, quasi *Die Schöne und das Biest* – mittlerweile hat er sich den Schnauzer abrasiert.

Und dann wären da noch die Unbedeutenden, der Chef der Pressestelle der Reichskanzlei, ein Arzt und ein Chirurg, beide im Falle eines gesundheitlichen Problems rund um die Uhr verfügbar; ein paar Tagesbesucher, alte Parteikameraden, die der Führer immer weniger duldet, weil sie im Umgang mit ihm einen vertrauten Ton pflegen, der nicht mehr zu seinen neuen Funktionen passt. Es sind im Übrigen gar keine Funktionen, sondern prophetische Missionen auf den Gebieten der Rüstung, der Außen-, Innen- und Rassenpolitik, ganz zu schweigen von der Kunst des Dritten Reichs. Viele dieser Unbedeutenden sind Mitglieder von Röhms SA, deren rohes Gebaren den Führer zunehmend stört.

Der Architekt registriert die internen Querelen und Eifersüchteleien all dieser Kreise, er registriert sie wie nebenbei, in Gedanken scheinbar woanders, ganz der vom Führer verehrten Kunst verschrieben. Eine hochmütige, gleichgültige Haltung, die ihm gut zu Gesicht steht, die typische Haltung eines «Künstlers», eher eine Figur als ein richtiger Künstler, eine, die die Mächtigen zerstreut, fasziniert und verärgert.

Wie auch immer, wenn man beim Führer zu Mittag isst, nimmt Bormann Geld für die Mahlzeit. Man zahlt fünfzig oder hundert Mark. Das Dritte Reich ist nicht das «System», hier wird nicht auf Kosten der Prinzessin gefuttert, wie er immer wieder gerne sagt.

14.

Die Tage des Führers laufen stets nach dem gleichen Muster ab. Er steht spät auf, geht sehr spät ins Bett, die Mahlzeiten dauern ewig, und die Arbeit leidet darunter.

Es handelt sich um ein serielles Leben, in dem sich die Themen der Gespräche, hin und wieder aufgelockert durch aktuelle Ereignisse – die Nacht der langen Messer, den Anschluss –, immerzu wiederholen und, vor allem für den Architekten, einen nur fernen, undeutlichen Hintergrund zu ihrer Runde bilden.

1933, 1938, 1936: Irgendwann überschneiden sich die Daten in diesem monotonen Einerlei, in dem die Zeit aufgehoben scheint. Um vierzehn Uhr wird zu Mittag gegessen, gegen sechzehn oder siebzehn Uhr geht man auseinander, um zwanzig Uhr trifft man sich wieder, wartet auf das Eintreffen des Führers, er kommt, es wird gegessen, man plaudert, lauscht den gleichen Wagner-Stücken und den gleichen Operetten wie *Die Fledermaus* oder *Die lustige Witwe*, schaut einen oder mehrere Filme, immer die gleichen, und geht spätnachts oder frühmorgens zu Bett. Ein Drehbuch, in dem die Monologe des Führers immer wiederkehren, eintönig bis zum Stumpfsinn. Zwischen Monotonie und Monologie verstreichen die Jahre: seriell und identisch.

Eine Form der Hypnose? Die Arbeit leidet darunter, aber man hat seinen Spaß.

Ein Mittag wie jeder andere im Jahr 1936, es könnte allerdings auch Ende 1933 sein. Goebbels erklärt nebenbei, der Auslandspressechef habe sich über den fehlenden Kampfgeist der deutschen Freiwilligen der Legion Condor lustig gemacht. Goebbels hasst den Pressechef, ein alter Weggefährte des Führers. Er ist einen Meter dreiundneunzig groß, ein Riese, der ungezwungen Putzi genannt wird, wegen des Kontrasts. Goebbels indes ist wirklich klein, klumpfüßig und hässlich, das sagen alle alten Kameraden, alle machen Witze über ihn, über seinen Klumpfuß, seine missratenen Romane und seine Hässlichkeit, und er hasst Putzi.

Der Führer ist empört über die ihm von Goebbels zugetragenen Äußerungen Putzis. Wie kann man sich nur über diese Jungs lustig machen? Er, der Führer, weiß, was sie durchzustehen haben, schließlich war er während des Ersten Weltkriegs selbst im Feuer, er hat erlebt, was Angst bedeutet, und welchen Mut es braucht, um sie zu überwinden.

Der Führer ist empört, aber das ist die Gelegenheit, Putzi einen schönen Streich zu spielen.

Es vergehen mehrere serielle, identische Abende im Empfangssaal der Reichskanzlei.

Zwischenzeitlich wird der Streich inszeniert, und an einem jener seriellen, identischen Abende erzählt Goebbels den Hergang. Hitler kennt den Bericht schon auswendig, er ist so lustig, dass er ihn gar nicht oft genug hören kann. Putzi sollte ein Flugzeug nach Leipzig nehmen. In der Luft informiert ihn der Copilot, dass er in Wirklichkeit in Spanien, auf «rotspanischem Gebiet», wie es hieß, abgesetzt werde und dort als Spion für Franco arbeiten solle. Ein Befehl des Führers. Putzi wird panisch: Das sei völlig unmöglich, es müsse sich um einen Irrtum handeln, er sei darauf nicht vorbereitet. Er fleht und bittet stundenlang bis zur Selbsterniedrigung. Die Besatzung ist eingeweiht, bleibt unbeugsam, informiert ihn über das Fortkommen des Flugzeugs, bedeutet ihm, sich auf die Notlandung einzustellen.

Der Führer lacht sich über jede weitere Etappe des Berichts kaputt, seine Tischgäste ebenfalls, auch der Architekt lacht.

Schließlich landet das Flugzeug ordnungsgemäß in Leipzig. Es war ein Scherz, eine heilsame Lektion. Die engen Vertrauten lachen weniger, als sie erfahren, dass der Auslandspressechef, von dem Abenteuer verschreckt, mitsamt diversen Interna geradewegs ins Ausland geflohen ist. Aber sie haben ihren Spaß gehabt, Goebbels und all die anderen. In seinen Memoiren lacht der Architekt noch immer, er scheint seine Haltung in diesem Punkt nicht geändert zu haben, er gibt viele solcher Scherze wieder, die den Führer entzücken. Manche davon hat er höchstpersönlich inszeniert.

Ein andermal ist der Hausintendant der Gelackmeierte, der Angeschmierte. Er hat sich nichts zuschulden kommen lassen, ein treuer Ergebener, eine ehrliche Haut. Wir sind im Winter 1939, es könnte ebenso gut 1933 sein, aber nein, es ist Krieg, und der bietet wunderbare Gelegenheiten für ausgeklügelte Streiche, nach Art von Schlachtplänen.

Zwischen Tür und Angel informiert der Führer ihn, dass er zu den «Nebelwerfern» eingezogen worden sei – ein anderer Name für Raketenwerfer. Der Hausintendant ist nicht mehr ganz jung, er reagiert entsetzt. Tagelang fragt er sich, wie er das Thema beim Führer ansprechen soll, und der Führer ergötzt sich an der Situation, über die seine Vertrauten sich kaputtlachen werden, da ist er sicher, er ergötzt sich an den unglücklichen Versuchen des Hausintendanten, sich anzunähern, ihm etwas zu sagen. Endlich ringt er sich eines Tages dazu durch. Die Antwort des Führers fällt knapp aus. Leider Gottes sei keine Ausnahme möglich, die Epoche des «Systems» sei Vergangenheit, die widerliche Zeit der Weimarer Republik ein für alle Mal vorbei, es werde nie wieder infrage kommen, sich auf Kosten der Prinzessin zu verdünnisieren. Der Hausintendant ist am Ende. Verzweifelt. Er bringt ein letztes Argument vor: Besser als in einem Nebelwerfer-Regiment könne er dem Führer und damit dem Reich dienen, wenn er in seiner Nähe bleibe, wisse er doch um all seine Neigungen und Abneigungen.

Der Führer lacht auf. Er hat seinen Streich gewonnen, so wie er in Polen gewinnt. Er gibt zu, dass alles nur ein Scherz gewesen sei.

Allgemeines Gelächter, der Architekt lacht, Goebbels und alle anderen lachen, während sie dem Führer lauschen. Im weiteren Verlauf des Krieges sollten die Scherze weniger werden, das Lachen auch.

Gern würde Goebbels sich mit dem Führer auf Speers Kosten lustig machen, gern würde Bormann sich mit dem Führer auf Kosten von Goebbels und Speer lustig machen, aber das ist noch nicht möglich. Und wenn sie den jungen Architekten und den Führer über eine Zeichnung oder ein Modell tuscheln sehen, begreifen sie, dass der Führer, sollte Speer eines Tages tief sinken, nie darüber lachen könnte, eher heulen würde vor Wut, vor Wut und Enttäuschung, mit Tränen aus Blut.

15.

Sie fahren häufig nach München, wegen Professor Troost und wegen der Erinnerungen.

München, so denkt der Führer laut im Zug oder Flugzeug, das sie befördert, ist nicht nur eine Stadt in Bayern, die er wegen seiner Vorkriegsjugend ins Herz geschlossen hat und wo er nach seinem Scheitern in Wien an der Kunstakademie studieren wollte: München ist eine Schmiede. Dort wurden die Insignien seines Genies geprägt. Er weiß sich genial, von der Vorsehung erwählt, und München ist der Ort, an dem er zum ersten Mal abends in einer Brauerei das Wort ergriffen hat, wo die Zuhörer ihr Glas absetzten, um ihm zuzuhören, auf Anhieb fasziniert von diesem Kerl, der doch keinen Alkohol trank und Vegetarier war, der ungern mit Frauen intim war oder mit Prostituierten verkehrte. Der Führer macht lächerliche Bücklinge vor den Frauen, benutzt absolut lächerliche Höflichkeits- und Bewunderungsfloskeln, wenn ihm eine Frau vorgestellt wird, insofern ist er kein Trink- oder Bordellgenosse, hat hier streng genommen also nichts zu suchen. Doch sobald er auf einen Tisch klettert und losredet, weht mit ihm die Luft eines anderen Planeten in den Brauereisaal, und seine Stimme verwandelt die Enttäuschung des Einzelnen in kollektive Energie, dem radikalen Glück Deutschlands zugewandt.

In München wurde auch der Stil seines Gesichts geprägt, der Schnauzer, das gescheitelte Haar, dieser Blick, die Gesten der Arme und Hände im Dienst seiner Stimme. In München wurde diese Stimme geprägt, die von weit weg zu kommen scheint. In München hat er den Krieg der Zeichen proklamiert – die Stimme, die Mimik, das eigens für die Partei entworfene Hakenkreuz, die schwarzen Uniformen –, den künftig die ganze Welt mitverfolgt, die Zeitungen in Amerika, England, Frankreich, einen Krieg, den er mit riesigen Baudenkmälern – steinernen Übersetzungen seiner Stimme – noch ausweiten will.

Im Zug oder Flugzeug beginnt der Führer plötzlich, dumpfe Schmähreden auszustoßen, ohne die in München geprägte Stimme zu erheben, Schmähreden mit einer Stimme, die nur scheinbar ruhig ist, wie ein Vulkan kurz vor dem Ausbruch, einer steten, bedächtigen Stimme von unerreichter, vorsätzlicher Gewalt, in der ein Hass wütet, der nichts mehr mit Wut zu tun hat, ein Hass der Schmähreden gegen die Juden, insbesondere gegen sie, die Juden.

Der Architekt hört zu. Er hat nichts für oder gegen die Juden. Um ihn herum gibt es keine, keinen bewunderten oder verhassten Professor, der Jude gewesen wäre, er begegnet ihnen mit der gleichen Höflichkeit, die man Unbekannten gegenüber an den Tag legt, und mit den üblichen Vorurteilen, mit denen die meisten Menschen seiner Zeit den Juden begegnen. Aber die Juden sind für ihn nicht zu einer fixen Idee geworden. Ob sie da sind oder nicht, ändert nichts an seiner Begeisterung für die Mathematik oder Architektur, nichts an seinen Ambitionen, nichts an seinen Plänen fürs Skifahren oder Wandern. Da, wo er verkehrt, gibt es keinen gastfreundlichen jüdischen Wirt, den er gerne wiedersähe, oder einen weniger gastfreundlichen, der ihm verhasst wäre. Die Juden haben ihm, im Guten wie im Schlechten, nichts getan, und ob sie da sind oder nicht, ist ihm komplett gleichgültig. Wenn der Führer sich derartig auf die Juden versteift, wird er seine Gründe haben, niemand ist perfekt, auch wenn es für ihn, den Architekten, langsam ermüdend und unangenehm wird, sich das aus dem Nichts kommende vulgäre Gefasel über die Juden anzuhören.

Der Führer hasst die Juden, unvermittelt denkt er an Troost und träumt davon, was sie, der Architekt und er, in dessen Büro sicher gemeinsam entdecken werden, er ist bewegt, er mag Professor Troost, und er hasst die Juden, er mag Troost, er wechselt in ein- und demselben Satz das Thema, seine Stimme träumt laut von dem, was Troost sich wohl für das Haus der Kunst hat einfallen lassen, mit dem er ihn beauftragt hat. Er verliert sich in der möglichen Einrichtung des Erdgeschosses. Er verliert sich in den Vorhallen, in denen es rechteckige Säulen geben wird, unzählige Säulen, die überdimensionierten, strammstehenden Soldaten gleichen. Er verliert sich in den monumentalen Dimensionen des Bauwerks – hundertfünfundsiebzig Meter lang, fünfundsiebzig Meter breit, der Führer merkt sich alle Maße, denn die Größe ist wichtig.

Die Größe ist entscheidend, und hinter dieser Besessenheit von der Größe verbirgt sich nichts Obszönes.

Die Größe der Gebäude soll alles, was in der Vergangenheit erbaut wurde, in den Schatten stellen: Zum einen ist das die beste Art und Weise, um zu überdauern, zum anderen lassen sich so schon jetzt die Massen in den Bann schlagen. Man braucht sie nur zu sehen, wenn sie in die Kathedralen dieses jüdischen Kults namens Christentum strömen. Wie gebannt sie sind von den Gewölben, Vierungen und riesigen Rosetten, von den Ritualen und dem weitläufigen Raum. Wie gebannt sie vom Kino sind. Wie Schlafwandler.

Der Führer hat der gegenwärtigen Welt, der gesamten

Geschichte wie auch der Zukunft den Krieg der Zeichen erklärt. In gigantischen Bauwerken wird er Rituale schaffen, wie man sie noch nie erlebt hat, allenfalls in Mythen.

Davon kann der Architekt nicht genug hören. Er lauscht dem Führer fiebrig und schwelgt mit ihm in der noch vagen Vorstellung gigantischer Bauwerke im Dienste neuer Rituale.

Sie kommen am Münchner Bahnhof oder Flughafen an, sie steigen in den Wagen, der sie dort erwartet, hinter und vor ihnen fahren Wagen der SS, und die Kolonne steuert auf einen verwahrlosten Innenhof in einer Straße der Innenstadt zu. Dort ist das Atelier von Professor Troost untergebracht, im zweiten Stock eines Gebäudes, das sich im gleichen Zustand befindet wie der Hof und ein charmantes, authentisches Künstlerflair ausstrahlt.

Der Führer fühlt sich hier wie zu Hause. Mehr oder weniger wortgewandt entsinnt er sich, dass auch er einmal ein Künstler und Bohemien gewesen sei, zugleich wettert er aber gegen die verjudeten Verantwortlichen der Wiener Kunstszene in seiner Jugend, die ihn vor Hunger fast hätten krepieren lassen. Er lässt durchblicken, dass nicht er sich für die Politik entschieden hat, sondern umgekehrt die Politik für ihn, just als er sich der hehren, vom Bohemeleben aufgelockerten Einsamkeit der Kunst zu verschreiben gedachte. Doch Wien und München waren damals fest in Händen der Juden und ihrer verjudeten Freunde. Nun sei er schlicht bewegt, sich mit Künstlern und Architekten unterhalten zu können wie früher, ihnen als Förderer der gemeinsamen Projekte zur Seite zu stehen und gleichzeitig ihr Bohemeleben mit spätem Aufstehen und Zubettgehen zu teilen.

Troost erwartet den Führer nie unten an der Treppe. Der Führer eilt nach oben, er ist ungeduldig. Vor seinem jungen Architekten gesteht er: «Ich kann es kaum erwarten, Herr Professor, was gibt es Neues? Lassen Sie sehen!»

16.

Über Monate hinweg nimmt der Führer den jungen Architekten mit nach München. Sie fahren alle zehn oder zwanzig Tage, eine zeitlich zerstückelte Hochzeitsreise. Mittags oder abends essen sie in der Osteria Bavaria, dem Lieblingsrestaurant des Führers. Dort wird italienisch gekocht, der Führer hat ein Faible für Ravioli. Sie bummeln durch die Stadt. Sie nehmen sich Zeit, um zu schlendern, die Ateliers anderer Künstler zu besuchen und dabei von hochfliegenden architektonischen und städtebaulichen Projekten zu träumen. Sie begeben sich zur Villa von Heinrich Hoffmann, dem Fotografen des Führers. Der fühlt sich pudelwohl in der Familie eines seiner ältesten Kameraden, ein waschechter Nazi, aber auch Kunstliebhaber, das ist selten in der Partei. Außerdem ist Hoffmann Verleger und Kunsthändler. Im Garten der Villa liegt der Führer in Hemdsärmeln auf dem Rasen und doziert über die Gemälde, die Hoffmann ihm zeigt. Es ist merkwürdig, er hat eine Vorliebe für die Bilder von Eduard Grützner mit ihren betrunkenen, dickbäuchigen und rotgesichtigen Mönchen, die sich an den verschiedensten Götterspeisen gütlich tun. Wie eine ferne Erinnerung an Jordaens und Rubens. Ob der Führer dabei an die SA in den Münchner Kneipen denken muss? Dem Architekten fehlen die

Worte angesichts dieser Zurschaustellung von Fett und öligen Freuden, die sein vegetarischer, abstinenter Führer sammelt. Aber so ist der Führer eben, vorerst haben seine Widersprüche den Reiz des Überraschenden.

Immer wieder überrascht er seine Freunde und Feinde. Just bei Hoffmanns hat er eines Abends eine blutjunge Fotolaborantin kennengelernt. Er hat sich ihr als Herr Wolf vorgestellt, ein Spiel mit seinem Vornamen, «edler Wolf». Sie heißt Eva, aber der Führer erwähnt sie nie. Er versteckt sie. Er gehört dem deutschen Volk.

Regelmäßig nimmt er ein Bad in der Menge. Die meisten dieser Begegnungen sind ungeplant. Speers Erinnerungen zufolge ist dem spontanen Jubel keinerlei Organisation vorausgegangen. Die Menge erkennt den Führer, das Volk umringt ihn und huldigt ihm mit einer Begeisterung, die weit über einfache Unterwerfung hinausgeht. Der Architekt ist fasziniert. Vor allem ist er überwältigt davon, nur wenige Stunden oder sogar Minuten später mit dem nach Art eines Filmstars vergötterten Meister in trauter Zweisamkeit in einem Restaurant oder einer Hotelbar zu sitzen. Dieser Kontrast verzaubert ihn. Verzaubert sei er, dieses Wort sollte er stets benutzen, wenn man bezüglich seines Verhältnisses zum Führer in ihn drang. Er antwortete immer mit einer Gegenfrage: Wer wäre nicht verzaubert gewesen? Wer war es nicht?

Der junge Architekt betrachtet diese Reisen nach München als eine entscheidende Etappe seiner Karriere. Seiner Meinung nach will der Führer, dass Troost ihm sein Wissen vermittelt, er will eine Staffelübergabe. Er, dem die Zeit so zu schaffen macht, die wenigen Jahre, die ihm zur Umsetzung seiner Pläne noch bleiben – eine wiederkehrende Formulierung: «die wenigen Jahre, die mir noch bleiben» –, möchte den Fortbestand der von Troost begonnenen Bauten sichern, indem er den jungen Architekten bei ihm in die Lehre schickt.

Der junge Architekt stellt sich eine Lehrer-Schüler-Beziehung zu Troost vor, ein bisschen wie sein Verhältnis zu Tessenow. Er sieht sich schon, ohne dass ihm das missfallen würde, in seinem Schatten arbeiten.

Und dann, am 21. Januar 1934, stirbt Troost plötzlich an einer Lungenentzündung.

An diesem Tag befindet sich der junge Architekt in einem Vorzimmer des Propagandaministeriums. Ein Untergebener von Goebbels gratuliert ihm. Er hat die gleiche Geisteshaltung wie sein Meister, verwechselt Zynismus mit Humor, und er lacht häufig über den eigenen Zynismus, um seine Zuhörerschaft zum Mitlachen zu bewegen. Er raucht Zigarre, hat einen kugelrunden Kopf, etwas Gutmütiges, einen ordinären Mund und Hängebacken, und er sagt zum jungen Architekten: «Ich gratuliere! Jetzt sind Sie der Erste!»

Perfektes Einvernehmen

(1934–1939)

17.

Eine große, getrocknete Blutlache befleckt den ministeriellen Boden eines Palais in Berlin. Der junge Architekt empfindet nichts, lediglich Ekel, der ihn auf seinen in Lederstiefeln steckenden Fersen kehrtmachen lässt. Er arbeitet gerade an einem x-ten Umbau im Rahmen der Verlegung des SA-Hauptquartiers aus München in die Reichshauptstadt. Endlich stehen die auf dem Papier erträumten Großprojekte an.

Das Tagesgeschehen hat frischen Wind in die eintönigen Abende mit dem Führer gebracht. Unlängst hat er einen Putschversuch seines ehemaligen Intimus Ernst Röhm, Gründer und Herrscher über die Sturmabteilung, niedergeschlagen. Vor der Machtergreifung war die SA bei den bewaffneten Konflikten gegen die Kommunisten unerlässlich gewesen; dann wurde sie gefährlich, drohte gar, das offizielle Heer durch ein Volksheer zu ersetzen. Insgeheim sperrte sich die SA gegen die neuen Verbindungen des Führers zum traditionellen Bürgertum, und ihre Anführer zettelten eine von Frankreich finanzierte Revolution an. So zumindest lautet die offizielle Version, der junge Architekt schert sich wenig darum. Der Führer hat eigenhändig seine Pistole gezückt, als Röhm und seine Getreuen in Bad Wiessee am Tegernsee verhaftet wurden. Ein hübsches bayrisches Dorf, dessen Ruf leider unter den zahlreichen Aufenthalten Röhms und seiner SA-Leute gelitten hat.

Der Führer schildert, was er gesehen hat, während er mit seiner Waffe von Zimmer zu Zimmer ging, um diese von den Franzosen bezahlte Höllenbrut höchstpersönlich zu verhaften: lauter splitternackte ältere und junge Männer. Es besteht kein Zweifel an der Natur ihrer gemeinsam verbrachten Nächte. Das sind keine Einzelfälle. Fast drei Millionen SA-Angehörige gibt es, wer weiß, ob die Homosexualität nicht auf die gesamte Organisation übergegriffen hat? Wer weiß, ob sich die Homosexualität wegen dieser im Sold der Franzosen stehenden Dreckskerle nicht gerade überall in Deutschland einschleicht?

Der Kreis der Vertrauten lacht schallend, man höhnt und spottet, ereifert sich über die homosexuelle Schamlosigkeit der SA-Leute, zumindest in der Führungsriege, und über ihren abstoßenden Hang zu Billigfleisch, Bier und Kostümierungen.

Der junge Architekt hört unbeteiligt zu. Er ist ein Fürst. Neunundzwanzig Jahre alt. Hochgewachsen, steckt oft in einem eleganten Zweireiher, der seine schlanke Gestalt betont, und er lauscht dem fünfundvierzigjährigen Führer, der Geschichten von nackten älteren und jungen Männern in diversen Hotelzimmern am Tegernsee zum Besten gibt. Er ist nicht sonderlich verstört. Er lebt den konkreten Traum seines Erfolgs an der Seite eines der mächtigsten Menschen der Welt. Er redet ausschließlich über Architektur, Kunst und Städtebau, er hat ein anderes

Niveau, Politik interessiert ihn nicht, ja, die grobschlächtigen Vertrauten sollen glauben, dass er sich nicht für Politik interessiert. Tatsächlich behandeln ihn die anderen ein bisschen wie eine der gelegentlich in ihrem Kreis zugelassenen Frauen. Sie reden nie über Politik, sie dürfen es rundheraus nicht, der Führer hasst es, wenn sie sich auf dieses Gebiet vorwagen, er ist indigniert, wenn sie es dennoch tun. Für ihn haben sich Frauen und Künstler nicht um Politik zu kümmern, nur um Schönheit. Gewiss, die Gründe sind andere, Frauen sollen schön sein wie Filmstars, Künstler sollen Schönes erschaffen, aber beide treffen sich doch auf diesem Gebiet. Der junge Architekt bildet da keine Ausnahme, und er vereint beides: körperliche Schönheit und Schönheit auf dem Skizzenpapier.

Vor Zeugen verlangt der Führer bald, dass er in die Uniform der Partei schlüpft. Privat trägt der Führer gern Zivilkleidung, in der Öffentlichkeit aber, so verlangt es, leider, das Amt – manchmal äußert der Führer ein seltsames Bedauern –, muss er mit Stiefeln und glanzvoller militärischer Ausstattung Mengen und Massen abschreiten. Der Führer klagt gern über seine eigenen Anordnungen. Eine Koketterie, die etliche seiner Mitarbeiter von ihm übernehmen: sich über die eigenen Befehle zu beklagen. Sie sollten gar nicht mehr damit aufhören. Vor allem Himmler. Er klagte über die furchtbare Pflicht, im eroberten Europa Krieg gegen die Juden zu führen. Über die furchtbare Pflicht, jüdische Frauen und Kinder umzubringen. Darüber, nicht genug dafür zu tun und den Führer enttäuschen zu müssen. Und die eigene Frau und die eigenen Kinder, hübsche kleine Blondschöpfe, nicht oft genug sehen zu können.

Beklagt sich der Architekt etwa darüber, dass er seine Frau immer weniger zu Gesicht bekommt? Später jedenfalls sollte er behaupten, er habe sich schon zu Anfang seiner Beziehung mit dem Führer darüber beklagt.

Der Architekt spricht mit dem Führer nie über seine Frau. Künftig trägt er eine Uniform mit dem Rang eines Unterabteilungsleiters im Stab von Rudolf Heß. Später sollte er bei Goebbels tätig sein. Göring wäre ihm lieber gewesen. Er hat von jeher eine kleine Schwäche für Göring, der umgänglicher, vergnügungssüchtiger und damit auch angreifbarer ist. Doch das sind überflüssige Erwägungen. Er hat einem einzigen Mann, dem Führer, Bericht zu erstatten. Eine Beziehung ohne Zwischenmänner. Die Uniform ist ein Hochzeitsanzug.

18.

Eines Tages sagt ihm einer seiner Mitarbeiter, ein gewisser Karl Maria Hettlage, unumwunden, was in einer Mischung aus Verblüffung, Belustigung oder Eifersucht bereits alle bemerkt haben. Hettlage ist im Hinblick auf die zu errichtenden Bauwerke vor allem mit der Vertreibung der Berliner Juden betraut. Sie haben sich gerade zum x-ten Mal über die Entwürfe gebeugt. Er hat genau beobachtet, wie der Führer den Architekten ansah und wie er ihm zuhörte.

Als sie den Raum verlassen, sagt Hettlage zu ihm: «Wissen Sie, was Sie sind, Speer? Sie sind Hitlers unglückliche Liebe.»

Vielleicht hat er aber auch gesagt: «Sie sind die unglückliche Liebe unseres Führers.»

Er ist Offizier der SS, wir befinden uns kurz vor dem Krieg oder ganz am Anfang, zur Zeit der Nazisiege, als Hitlers Name nicht einfach so ausgesprochen wird. Sicher hat er den Titel «Führer» benutzt.

Oder vielleicht auch nie eine solche Bemerkung gemacht.

Auch Hettlage ist ein Fall für sich, wie Speer, sein Vorgesetzter. Ein brillanter Jurist und Techniker, der den Krieg überleben und Staatssekretär beim Finanzminister unter Adenauer werden sollte, außerdem Mitglied der Hohen Behörde der Europäischen Gemeinschaft für Kohle und Stahl, dann abermals Staatssekretär im Finanzministerium der Bundesrepublik. Er sollte eine gruselige Ironie des Schicksals erleben, wie sie unter Hitlers Vertrauten so beliebt war: Nachdem er unter der Naziherrschaft an der Vertreibung der Juden aus Berlin beteiligt gewesen war und damit ihr Todesurteil unterschrieben hatte, kümmerte er sich im Rahmen seiner neuen Funktionen nach 1945 um die Wiedergutmachungen für die Opfer medizinischer Experimente in den Todeslagern.

Konnte er 1939 oder 1940 wirklich furchtlos und ohne jede Verlegenheit auf eine homosexuelle Neigung Hitlers zu Speer anspielen, noch dazu vor dem Betroffenen selbst? Die Historiker scheinen ihn dazu nicht befragt zu haben. Er selbst hat diese Stelle seiner *Erinnerungen* nie bestätigt oder widerrufen. Ob wahr oder falsch, es handelt sich um eine ebenso geniale wie vulgäre und beschönigende Bemerkung, die gut in ein Berliner Kabarett oder ein Spätwerk Luchino Viscontis gepasst hätte.

«Sie sind die unglückliche Liebe unseres Führers.»

Der Architekt war erstaunt, in seiner üblichen Unterkühltheit blitzte Verwirrung auf. Was er ihm damit wohl bedeuten wollte? Doch Hettlage geriet nicht aus der Fassung, ließ nicht erkennen, dass er möglicherweise zu viel gesagt hatte – die in Deutschland von den Führungsspitzen bis zum Fußvolk des Naziregimes so weit verbreitete Angst. Schließlich gehörte er der SS an, im Unterschied zu Speer, seinem Vorgesetzten. Und im Ton einer geheimnisvollen Warnung fuhr er fort: «In guten wie in schlechten Zeiten, denken Sie daran!» Das Eheversprechen.

19.

Nürnberg, 1934

Eine kilometerlange Allee aus Granit durchquert einen mehrere Hektar großen Platz. Eine Bühne, die Leere, ein Loblied auf die Leere oder ihre Verfremdung und Pervertierung. Auf dieser Bühne erscheinen Blöcke von Menschen, die sich zusammenfinden, wieder auseinanderstreben, Reihen bilden und Quadrate, es sieht aus wie die Felder auf einem Schachbrett.

Es ist der Reichsparteitag der NSDAP in Nürnberg, Speers erstes Monumentalprojekt mit allem, was dazugehört. Kein Vergleich mit dem Vorjahr. Alles, was damals aus Holz war, ist nun für immer Stein.

Auf den Seiten horizontale Linien, fast bis ins Unendliche, Sitzreihen, die ihrerseits aussehen wie Treppen, eine Abfolge mehr oder weniger feiner Parallellinien, je nach Entfernung, ein Loblied auf die Linie oder aber ihre Verfremdung, ihre Pervertierung.

Überall Fahnen, Hakenkreuzbanner. Eine verschwenderische Fülle von Stoffen mit Hakenkreuzaufdrucken flattert durch die ganze Stadt. Und hier, über den Sitzreihen, sind die Fahnen und Banner gigantisch.

Der Eingang ist eigentlich gar keiner, zwei Säulenhallen, ein Vorplatz, ein Denkmal für die Toten des Weltkriegs.

Am anderen Ende des Vorplatzes befindet sich etwas, das aussieht wie ein Altar.

Ist es wirklich einer?

Die ausländischen Besucher – Botschafter, Journalisten, diverse VIPs –, die zum ersten Mal dem nationalsozialistischen Ritual in Nürnberg beiwohnen, fragen sich, ob es sich um einen Altar handelt.

Auch hier wieder Sitzreihen, Treppen, um zu den Sitzreihen zu gelangen, horizontale, parallele Linien, die sich vielleicht anschicken, den Himmel zu erobern.

Natürlich handelt es sich um eine Tribüne, die Besucher wissen das. Das ist ihre Funktion, eine Ehrentribüne, von der aus der Führer und die Machthaber des Regimes über das vor ihnen liegende Schachbrett blicken können, mit all den Reihen und Feldern, die in Wirklichkeit Menschen sind. Sie ist mehrere Hundert Meter lang, mehrere Dutzend Meter hoch – der Architekt, aber vor allem auch der Führer verweisen bei Besichtigungen auf die genauen Maße, dreihundertneunzig Meter Länge und vierundzwanzig Meter Höhe. Über der Tribüne ragen Säulen auf. An jedem Ende werden die winzigen menschlichen Spielfiguren auf den Linien der Sitzreihen von zwei riesigen Steinkörpern flankiert. Sie sehen aus wie die Sockel des fernen Leuchtturms von Alexandria.

In der Mitte greifen in Überschneidung der Linien massive Quader ineinander. Das ist die eigentliche Tribüne, dort, wo der Führer sprechen soll. Sie wird von einem riesigen Hakenkreuz bekrönt, das wiederum von einer Krone aus Eichenlaub gerahmt wird.

Auf diesem Steinvorsprung, einer palastartigen Terrasse, fühlt sich der Führer wirklich als Führer. Und jeder spürt es.

Wenn er sich an die Menschenblöcke wendet, die sich vor ihm in Reihen oder Quadraten erstrecken, die Schachbrettfelder bilden, hypnotisiert er sie; der Sockel, von dem aus er spricht, ist seiner in München geprägten Stimme angemessen: Mehr als je ist er hier wirklich der Führer.

Die ausländischen Besucher haben eine Antwort: Es ist eher ein Altar als eine Tribüne. So einfach, so brutal ist das. Der Architekt hat es so gewollt. Eine Nachahmung, ein absurder Ableger des großen Pergamonaltars, der in der Antike als Weltwunder galt und als Rekonstruktion in dem gleichnamigen Museum in Berlin zu sehen ist. Ein deutscher Architekt hatte im vergangenen Jahrhundert die Überreste des Altars in Griechenland entdeckt und sie nach Deutschland bringen, dort restaurieren und aufarbeiten lassen. Ein Wink des Schicksals, dass es ein Germane und nicht ein Franzose oder Engländer gewesen ist, der dieses Ungetüm ausgegraben hat. Seither studierten Generationen junger Architekten das im Grunde genommen ziemlich kitschige Ergebnis.

Derlei Bemerkungen über Kitsch tangieren den jungen Architekten nicht mehr. Das, was in seiner Jugend und während seines Studiums bei Tessenow als guter Geschmack galt, steht in Deutschland nicht mehr auf der Tagesordnung. Die Nationalsozialisten verabscheuen im Übrigen das, was sie Kitsch nennen. Sie verabscheuen die Krankheiten der Kunst ihres Jahrhunderts: Kubismus, Dadaismus, Surrealismus, den sowjetischen Konstruktivismus – alles kitschverdächtig, infiziert von Juden und Verjudeten. Die Nationalsozialisten tragen Stiefel, gehen im Stechschritt, strecken bei jeder Gelegenheit den Arm zum Gruß aus, manche ihrer Anführer wie Göring tragen auffällige Anzüge, sie lieben protzige Manöver; ausländische Botschafter und Journalisten bezeichnen sie in ihren Mitteilungen oder Artikeln als Feiglinge im Anzug oder primitive, kitschige Hampelmänner; ausländische Botschafter und Journalisten erklären, die Nazis seien die Begründer einer wahren Politik des Kitschs, nun ja. Die Nationalsozialisten wiederum erklären sich zu Feinden des Kitschs, und zu Feinden des Geschmacks, egal, ob gut oder schlecht. Geschmacksfragen sind bürgerliche Fragen, und der Nationalsozialismus gibt sich antibürgerlich.

Während der Vorbereitungen zum Reichstag hat der über seine Zeichnungen gebeugte junge Architekt im Zug, im Flugzeug und im Mercedes, quer durchs Reich, stets dem Führer hinterher, über seine eigene Vergangenheit nachgedacht, über die familiären Hemmnisse und Unabwendbarkeiten.

Er ist in das wohlhabende Bürgertum des alten Deutschlands geboren worden, ein gebildetes Milieu, wo die von Vater zu Sohn weitervererbte Architektur ein Türöffner war, wie auch die Naturwissenschaften oder die Künste – er liebte die Mathematik, wie gern wäre er Mathematiker geworden, wie gern hätte er diese Tür aufgestoßen. Diese Türen führen in einen recht harmonisch anmutenden Raum: in die Gesellschaft an sich, die eher liberal ist, angreifbar, ein Ort, wo Ideen debattiert und kritisiert werden, wo das Bürgertum als Klasse kritisiert und debattiert wird, oft von den Söhnen im Konflikt mit den Vätern, seit einer Weile beteiligen sich sogar die Töchter daran. Dabei weiß er, dass das Bürgertum, aus dem er stammt, nie das «Reichsparteitagsgelände» hätte schaffen können, wie das gerade von ihm gestaltete Ensemble in Nürnberg genannt wird; das Zeppelinfeld, das seinen Namen von dem früher dort gelandeten Luftschiff hat, ist nur ein Element unter vielen. Nie hätte das Bürgertum, immer darum besorgt, nicht gegen den guten Geschmack zu verstoßen, es gewagt, mit einem solchen massiven Entwurf Spott oder säuerliche Kommentare zu provozieren.

Er weiß, dass sich seine Architektur anschickt, sämtliche Konventionen des Geschmacks und der Entwicklung der Formen zu brechen, und er empfindet dabei eine ungeahnte Wonne. Das verdankt er dem Führer. Ihm verdankt er die Befreiung von den früheren Fesseln. Welcher Architekt wollte nicht unabhängig von Kriterien des Geschmacks bauen dürfen, ohne sich um das Budget sorgen zu müssen?

Es ist mehr als eine Rückkehr zur Antike, mehr als eine abermalige Neuauslegung, in der Giebel, Peristyle, Gesimse, korinthische oder ionische Säulengänge wieder auftauchen; mehr als eine dieser klassizistischen Wellen, die seit der Renaissance hier und da hochgeschwappt sind und allenthalben zu exzellenten Ergebnissen führten, von Rom bis Sankt Petersburg, von Berlin bis nach Italien, dann auch Wien und natürlich Paris, mit dem Arc de Triomphe, der Opéra Garnier.

Im autodidaktischen Denken des Führers sind die Genregrenzen fließend, und in seinen kategorischen Behauptungen verwechselt er gern einmal Neoklassizismus und Barock. Niemand weiß mehr so recht, wovon eigentlich gerade die Rede ist, und der gebildete junge Architekt mit seinem Hochschulabschluss akzeptiert anstandslos den Niedergang von Urteilsvermögen und Genregrenzen, er passt sich an, findet Freiheit in der Unschärfe, baut, ohne sich um Kosten und Vernunft zu scheren, er sprengt das Budget wie der Regisseur eines Blockbusters.

Als er seinem Vater zeigt, woran er gerade arbeitet, schaut sich dieser alles eingehend an und sagt am Schluss einen einzigen Satz: «Ihr seid komplett verrückt geworden.»

Wie jeder andere Architekt benutzt auch er Stein und Mörtel, doch mehr als die anderen auch Fleisch. Im gleichen Maß wie Stein und Mörtel benutzt er Menschenfleisch – menschliche Spielfiguren im Dienst eines übergeschnappten Vermessers – und gehorcht damit einer Abstraktion, die an die von den Nazis verunglimpften Gemälde erinnert, braune Mondrians gewissermaßen. Zu ihren Materialien zählt auch die Kosmologie.

20.

Und die Nacht.

Die Nacht ist ein fester Bestandteil des Bauwerks.

Die Architektur des Zeppelinfelds verwendet Granit, Marmor und das Fleisch der menschlichen Spielfiguren, aber als der Architekt bei den Proben zum ersten Mal das Fleisch aus Hunderttausenden menschlicher Spielfiguren versammelt sieht, findet er es nur abscheulich. Dieses Fleisch ist fett, die Gürtel spannen, aus den Mündern dringt schmieriger Speichel, öliger Atem. Die Parteigenossen sind in dem knappen Jahr, das sie nun an der Macht sind, dick geworden. Schweinefleisch, Würste, Eisbein, Bier, Alkohol aller Art, die antisemitischen Schmähreden, die vorerst noch dilettantischen Misshandlungen der Juden haben eine Hässlichkeit hervorgerufen, die sich in den eingeschnürten braunen Uniformen kaum verhehlen lässt.

Der Führer ist einverstanden. Der Architekt hat recht: Das ganze Fett muss in Form gebracht, der große Haufen an menschlichen Spielfiguren, den er in seinem Ritual einsetzen will, muss verschönert werden.

Der Architekt schlägt also vor, all diese Beamten bei Nacht aufmarschieren zu lassen. Im Dunklen fällt ihre dekadente Anatomie nicht weiter auf. Nachts lässt sich die Hässlichkeit mit dem Licht in den Griff bekommen. Manches wird beleuchtet, anderes nicht.

Für den Architekten, den Künstler, wird die Nacht zum wichtigsten Material des Zeppelinfelds. Der Stein fungiert nur als Stützkonstruktion für die Nacht. Als Fundament, mehr nicht. Die Nacht ist das eigentliche Gebäude, zu dem Tribünen, Säulen und Vorplatz die Fundamente bilden, das Untergeschoss. Vielleicht wird die Nacht hier zum ersten Mal auf diese Weise vergegenständlicht.

Der Architekt hat nämlich eine Idee. Sie ist ebenso brutal wie schön, da ist er sich sicher. Er hat Görings neue Flakscheinwerfer gesehen. Ihre Lichtkegel reichen kilometerweit, ohne als eigenwillige, immaterielle Leuchtsäulen an Intensität einzubüßen. Ihre Lichtkegel wirken wie die Gespenster archaischer Säulen.

Also hat er den Führer davon überzeugt, der wiederum Göring überzeugt hat, sie ihm auszuleihen.

Er lässt einhundertdreißig dieser Scheinwerfer entlang der vier steinernen Tribünen aufstellen.

Die Wirkung übertrifft sämtliche Erwartungen. In der ersten Nacht des Parteitags stehen Wolken am Himmel, die Lichtsäulen ragen zu ihnen auf und erleuchten sie, es sieht aus wie ein in Echtzeit gemaltes Deckengemälde der Gezeiten: die Inszenierung von Kosmos und Wetter unter der Schirmherrschaft des Führers, der über die wiedergewonnene Größe Deutschlands schwadroniert.

Der Architekt sieht darin die vollkommene Umsetzung seiner romantischen Bestrebungen. Die perfekte Verkörperung der deutschen Romantik. Und dieses Mal denken die Besucher alle das Gleiche. «Ein Lichtdom», eine «Kathedrale aus Eis», so die Worte, mit denen ausländische Journalisten, Schriftsteller und Botschafter ihrer Faszination Ausdruck verleihen.

Unter den Angehörigen des engsten Kreises herrscht Verblüffung. Diese Inszenierung ist eine Liebeserklärung an den Führer.

Die Dunkelheit, die Scheinwerfer, das Licht, das auf ihn fällt, sobald er erscheint und dumpf zu sprechen beginnt – als wendete er sich an das Ohr eines jeden Einzelnen, sorgte sich um ihre Enttäuschung, um ihr Leid als Deutsche, die vom «System» betrogenen deutschen Soldaten, Proletarier und Arbeitslosen, rechts wie links, bevor er sie mit seiner rachsüchtigen Stimme zu einer einheitlichen rachsüchtigen Masse gegen die ausländischen Mächte und gegen die Juden versammelt: Der ganze Aufbau rückt den Führer, der selbiges mit dem Architekten getan hat, auf noch nie da gewesene Weise ins rechte Licht. Ein Reigen, ein Walzer nur für sie beide.

Die meisten Angehörigen des engsten Kreises gehören militärischen, paramilitärischen Organisationen oder der Polizei an. Sogar Goebbels, der gescheiterte Schriftsteller. Zu spät haben sie die wahnwitzige Bedeutung erkannt, die der Architektur in den Augen des Führers zukommt. Zu lange haben sie geglaubt, dass die verhinderte Berufung nichts als eine traurige Jugenderinnerung ist, die durch die politische Leidenschaft umfassend wettgemacht wurde. Zu lange haben sie geglaubt, dass die Anziehungskraft, die der junge Architekt auf den Führer ausübt, einem nostalgischen Aufflackern entspringt.

Sie haben sich getäuscht. Architektur- und Schlachtplan gehen Hand in Hand.

Der Machtmensch will Architekt werden, doch damit nicht genug. Auch der Architekt will Machtmensch sein.

Die umfangreichen Mittel, die dem jungen Architekten zugestanden wurden, verleihen ihm ein berauschendes Gefühl von Macht. Der Kreis der Vertrauten bemerkt, dass er zunehmend schroff wird, autoritär. Himmler führt die SS an, Göring die Luftwaffe, Speer beginnt eher bescheiden mit der Leitung eines kleinen Regiments aus angelernten Arbeitern. Das ist fürs Erste ausreichend. Es liegt ganz in seiner Hand, die Meister der Vergangenheit zu übertreffen. Der Führer wird vielleicht Alexander den Großen und ganz sicher den preußischen König Friedrich den Großen hinter sich lassen, Speer vielleicht Praxiteles und ganz sicher Karl Friedrich Schinkel, den Architekten Friedrichs des Großen.

Doch das ist erst der Anfang sehr viel untergründigerer Ambitionen.

In Nürnberg hat er letztlich keine Bauten errichtet, sondern seine Ambitionen. Aus einem Elan, in dem Steine, Menschenfleisch, Nacht und die Flakscheinwerfer das Schauspiel unbegrenzter Bestrebungen verkörpern: die Politisierung der Ästhetik und die Ästhetisierung der Politik.

Es ist verwunderlich, dass die Militärs und Paramilitärs der Partei trotz ihres angeborenen Gespürs für Gewalt all das nicht kommen sahen. Keiner, außer dem dicken Bormann. Martin Bormann, der Lakai des Führers, der Plumpeste von allen, der den Sekretärinnen an den Hintern tatscht und allen gegenüber nur so devot tut, um sie beim Führer noch besser in die Pfanne hauen zu können, sieht in puncto Speer am klarsten. Er misstraut ihm von Anfang an. Die hochmütige Schüchternheit, die distanzierte Anständigkeit, die Attitüde des unpolitischen Schöngeists, die den jungen Architekten trotz des sichtlichen Gefallens, den der Führer an ihm findet, harmlos wirken lassen – alles nur Täuschungsmanöver.

Gerade Goebbels – der sich doch als Schriftsteller verstand – hätte das besser einschätzen müssen, denkt Bormann: Die Kunst ist das Ergebnis maßloser Ambitionen. Die Kunst ist das Gegenteil von Demut, das Gegenteil von Allgemeingut, ja, des Guten überhaupt, wie übrigens auch des Bösen. Die Kunst macht Gott Konkurrenz, falls es ihn denn gibt. Die Kunst hat es bekanntlich auf den Tod abgesehen. Ein Gemeinplatz, Ausdruck eines brutalen, banalen und unwiderlegbaren Gemeinsinns. Er bringt die schlichte Wahrheit zum Ausdruck, dass der von Menschenfleisch zurechtgeschliffene Stein langlebiger ist als jenes Fleisch.

Die Pyramiden überdauern; die angelernten Arbeiter, die sie erbaut haben, überdauern mit ihnen, ihre Namen nicht. Sogar die Sklaven überdauern auf ihre Weise, wenn sie an der Errichtung künstlerischer Bauten beteiligt sind.

Der Führer will nicht nur den Raum erobern, sondern auch die Zeit. Doch was sind Eroberungen wert ohne Denkmäler? Was der Raum ohne die Zeit?

Das alles stellt der Führer für den Architekten dar, der Rest – sein Hass auf die Juden etwa – erscheint ihm nebensächlich und tut wenig zur Sache. Architekt und Führer ergänzen einander aufs Schönste.

Und es ist für alle offensichtlich, für die ausländischen VIPs und für die Nazi-VIPs: Im Rahmen des Nürnberger Projekts unterscheidet er sich nicht mehr von den Machthabern des Regimes. Er ist einer der ihren.

Was Göring durch seine Kleidung verkörpert – die ganzen mit Hermelin, Hemdbrüsten und Orden überfrachteten Uniformen –, verkörpert Speer in der Architektur mit Unmengen an Fahnen, Säulen und Scheinwerfern. Was in Bezug auf den Einzelnen lächerlich ist – Görings Kostümierungen –, bleibt es auch in Bezug auf die Allgemeinheit, aber es wirkt abstrakter, spektakulärer, gefährlicher. Speer weiß das genau. Auch sein Vater, der es beanstandet. Und auch Tessenow, Speers früherer Meister, weiß es, und er hat es ihm einmal gesagt: «Glauben Sie, dass Sie da etwas geschaffen haben? Es macht Eindruck, das ist alles.»

Er weiß es, und auch die Mitglieder des engsten Kreises wissen es: Er produziert Prunk und Pomp jenseits jeder architektonischen Notwendigkeit. Er ist ein Politiker. Ein potenzierter Göring.

21.

Eine Frau – Schauspielerin und Regisseurin – sucht ihm einen alten Zeitungsartikel von 1931 heraus. Drei Jahre nur, und schon eine andere Welt. In dem Artikel geht es um den damals von dem jungen Architekten realisierten Umbau des Parteigebäudes. Die junge Frau gibt zu, dass sie nicht umhinkonnte, sein Gesicht auszuschneiden.

Als der junge Architekt sie fragt, warum, erwidert sie, mit einem solchen Gesicht, habe sie gedacht, könnte er bestimmt eines Tages eine Rolle spielen …

Sie lässt den Satz bewusst in der Schwebe, bevor sie hinzusetzt: «Eine Rolle in einem meiner Filme natürlich.»

Für einen Beobachter der Szene ähnelt dieser Satz einem klassischen Verführungsmanöver. Der junge Architekt fühlt sich geschmeichelt, dass der schönen Schauspielerin und Regisseurin sein hübsches Frätzchen aufgefallen ist. Immerhin hat man ihm gerade zu verstehen gegeben, dass er gut aussieht.

Die Regisseurin heißt Leni Riefenstahl. Sie hat den von Speer inszenierten Nürnberger Parteitag gefilmt: die Inszenierung einer Inszenierung. Ein Werk der Avantgarde da, wo nicht mit ihm zu rechnen war. Eine Mise en abyme, ein Bild im Bild.

Manche der ausländischen Zuschauer sind sich einig, dass dem neuen Deutschland mit seiner abgründigen Politik von zwei talentierten Künstlern zugearbeitet wird. Leni Riefenstahl und Albert Speer sind jung, gut aussehend und begabt, und der Führer liebt sie. Doch in ihrem Umkreis und rund um den Führer tummelt sich ein ganzer Hofstaat an mittelmäßigen, unansehnlichen Trotteln. Goebbels vor allem, der bevorzugt Schauspielerinnen vögelt, und versucht hat, Riefenstahl zu vergewaltigen. Martin Bormann, der den hübschen Sekretärinnen der Reichskanzlei nachstellt und Speers Aufstieg verhindern will, indem er dem Führer andere Architekten empfiehlt und seinen Projekten unüberwindliche administrative Hürden in den Weg legt, was Speer ärgert und nachhaltig demütigt.

Sie sind jung, gut aussehend und begabt, und die versuchte Vergewaltigung Riefenstahls, die von Speer erlittenen Schikanen könnten sie einander näherbringen. Sie könnten miteinander flirten. Eine Affäre beginnen. Riefenstahl wäre nicht abgeneigt. Sie hat ihm den Beweis geliefert. Sie könnten sich gegenseitig über Vergewaltigungsversuche und Schikanen hinwegtrösten. Könnten sich in ihrer jeweiligen Kunst ergänzen, einander inspirieren. Natürlich würden Rivalitäten daraus entstehen. Natürlich werden Liebesbeziehungen zwischen Künstlern von Eifersucht und Rivalitäten zerrüttet. Selbst Liebesbeziehungen zwischen Künstlern und Machtmenschen werden vom Ehrgeiz der einen und der Paranoia der anderen zerrüttet, von den elenden Fragen nach dem wahren Sinn dieser geschäftlichen Liebe. Wird man je aus reiner Liebe geliebt? Wird man je geliebt wie im Kino, in diesen Szenarien, die die Regisseurin so gut kennt und die der Führer und sein engster Kreis sich abends nach einem von den immergleichen Gesprächen beschwerten Abendessen wohlgefällig anschauen? Wird der Führer wirklich geliebt von Deutschland? Die Deutschen lieben ihn, scheint's. Und er selbst erklärt, Deutschland über alles zu lieben.

Wie auch immer, die junge Regisseurin und der junge Architekt würden sich bestimmt gut verstehen, sie verfügen über ein Bildungsniveau, das der haarsträubenden

Plumpheit im Umkreis des Führers überlegen ist. Sie wissen sogar neue Künstler, die dem Führer nicht gefallen, zu schätzen.

Sie könnten immer freimütiger miteinander sprechen. Es könnte ihnen irgendwann ein Licht aufgehen. Ein Licht, das sie zur Flucht animieren könnte. Sie könnten fliehen wie andere Künstler, die sie kennen; sie vor allem, die deutlich mehr kennt als er.

Ein Musterbeispiel deutscher Romantik mit einem Hauch Hollywood.

Nach dem Schritt, den die Regisseurin auf den Architekten zugemacht hat, als sie ihm den Zeitungsausschnitt mit seinem Gesicht gereicht hat, wäre das ein denkbares Szenario. Diese Begegnung auf dem Höhepunkt ihres Erfolgs; die irgendwie merkwürdige, ungesunde, und eben deshalb anziehende Kulisse, in der sie sich begegnen; die barocke Polizei- und Militärkulisse des Dritten Reichs, die sie weit über die Erwartungen ihres Mäzens Adolf Hitler hinaus errichtet haben: all die Stein- und Lichtsäulen, die omnipräsenten Banner, die Kamerabewegungen mit Auf- und Untersicht, die Kontraste und Perspektiven, die frappierende Montagetechnik; die immer intensiver werdende Beziehung in dieser Kulisse zwischen den Mächtigen; die Vergewaltigungsversuche, die Schikanen, die sie trotz ihrer Erfolge zu erdulden haben und die ihnen zeigen, wie verletzlich ihre Position ist; die geheimen, nach dem Liebesakt in einem anonymen Hotelzimmer abgefangenen Gespräche, denn die Zimmer in den Luxushotels des Reichs, im Adlon zum Beispiel, werden systematisch abgehört; die leidenschaftlichen Gespräche über Kunst und Politik; die leidenschaftlichen Liebesszenen, weil sie jung und gut aussehend sind, Lieblinge des Führers, die begeistert über Kunst und Politik debattieren; das Bettgeflüster über alle, die bereits gehen mussten, Künstler, die sie kennen und deren Arbeit sie bewundern; manche, die gehen, andere, die bleiben; es könnte ihnen irgendwann ein Licht aufgehen, das sie zur Flucht animiert …

So die denkbaren Etappen eines Szenarios, das sich aus der Geste der Regisseurin an den geschmeichelten Architekten hätte entwickeln können.

22.

Es kommt ihnen noch nicht mal in den Sinn.

Ob sie in ihrer Künstlereinsamkeit, ohne darüber zu sprechen, je daran gedacht haben, aus dem Reich zu fliehen?

Leni Riefenstahl kennt die ganze Filmszene persönlich, sie hat jüdische Freunde und Liebhaber, jüdische Kameramänner, jung und sexy, ältere jüdische Produzenten, elegant und hochgewachsen. Männer stoßen sie nicht ab, sie filmt mit Vorliebe junge, gut aussehende Soldaten, Athleten, und die unmittelbare Umgebung des Führers besteht aus ungehobelten Kerlen mit ungesundem Lebensstil, das genaue Gegenteil zum Kult des Körpers und der Leibesertüchtigung, den sie bei den Hitlerjungen oder SS-Leuten sieht, wenn sie in kurzen Hosen vorbeidefilieren oder in Badehosen schlüpfen, um für die romantischen kalten Seen und Flüsse Deutschlands gewappnet zu sein. Abgesehen von einigen wenigen Ordonnanzen ist nur Speer, der neunundzwanzigjährige Architekt, kein ungehobelter Kerl.

Manche ihrer jüdischen Freunde und Liebhaber sind gegangen. Harry Sokal, ihr jüdischer Produzentenliebhaber, zum Beispiel. Sie hat versucht, ihn zum Lesen von *Mein Kampf* zu bewegen, er aber hat angesichts seiner begabten, ehrgeizigen und dummen deutschen Geliebten arischer Herkunft bloß mit den Achseln gezuckt und ist auf Nimmerwiedersehen verschwunden, nach Frankreich bestimmt, sie weiß es nicht und denkt nicht mehr weiter darüber nach. Sogar ihre Rivalin und Freundin Marlene Dietrich, die ihr die Hauptrolle in *Der blaue Engel* des Wiener Juden Josef von Sternberg weggeschnappt hat, bleibt in den Vereinigten Staaten und verweigert sich den flehentlichen Bitten von Goebbels, ins neue Reich zurückzukehren, wo ihr der rote Teppich ausgerollt werden soll.

Warum sollte sie gehen? Sie ist ja nicht jüdisch, und Politik geht sie nichts an. Sie ist nicht jüdisch wie der schlanke, elegante und unglückliche Harry, der so typisch germanisch, berlinerisch und distinguiert daherkommt. Sie ist keine einfache Schauspielerin wie Marlene. Sie ist Regisseurin. Sie hat mehr Eisen im Feuer als Marlene, und sie ist nicht jüdisch wie Harry. Die Partei der Nazis gibt Filme bei ihr in Auftrag, die zur Verfügung gestellten Mittel sind unbegrenzt. Wer würde das ausschlagen? Wer würde da fortgehen?

Auch der junge Architekt kennt ein paar Künstler. Sicher, er kennt keine jüdischen deutschen Künstler, höchstens namentlich, aber er kennt persönlich nichtjüdische deutsche Künstler, die nicht Mitglied der NSDAP sind. Manche gehören auch der Partei an. Er mag ein paar Architekten des Bauhauses, die vom Führer und daher auch vom

Kreis der engsten Vertrauten verachtet werden. Vor allem mag er Künstler, die dem Führer gefallen, die Bildhauer Arno Breker und Josef Thorak. Sie meißeln muskulöse nackte Männer und Frauen aus dem Stein, die dem Führer zusagen, monumentale, martialische Gestalten mit diesem zornigen, verklemmten Gesichtsausdruck, der wahrscheinlich unvermeidbar ist, wenn man für alle Ewigkeit splitternackt vor Massen von Unbekannten steht.

Der Führer, der junge Architekt, der bayerische Gauleiter und einige andere essen in München zu Abend. Die Stimmung in der Osteria Bavaria ist entspannt, sie sind anlässlich der Eröffnung der jährlichen Ausstellung deutscher Kunst zusammengekommen, die im Haus der Kunst des verstorbenen Paul Troost stattfindet. Die Gespräche drehen sich immer um die gleichen Maler und Bildhauer. Plötzlich erklärt der bayerische Gauleiter, Josef Thorak habe es nicht verdient, dass seine Statuen im Reich errichtet würden. Er habe vor Kurzem eine kommunistische Proklamation unterzeichnet. Niemand erkundigt sich, ob es sich tatsächlich um eine kommunistische Erklärung im landläufigen Sinne handelt oder der Gauleiter womöglich einen einfachen Protest gegen irgendeine künstlerische Richtlinie der Nazis fehldeutet. Josef Thorak ist der Lieblingsbildhauer des jungen Architekten, der angesichts des unvermittelten Angriffs, der indirekt ihm gilt, stumm bleibt. Doch der Führer kennt die Künstler besser, als sie sich selbst kennen. Schließlich ist er auch einmal Künstler gewesen, im Unterschied zum Gauleiter und zu vielen anderen ehemaligen Münchner Kameraden, feisten, dem Bier zugeneigten SA-Leuten. Im Kampf gegen die Juden sind sie unverzichtbar, aber in Bezug auf die deutschen

Künstler arischer Abstammung, die dem Führer gefallen, sind sie aufgeschmissen. Der Führer ist milde gestimmt an jenem Abend in München, er ist ganz in seinem Element im bohemeartigen Flair der Bierlokale und Ateliers, das ihn an seine Künstlerjugend erinnert. «Ach wissen Sie», sagt er, «das nehme ich gar nicht ernst. Künstler soll man nie nach ihrer politischen Auffassung beurteilen. Jene Fantasie, die sie für ihre Arbeit brauchen, nimmt ihnen die Möglichkeit, real zu denken. Lassen wir Thorak für uns arbeiten. Künstler sind die reinsten Toren. Heute unterschreiben sie hier, morgen da, sie schauen gar nicht mal hin, wenn's ihnen nur gut gemeint vorkommt.»

23.

Wer würde gehen, nachdem er so etwas gehört hat, denkt der Architekt, der diese Worte Hitlers in seinen *Erinnerungen* zitieren sollte?

Die, die gehen, haben keine andere Wahl. Sie sind jüdisch – so traurig es ist, sie müssen fort, aber die Kunst geht weiter, und das Leben auch, erst recht, wenn man der Kunst zu Diensten ist, der großen Kunst, die der Führer mit monumentalen Projekten fördert.

Die Jahre vergehen, die Parteitage ebenfalls, die Aufträge mehren sich, das Leben des Architekten ist angenehm, seine Anspannung nimmt zu, die Jahre vergehen, angenehm und angespannt; emotionale Spannungen im Kreis der Vertrauten, wo jeder eine potenzierte, eigenständige Macht ausübt, ständig im Konflikt mit den anderen und in dem Bemühen, die Wünsche des Führers zu erfüllen, die er in Berlin, München oder im Gebirge, auf seinem geliebten Berghof, äußert.

1938. Der Architekt geht an den verkohlten Trümmern der großen Berliner Synagoge vorbei, die in der vorangegangenen Nacht gebrannt hat. Er empfindet eine tiefe Verstörung angesichts des Chaos und sollte später gestehen, damals tatsächlich auch nichts anderes empfunden zu haben. Er ist ausgesprochen bürgerlich, das weiß er, wie er in seinen *Erinnerungen* unumwunden zugibt. Er neigt zur Selbstkritik, es wirkt, als würde er zusammen mit seinen Richtern vor sich sitzen und sich bis zu einem gewissen Punkt selbst verurteilen. Für ihn, den Großbürger, gibt es Dinge, die sich nicht gehören, diese ganzen Trümmer mitten in der Hauptstadt, all dieses Elend unter freiem Himmel, die ganz und gar nicht romantischen Ruinen. Das Chaos ist ihm verhasst. Und Goebbels ist ihm verhasst, weil er die Dinge anlässlich dieses überall im Reich durchgeführten Pogroms so nachlässig organisiert hat.

Er hätte ohnehin nichts machen können, wenn er es sich mit dem Mann, den er liebte, nicht verscherzen wollte. Da er an diesen Ausschreitungen in keiner Weise beteiligt war, fühlt er sich unschuldig. Er ist nur der Lieblingsarchitekt des Führers, mehr nicht.

Wenn die Leute wirklich anständig sind, wie sie es in ihren antifaschistischen Stellungnahmen in der Sowjetunion, in Frankreich oder Großbritannien immer wieder behaupten zu sein, können sie seine Unschuld nicht bestreiten. Wenn sogar der Führer die politische Unschuld des Künstlers anerkennt, müssen die Demokraten in Paris, Washington oder London dazu doch auch in der Lage sein, solange sie wirklich frei und kunstliebend sind. Er ist unschuldig, er ist Künstler und tut nichts Böses, niemand kann ihm vorwerfen, im neuen Reich Baudenkmäler im Maßstab früherer Zivilisationen zu errichten, die sie dem Umfang nach, in Kubik- und Quadratmeteranzahl, sogar übertreffen und die einen die Luft eines anderen Planeten atmen lassen.

Und tatsächlich belohnt man ihn, so wie man Leni Riefenstahl belohnt. Die Regisseurin gewinnt den Grand Prix der Weltfachausstellung in Paris 1937 für einen ihrer Filme über den Nürnberger Parteitag. Der Architekt bekommt im Rahmen derselben Ausstellung die Goldmedaille für die Gestaltung des deutschen Pavillons. Er hat ein lang gestrecktes, von Pilastern gegliedertes Gebäude entworfen, eigentlich nur der Sockel für einen riesigen Adler, der ein mit Eichenlaub umkränztes Hakenkreuz in den Schwingen hält.

Eine Architektur, die eine Macht zelebriert, die wiederum die Architektur zelebriert. Weshalb sonst diese Pilaster? Weshalb all die Giebel und Rillen, die in die Wände zwischen den Pilastern eingravierten labyrinthischen Motive? Weil es den Durchschnittsbürger immer an irgendetwas erinnert. Zum Beispiel an Sandalenfilme. An die mit Wasserfarben kolorierten antiken Tempel aus der Schulzeit. Es erinnert ihn an das unvergängliche Griechenland, an die jahrtausendealte Architektur. Der Künstler hat einen Gegenentwurf zum sowjetischen Pavillon gestaltet, dessen Modell er angeblich bei einem ungeplanten Besuch ein paar Wochen zuvor zufällig gesehen hat. Ein Versehen der Organisatoren oder tatsächlich Zufall: Beide Pavillons stehen sich am rechten Seine-Ufer zwischen dem Eiffelturm und dem Palais de Chaillot direkt gegenüber. Ein leerer Zwischenraum trennt sie vom Pont d'Iéna, in diesem Paris, das der Führer für die schönste Stadt der Welt hält, obwohl er noch nie da gewesen ist. Wie jedermann hält er Paris für die schönste Stadt der Welt, und die ganze Welt ist verblüfft von den Pavillons der Sowjets und Nazis, die auf dem Präsentierteller der französischen Hauptstadt miteinander wetteifern, zwei Türme, die sich gegenseitig überwachen und blockieren.

Der Architekt gewinnt die Goldmedaille, aber die Sowjets auch. Das ist das einzige Manko der Geschichte: Nazis und Sowjets beenden ihr Duell mit einem Unentschieden. Beim Schach nennt man das Remis.

24.

Die Mitglieder des engsten Kreises jubilieren, Speer hat sich soeben einen grandiosen Fauxpas geleistet, da sind sie sich ganz sicher.

Er präsentiert dem Führer eine Zeichnung mit romantisierenden Ruinen im Stil des 18. Jahrhunderts, auf der seine Bebauung des Zeppelinfelds von Efeu überwuchert wird, einzelne, eingestürzte Teile dekorativ am Boden liegen und sich das bröckelnde Mauerwerk wie liebevoll verschlungene Körper stapelt. Über die Tribünen ziehen sich gigantische Risse, die durch die Natur und ihre pflanzliche Umarmung sublimiert werden.

Das ist die Zukunft des neuen Deutschlands: die Ruinen des «Tausendjährigen Reichs», jene Bauten, die der Führer sich unsterblich wünscht.

Der Ausdruck «Tausendjähriges Reich» setzt sich immer weiter durch, in den Zeitungen und in den Reden der führenden Parteiangehörigen. Niemand weiß mehr, wer ihn erfunden hat. Hat ihn der Führer in einer seiner Ansprachen geprägt, oder Goebbels? Ist er womöglich bei einer der repetitiven Unterhaltungen in der Reichskanzlei oder der Osteria Bavaria gefallen, oder in Berchtesgaden? Die ausländische Presse greift ihn jedenfalls auf, um sich lustig zu machen, Sorge zu äußern, oder aber Begeisterung, weil es das einzige Zivilisationsvorhaben zu sein scheint, das der kommunistischen Barbarei etwas entgegensetzen kann; es gehen Gerüchte um von einer organisierten Hungersnot in der Ukraine, mit Millionen Toten und Fällen von Kannibalismus.

Wenn die Engländer das «Reich, in dem die Sonne nie untergeht» sein wollen, dann bilden die Deutschen arischer Abstammung das «Tausendjährige Reich».

Zeit gegen Raum. Auch wenn der Jude Albert Einstein beides für untrennbar erklärt, weiß der Nationalsozialismus doch genau, dass die Zeit mit der massiven Anmut ihrer Kuppeln, Triumphbögen, Säulenhallen, Stadien und allem anderen den Raum letztlich besiegen wird.

Außerdem ist die Raumzeit bloß ein Hirngespinst jüdischer Wissenschaftler, und die Wahrheit ist manchen im Umkreis der SS beliebten Theorien zufolge doch um einiges magischer. Demnach ist die Erde hohl oder eine in einer Grotte schwebende Kugel, und das, was wir für Sterne halten, nur das Glitzern auf den Wänden besagter Grotte. Darüber hinaus hängt man der Vorstellung an, das Universum sei nur eine Konfrontation zwischen Eis und Feuer, eine Dialektik der Elemente, deren Kontrolle zum Sieg führen werde. Himmler schwärmt dafür, er finanziert zahllose Forschungsprojekte in den betreffenden Disziplinen, besonders in die Archäologie setzt er große Hoffnungen. Er will beweisen, dass die Germanen die zivilisierte Welt gegründet haben, dass sie es waren, die Ägypter, Griechen, Römer, Inka, Chinesen und Japaner inspiriert haben. Dementsprechend lässt er den Boden des Mutterlandes nach dem geringsten germanischen Artefakt umgraben, lädt die Presse ein, sobald ein Stückchen Feuerstein oder eine Tonscherbe aus dem deutschen Matsch geborgen wird, und reagiert verzückt auf die allgegenwärtige Präsenz des Hakenkreuzes auf dem Planeten. Nach allgemeiner Ansicht handelt es sich bei dem, was die SS da zutage fördert, um kaum mehr als dürftige, unoriginelle Objekte, aber Himmler ist so selig, dass keiner sich traut, seine Begeisterung zu bremsen.

Der Führer ist empört und macht sich vor seinen Vertrauten über Himmler lustig, woran sich der Architekt mit Wohlgefallen erinnert, als er um 1967 seine *Erinnerungen* verfasst. In der Tat zählte der Reichsführer SS ab 1942 zu seinen ärgsten Feinden, und Erinnerungen sind Waffen, insbesondere, wenn der Betroffene tot ist.

Der Führer bedauert also, dass Himmler ein solches Verhalten an den Tag legt: «Warum stoßen wir die ganze Welt darauf, dass wir keine Vergangenheit haben? Nicht genug, dass die Römer schon große Bauten errichteten, als unsere Vorfahren noch in Lehmhütten hausten, fängt Himmler nun an, diese Lehmdörfer auszugraben, und gerät in Begeisterung über jeden Tonscherben und jede Steinaxt, die er findet. Wir beweisen damit nur, dass wir noch mit Steinbeilen warfen und um offene Feuerstellen hockten, als sich Griechenland und Rom schon auf höchster Kulturstufe befanden. Wir hätten eigentlich allen Grund, über diese Vergangenheit stille zu sein. Stattdessen hängt Himmler das alles an die große Glocke. Wie müssen die heutigen Römer verächtlich über diese Enthüllungen lachen.» Und dann Himmlers SS-Mythos: «Welcher Unsinn! Jetzt sind wir endlich so weit, in eine Zeit zu kommen, die alle Mystik hinter sich gelassen hat, und nun fängt der wieder von vorne an. Da könnten wir auch gleich bei der Kirche bleiben. Die hat wenigstens Tradition. Der Gedanke, dass ich einmal zum ‹SS-Heiligen› gemacht werde! Stellen Sie sich vor! Ich würde mich im Grabe umdrehen!»

Speer lacht, der Kreis der Vertrauten lacht auf Kosten Himmlers und seiner schwarzen Stiefel, die in Deutschland durch den Humus der Ausgrabungen waten.

Eine Weile nach dem Reichsparteitag geht der junge Architekt in Nürnberg an den stählernen Trümmern eines modernen Hangars vorbei, der abgerissen wurde, um Platz für die neue Anlage zu schaffen. Ihn frappiert, wie hässlich die vor sich hin rostenden Stahlträger sind. Wie hässlich die Ruinen dieser modernen, aus ordinären Materialien bestehenden Architektur sind, ohne sorgfältige Endbearbeitung, ohne jede Verzierung. Sein Kopf brodelt. Die dem Führer missfallenden archäologischen Marotten Himmlers, die architektonischen Obsessionen des Führers, die hässlichen Neubauten, die noch unansehnlicher sind, wenn sie in Trümmern liegen, seine Kenntnis der Romantik und der bei den Romantikern so beliebten Ruinenmalerei, sein Wissen um die romantische Schwärmerei des Führers angesichts der zerstörten Akropolis – all das verfestigt sich zu einer Eingebung.

Die derzeitige Größe Deutschlands wird sich an den künftigen Ruinen bemessen lassen, nicht an den von Himmler gepriesenen plumpen Relikten!

Demnach müsste man schon die zeitgenössischen Bauten im Hinblick auf ihr späteres Dasein als Ruinen konzipieren. Allein aufgrund der alle Vernunft sprengenden Dimensionen handelt es sich um effektvolle Architektur.

Es gilt also nicht nur, die beständigsten und edelsten Materialien – den besten Stein, das beste Holz, die besten Stoffe – im Dienste edler und beständiger Formen – Kuppeln, Säulengänge etc. – zu verwenden, sondern auch, mit dem Wissen von Ingenieuren und Physikern diejenigen Stellen zu eruieren, an denen sich die Risse am schönsten und die Einstürze am markantesten und spektakulärsten ausmachen werden.

Als der junge Architekt die Zeichnungen seiner Nürnberg-Ruinen präsentiert, hat er für die Indignation vonseiten der engsten Vertrauten nur ein müdes Achselzucken übrig. Wirkliche Trottel sind sie. Sollen sie sich doch darüber ereifern, dass man das Tausendjährige Reich in diesem Zustand zeigt. Sollen sie sich doch über seinen Untergang ereifern! Ja, eines Tages wird das Reich tatsächlich untergehen, der Endsieg aber offenbart sich in seinen Ruinen.

Der Architekt teilt dem Führer seine Eingebung mit. Er nennt sie *Theorie vom Ruinenwert*. Entschuldigt sich für den anmaßenden und hochtrabenden Titel. In jeder Lebenslage immer schnell mit Selbstkritik bei der Hand. Oder vielmehr damit, jede Kritik vorwegzunehmen, indem er sie sofort in seine Argumentation integriert und entschärft.

Der Führer ist hingerissen.

Von jeher fasziniert ihn die gefallene Schönheit der Vergangenheit. Fasziniert ihn die Zerstörung. Die Zerstörung ist ebenso wichtig wie die Erbauung, wenn es darum geht, sich für immer dem Gedächtnis der Menschen einzubrennen. Eine Ästhetik der Zerstörung – ein Geniestreich, auf den selbst Michelangelo oder Praxiteles nicht gekommen waren.

In Zukunft, ordnet der Führer an, soll jedes wichtige in Deutschland entworfene Bauwerk der Theorie vom Ruinenwert genügen.

Sie kennen sich jetzt seit mehreren Jahren. Sie sind sich in allen Themen absolut einig. Täglich konstatiert der engste Kreis ihr perfektes Einvernehmen. Erbauung, Zerstörung, Ruinen. Alle Vertrauten verfügen in ihrem jeweiligen Bereich über eine große Machtfülle, fortan überbieten sie einander, um den Befehlen des Führers in Sachen Erbauung, Zerstörung und Ruinen nachzukommen. Ob auf dem Gebiet der Waffen oder der Juden, der Wirtschaft, Information oder Desinformation, jeder leistet eifrig seinen Beitrag.

Der junge Architekt will glauben, dass ihm etwas architekturgeschichtlich Besonderes geglückt ist. Sein Name, so glaubt er, wird künftig untrennbar mit dieser Geschichte verbunden sein, dank seines Lichtdoms und seiner Theorie vom Ruinenwert.

In gewisser Weise ist sogar alles schon vorbei, denkt er in seinem Hang zur Romantik. Der Führer denkt ähnlich. Er klagt unablässig über seine Gesundheit, darüber, dass ihm nur noch wenige Jahre bleiben, um all die gemeinsamen Projekte mit Speer verwirklichen zu können. Alles, was danach noch kommt, denken sie nachts nach der stumpfsinnigen Betrachtung stumpfsinniger Komödien und Western, wird nur Variation sein, Wiederholung. Es ist bereits alles gesagt, auch wenn sie es gern noch einmal sagen und machen – der Führer mag Wiederholungen, die Wagner'schen Variationen eines obsessiven Leitmotivs –, während sie weitere monumentale Ableger in ganz Deutschland planen. In Nürnberg übrigens, wo nach jedem weiteren Parteitag all die Massen an Menschenfleisch, die Lichtsäulen und gigantischen Hakenkreuzbanner fehlen, wirkt der stumme Vorplatz mit den unzähligen vom Wind gepeitschten Linien aus Sitzreihen und Treppen bereits wie eine Ruine.

Nachkommenschaft

(Tausend Jahre)

25.

Ein gewöhnlicher Nazi-Empfang im Vorkriegsreich. Der Führer schreitet zwischen den Ehepaaren hindurch, grüßt die Frauen wie ein pickeliger Jüngling, taxiert die Ehemänner. Seine Höflichkeit wirkt unverhältnismäßig, lächerlich. Ein Pennäler, der sich in absurden operettenhaften Bücklingen und Ehrbekundungen ergeht, denken alle im Stillen. Diejenigen, die überleben werden, sollten es auch laut sagen, später, nach der Niederlage, als die Sexualität des Führers zu abwegigen Spekulationen über die Größe seines Penis, die Anzahl seiner Hoden oder eine für Zwitterwesen typische Frigidität Anlass gab. Sogar der junge Architekt sagte es dann.

So denken die Männer, aber die Frauen denken völlig anders. Die Gattinnen der Angehörigen des engsten Kreises, die weiblichen Berühmtheiten, die hin und wieder eingeladen werden, die Sekretärinnen und Köchinnen aus seinem Gefolge denken ganz und gar nicht wie die Männer. Sie finden den Führer charmant, respektvoll und beruhigend, meilenweit entfernt von Typen wie Goebbels und Bormann, Sexbesessene, die nur darauf warten, sie zwischen Tür und Angel flachzulegen. In der Reichskanzlei, auf dem Berghof, überall im Kreis der Vertrauten schweben sie permanent in Gefahr, solange sie nicht verheiratet sind. Man stellt ihnen nach, solange sie sich nicht in Gesellschaft des Führers befinden. Wenn sie zu ihm kommen, um sich zu beschweren, rät er ihnen, baldmöglichst zu heiraten, und liest den penetranten Freiern die Leviten. So hat er Goebbels die Leviten gelesen, als Leni Riefenstahl sich über sein Verhalten beschwerte.

Es kommt selten vor, dass die Frauen sich wegen solcher Angelegenheiten beim Führer beschweren, er hat schließlich ganz andere Sorgen. Nur während seiner Wutanfälle oder wenn er plötzlich verstummt, während seiner Hasstiraden gegen die Juden machen sie sich Sorgen, allerdings nicht ihret-, sondern seinetwegen, wegen seiner Gesundheit – wozu all diese an die Juden vergeudete Energie? Sie sind weder jüdisch noch kommunistisch, auch keine preußischen Generäle, die ihm verhasst sind; sie haben körperlich nichts von ihm zu befürchten. Das Einzige, was er von ihnen verlangt, ist, dass sie als Frauen an ihrem Platz bleiben und ihn mit ihren politischen Launen verschonen.

Der Führer umgibt sich gern mit hübschen, anmutigen Frauen, aber er belästigt sie nie. Sie sind bloß schmückendes Beiwerk, mit ihnen zu schlafen interessiert ihn nicht. Er erkundigt sich nach ihrer Familie und ihren Kindern, falls sie welche haben, und es ist gut, wenn sie welche haben. Für Mütter hegt der Führer eine besondere Zärtlichkeit. Seine eigene hat er geliebt wie seither niemand sonst, so steht es in *Mein Kampf*. Er trägt ihr Foto immer bei sich. Vom Vater allerdings keines. Die jungen hübschen Sekretärinnen wissen, dass sie sich ohne Risiko mit ihm in seinem Büro einschließen können, sie können die Reden des Führers abtippen und Tee trinken, ohne sofort dran glauben zu müssen.

Die deutschen Frauen im Allgemeinen halten ihn für einen Junggesellen, sie finden ihn sehr verführerisch, manche schreiben ihm jede Woche Liebesbriefe, für sie ist er ein echter Landesvater, der sich dieser Aufgabe mit Leib und Seele verschrieben und ihr auch sein Privatleben geopfert hat. Er ist mit Deutschland verheiratet, wie es überall heißt, und demnach auch mit jeder einzelnen deutschen Frau, wie der Führer gelegentlich scherzt.

Gewiss, die Frauen aus dem Kreis der Vertrauten wissen, dass der Führer seine Lebensgefährtin, Eva Braun, versteckt hält. Sie kennen sie, ein schüchternes Mädchen, eine, die, je besser man sie kennt, immer lockerer wird, die gerne feiert, tanzt und Champagner trinkt. Privat steht sie auch hinter der Kamera, sie filmt den Führer und sein Gefolge bei ihren Aufenthalten auf dem Obersalzberg, aber er hält sie versteckt. Vielleicht will er sie vor den Gefahren schützen, denen er sich als Staatsoberhaupt aussetzt, oder vor den Gefahren des öffentlichen Lebens? Und mit Sicherheit möchte er nicht, dass sie sich in die Politik einmischt, sie will es auch gar nicht.

Die Sekretärinnen wissen, dass sie mit dem Führer nie über den Inhalt seiner Reden sprechen dürfen. Die gelegentlich im Kreis der Vertrauten zugelassenen Frauen wissen, dass sie nie mit ihm über Politik sprechen dürfen. Der Führer hält die deutschen Frauen arischer Abstammung in politischer Hinsicht für frei von jeder Verantwortung, wie die Künstler.

Margret, Speers Ehefrau, weiß das genau. Sie wartet, bis sie im Saal der alten Reichskanzlei, wo sie zum ersten

Mal eingeladen ist, an der Reihe ist. Eine Initiative von Goebbels.

«Mein Führer», sagt Speer, «darf ich Ihnen meine Frau, Margret, vorstellen?»

26.

Ein paar Tage später sind der Führer und der Architekt in kleiner Runde beisammen, seit dem Empfang haben sie sich nicht mehr gesehen.

«Speer, warum haben Sie mir nicht gesagt, dass Sie verheiratet sind?»

Er fragt ihn das mit einer Ernsthaftigkeit und Eindringlichkeit, die ausgesprochen deplatziert wirkt. Die wenigen Zeugen ziehen sich instinktiv in ihre jeweiligen Gespräche zurück. Der junge Architekt weiß nicht, was er antworten soll, er wird rot und stammelt, er wisse auch nicht, warum er ihm noch nie von seiner Frau erzählt habe.

Die Frage ist ebenso absurd wie unglaubwürdig, natürlich weiß der Führer, dass er verheiratet ist, insofern gibt es auch keinen Grund, ein Geheimnis daraus zu machen. Und es war Goebbels, der sich darum gekümmert hatte, die Ehefrauen zu diesem offiziellen Empfang zu laden, der Auftritt Speers mit seiner Frau war geplant.

Und doch behauptet der Architekt, dass die Frage in einer Atmosphäre voller Anspielungen und angespannter Gefühle gestellt wurde, wie wenn bei einem Paar einer der Partner von der Existenz eines Dritten erfährt. Und die Historiker übernehmen sie wörtlich, so wie sie fast alles von Speer übernehmen und von ihm abschreiben.

Als sie einander vorgestellt wurden, soll man dem Führer eine leichte Verblüffung angemerkt haben, die er rasch mit einem Handkuss und Komplimenten zu Margrets Schönheit überspielte, bevor er sich an seinen jungen Architekten wandte, um ihm zu sagen, wie gut er ihn verstehe, dass er sie vor aller Augen versteckt habe, sogar vor ihm, seinem Führer.

So sind sie: Männer, die ihre Frauen verstecken. Noch eine Gemeinsamkeit. Es bedarf keiner weiteren Erklärung. Manche Männer stellen sie zur Schau wie Zuhälter, andere halten sie unter Verschluss wie Sultane.

Eva Braun schließt sich oft in ihrem Zimmer ein, wenn wichtige Gäste durch den Berghof schwirren, und Margret Speer sieht ihren Mann, seitdem er den Führer kennt, nur noch selten. Der Architekt mag Eva Braun, auch Magda, Goebbels Frau, mag er. Solche Freundschaften können im Kreis der Vertrauten überaus dienlich sein. Der junge Architekt ist zunehmend weniger jung, aber immer noch gut aussehend und begabt, und er ist kein Schürzenjäger. Die Frauen verstehen schnell, dass es in körperlicher Hinsicht von ihm nichts zu befürchten und vor allem nichts zu erhoffen gibt.

Bei der Vorstellung soll der Führer den Architekten kurz beiseitegenommen haben, um ihn einer strengen Befragung zu unterziehen.

«Speer, wie lange sind Sie schon verheiratet?»

«Sechs Jahre, mein Führer.»

«Und haben Sie Kinder?»

«Nein, mein Führer.»

«Sechs Jahre und immer noch kein Kind! Warum?»

Der junge Architekt lügt ihn an. Magda ist im sechsten Monat schwanger. Er lügt und spürt, dass es dennoch die richtige Entscheidung ist, so absurd das auch sein mag. Bald kommt das Kind zur Welt, und der Führer wird wissen, dass er gelogen hat. Vielleicht weiß er es schon – die meisten Ärzte sind in der Partei und dienen der SS als Spitzel, wenn sie nicht sogar selbst der SS angehören –, aber der Architekt darf es vor allem jetzt nicht mit ihm breittreten. Er spürt, dass keine derartige Gefühlsregung ihre Beziehung trüben darf. Und diese Empfindung ist so machtvoll, dass sie ihn instinktiv lügen lässt.

Sechs Jahre verheiratet und immer noch kein Kind … Der Führer will selbst keines. Seine Hingabe an die Größe Deutschlands sei unvereinbar mit einer Familie, erklärt er seinem Umfeld selbstzufrieden. Außerdem hätten bedeutende Männer oft enttäuschenden Nachwuchs. «Denken Sie nur an Goethes Sohn», wiederholt er gerne. «Ein Volltrottel! Stellen Sie sich vor, das würde mir passieren!»

Sechs Jahre verheiratet und immer noch kein Kind …

Gegen Ende des Empfangs erklärt der Führer Margret in einem Tonfall, der hinter der üblichen Autorität das Feierliche, Bedeutsame einer privilegierten Beziehung hören lässt, die ihr zugleich schmeichelt und Angst macht: «Ihr Mann wird für mich Bauwerke errichten, wie sie es seit Jahrtausenden nicht gegeben hat.»

27.

Der Führer imaginiert eine von herrlichen Bauten gesäumte Repräsentationsstraße in einigen selbst gezeichneten Entwürfen, die er seinem jungen Architekten unterbreitet: «Das ist meine größte Bauaufgabe», sagt er, «meine letzte.»

Der Architekt stellt fest, dass der karge Stil von Paul Troost angesichts der kolossalen Ausmaße der mit Architraven, Giebeln, allerlei Pilastern und Verzierungen überfrachteten Bauten verschwunden – oder sagen wir besser: zusammengeschmolzen ist. Troosts neoklassizistische Strenge ist dahingeschmolzen wie ein Würfel Zucker in der umgekehrten Kuppel einer Kaffeetasse.

Der Architekt hält das alles für großartig, aber noch nicht für ausgereift.

Zuerst hatte der Führer nur eine Prachtstraße geplant, die in den Köpfen des deutschen und internationalen Publikums die Champs-Élysées übertrumpfen sollte. Sie orientiert sich an Paris, aber auch an der Wiener Ringstraße, wie diese soll sie alle wichtigen Repräsentations- und Kulturbauten umfassen. Doch sie besteht nur aus einer schwindelerregenden einzigen Geraden mit einer Fülle an Säulengängen, Brunnen, Statuen, Kuppeln, ohne den Kontext der Hauptstadt mitzudenken.

Der Führer verachtet die Hauptstadt, für ihn ist sie gar keine, anders als Paris oder Wien ist sie nicht als eigenständige Metropole angelegt worden. Schuld daran ist womöglich der kaiserliche Föderalismus, Bismarcks Kartenschloss aus Herzogtümern, Hansestädten und Königreichen. Zum Glück haben die Nazis dieses Kartenschloss mit einem Stiefeltritt niedergetrampelt, mit lärmenden Gesetzen, die dem alten Deutschland in den Ohren schmerzen wie der Stechschritt der Militärs. Deutschland ist fortan in Gaue unterteilt, die von Gauleitern regiert werden, alles Parteimitglieder, die mittags und abends bei ausgedehnten Mahlzeiten den Parteistaat planen. Die den französischen Départements nachempfundene Verwaltungsform braucht eine Hauptstadt, die diesen Namen verdient, und in ebendieser Hauptstadt ein politisches Zentrum.

Dort soll es sämtliche Ministerien geben, ein Palais für den Führer, ein anderes für Göring, seinen vermeintlichen Thronfolger, ein weiteres für Goebbels; der Reichstag wirkt nur noch wie ein winziger Jagdpavillon zwischen den riesigen Schatten der neuen Bauten mit ihren Säulengängen, und dann das Hauptquartier der Wehrmacht, Pfalzkapellen für die SS, klobige Hotels und klobige Einkaufszentren, Steinmassen für Menschenmassen, Opernhäuser, Theater, ab und zu ein paar kulturelle Gebäude zwischen den zahllosen Bauten der Macht, auf denen, gut sichtbar für die ganze Welt und das Volk, Adler und Hakenkreuz prangen werden. Auch öffentliche Skulpturen in Gestalt von Panzern und Kanonen sind geplant.

Als Abschluss soll an einem Ende ein Triumphbogen stehen – der Stolz des Führers, sein Lieblingsprojekt, das seit seiner Jugend in Vorbereitung ist –, mindestens zweieinhalbmal höher und länger und fünfmal breiter als sein Vorbild und entfernter Verwandter in Paris, der schönsten Stadt der Welt, was sich allerdings bald ändern soll.

Am anderen Ende wird eine Kuppelhalle stehen, und zwar nicht irgendeine: der Kuppelbau des deutschen Volks arischer Abstammung, in die der Petersdom in Rom gleich mehrfach hineinpasst und der mindestens hundertfünfzig-, ja hundertachtzigtausend Menschen aufnehmen kann, die dort unter Konzertbedingungen hören können, was der Rest des deutschen Volks mithilfe der preisgünstigen, von Doktor Goebbels verkauften und gerühmten kleinen Radioempfänger hören wird.

Doch bisher ist es nur eine Prachtstraße, die in ihrer städtebaulichen Perspektive von Baron Haussmann und seinen gestalterischen Ideen beeinflusst ist. Daraus ergeben sich nicht zuletzt erhebliche Probleme der städtischen Umstrukturierung, denen der Führer anfangs keine Beachtung schenkt, er hat nur Augen für die prachtvolle, fünf Kilometer lange und einhundertzwanzig Meter breite Perspektive, die den Pariser Champs-Élysées in jeder Hinsicht überlegen ist. Paris, immer wieder Paris, dem Führer, den Amerikanern und dem Rest der Menschheit zufolge die schönste Stadt der Welt.

Der Architekt sieht sofort die städtebaulichen Schwachpunkte des Projekts, doch anstatt die gigantischen Ausmaße der Prachtstraße zu verringern und den Berliner Gegebenheiten anzupassen – das wäre purer Selbstmord, der Führer wäre enttäuscht und würde sich womöglich von ihm abkehren, Bormann und Goebbels würden frohlocken –, wird er genau das Gegenteil machen: Er passt Berlin der gigantischen Avenue an.

Er rät dem Führer sogleich, Berlin umfassend neu zu denken, vor allem das Transportwesen, Bahnhöfe anzulegen, die Prachtstraße mit Querstraßen, mit riesigen Innenhöfen zu erweitern, Lebensraum und Verkehr zu überdenken, und auch das Freizeitangebot mit neuen Parks und Seen.

Der Führer stimmt allem zu, diese Erweiterung ist absolut im Sinne seines Erweiterungsdenkens.

Für die Prachtstraße wird eine Nord-Süd-Achse gewählt. Im Norden soll sich der Adolf-Hitler-Platz befinden mit dem Kuppelbau als Höhepunkt, im Süden der Triumphbogen des Führers, dazwischen Dutzende, ja Hunderte von Millionen Kubikmeter ministerieller, militärischer, ideologischer Steine, und allüberall Hakenkreuzstandarten, die der Luft deutscher Lungen und dem Auge des deutschen Publikums ihren Rhythmus aufprägen. Würde man das Emblem auf jede deutsche Netzhaut tätowieren, hätte das kaum eine stärkere Wirkung als all diese die Prachtstraße säumenden Banner.

Es wird ein Datum festgelegt, zu dem der Großauftrag abgeschlossen sein soll, zumal dem Führer die wenigen ihm verbleibenden Jahre keine Ruhe lassen, wie er ständig betont, ob in der Reichskanzlei oder auf dem Berghof, vor dem spektakulären, von ihm selbst entworfenen Glasfenster mit dem feinen stählernen Skelett, das an die Lineaturen eines Schulhefts erinnert.

1950 soll es so weit sein. Vielleicht am 20. April 1950, dem Geburtstag des Führers; er wird an dem Tag seinen einundsechzigsten feiern.

Der Traum eines Kindes, das zum Jugendlichen geworden ist; zum Erwachsenen, zum jungen Greis.

28.

Ein Traum oder vielmehr das Spiel eines erwachsen gewordenen Kindes. Bald schon werden Modelle angefertigt. Bald werden sie auf Rolltische montiert. Jedes Bauwerk hat seinen eigenen Tisch. Alle zusammen ergeben die Prachtstraße, die sich in Einzelteile zerlegen und immer wieder neu zusammensetzen lässt. Viele Erwachsene machen so etwas. Viele Erwachsene stellen abends oder sonntags in ihrer Garage Schlachten nach. Viele Erwachsene bemalen Zinnsoldaten und platzieren sie auf Bretter voller Moos und Zweige, die Bäume, Ebenen und Hügel nachahmen sollen. Viele Erwachsene bauen Spielzeugeisenbahnen auf, die über Bretter voller Pappmaché-Berge rollen, voller Moos und Zweige, die Wälder nachahmen sollen. Viele Männer bleiben kleine Jungs und behandeln ihre Frauen wie Puppen, unartige kleine Mädchen, die abends bestraft werden wollen. Viele Frauen bleiben bis spät in ihrem Leben Barbiepuppen, die sich einen Führer-Papa wünschen, damit er sie zwischen zwei Launen bestrafen und vor dem Rest der Welt beschützen kann. Das ist einfach so, und etliche Dichter und Denker singen ein Loblied auf den erwachsen gewordenen Menschen, der sich ein kindliches Herz zu bewahren weiß. Kinder spielen Soldaten, Kinder werden Soldaten, wenn sie erwachsen sind, Kinder trampeln auf Ameisen herum und quälen Fliegen, Erwachsene trampeln sich gegenseitig nieder, wie sie sich als Kinder auf dem Pausenhof niedergetrampelt haben; Erwachsene gehen in den Keller hinunter oder hoch auf den Speicher, um Schlachten nachzustellen, Spielzeugzüge mit ihrem Eisenbahnnetz, und der Führer bekommt glänzende Augen wie ein wütendes Kind, wenn er über die Juden spricht, und glänzende Augen wie ein staunendes Kind, wenn er jeden einzelnen Winkel seiner Prachtstraße, die von einem Scheinwerfer in Sonnenrichtung angestrahlt wird, betrachtet und seinen Begleitern erläutert.

Sie ist ungefähr dreißig Meter lang. Sie besteht aus monumentalen Miniaturen. Die Maßstäbe geraten durcheinander. In Wirklichkeit winzig, nimmt sich Goebbels zwischen ihnen als Riese aus, und der Führer erst recht. Der Architekt und die SS-Leute, sämtlich mindestens eins achtzig groß, überragen sie alle, und umgeben von diesen schneeweißen Nachbildungen jener Gebäude, die in tausend Jahren verblüffende Ruinen abgeben sollen, verkörpern sie die Herrschaft der Titanen, denkt der Führer.

«Das sage ich Ihnen, Speer, diese Bauten sind das Wichtigste! Sie müssen alles daransetzen, sie noch zu meinen Lebzeiten fertigzustellen. Nur wenn ich selber noch in ihnen gesprochen und regiert habe, bekommen sie die Weihe, die sie für meine Nachfolger brauchen.»

Das sagt er ihm auf einer ihrer zahlreichen Spritztouren mit dem Mercedes Cabrio durch sein Reich. Sie haben soeben ein Kloster besucht, und der Führer hat sich mit dem Abt unterhalten. Jetzt picknicken sie auf einer Lichtung am Straßenrand. Alle sitzen im Kreis um den Führer. Er lobt den Abt, er lobt die Kirche, er bedroht und beschimpft sie. In einem Atemzug rattert er seine widersprüchlichen Äußerungen herunter, mit seiner rauen, tiefen Stimme, die ihm in der Kehle stecken zu bleiben scheint, fast ein Flüstern, das zur Tirade wird, zur Beschimpfung, wie ausgespuckt aus einer Höhle.

«Dieser Abt ... Da haben wir wieder einmal ein Beispiel für die gute Auswahl der katholischen Kirche bei ihren Würdenträgern. Nur noch bei uns, in der Bewegung, hat der Mann aus den untersten Schichten die Möglichkeit, so hoch zu steigen. Bauernjungen wurden Päpste; schon lange vor der Französischen Revolution gab es in der Kirche keine soziale Voreingenommenheit. Das hat sich gelohnt! Doch sollten wir sie nicht kopieren oder zu ersetzen versuchen. Rosenbergs Träumereien einer arischen Kirche sind lächerlich. Die Partei als eine neue Religion gründen zu wollen! Ein Gauleiter ist kein Bischofsersatz, ein Ortsgruppenleiter kann nie als Priester herhalten. Das findet bei der Bevölkerung keinen Anklang. Wenn dieses Führerkorps versuchen wollte, Liturgie zu treiben und die katholische Kirche auszustechen, wäre es völlig überfordert. Dazu fehlt es ihm an Niveau. Es ist nicht so einfach, eine Tradition aufzubauen ... Die Kirche wird sich angleichen. Dazu kenne ich das Pfaffenpack zu gut. Wie war es in England? Wie in Spanien? Wir müssen sie nur unter Druck setzen. Und unsere großen Kultbauten in Berlin und Nürnberg werden die Dome in den Dimensionen lächerlich machen. Lassen Sie nur so einen kleinen Bauer in unsere große Kuppelhalle in Berlin treten. Da bleibt ihm nicht nur der Atem weg. Der Mann weiß von da an, wohin er gehört.»

29.

«Ihr seid komplett verrückt geworden ...»

Diese Äußerung seines Vaters angesichts der Pläne für ein neues Berlin bedauert der Architekt, mehr aber auch nicht. Er empfindet nichts mehr, seitdem er die Welt an der Seite des Führers empfindet. Der Führer lässt einen die Welt empfinden, wenn er davon erzählt, wenn er einen auserwählt, um mit ihm gemeinsam auf ihr Dach zu steigen. Wer würde da widerstehen können? Der Architekt hat vor ihm noch nie etwas empfunden, wie er nun feststellt. Nur an seiner Seite empfindet er wirklich etwas. Weder seine Familie noch seine Freunde bieten ihm ein solches Spektrum mitreißender Gefühle.

«Mein Führer, darf ich Ihnen meinen Vater vorstellen, Albert Friedrich Speer?»

Diese Begegnung ist nicht geplant. Vater und Sohn sind im Theater, der Führer ist zufällig auch da. Er sieht den betagten Deutschen an der Seite seines jungen Architekten und erkundigt sich bei seinen Untergebenen, ob es sich um den Vater handle. Dann bittet er die beiden zu sich.

Der Führer lobt den Sohn in den höchsten Tönen. Er drückt dem Vater die Hände, lässt sie gar nicht mehr los, schaut ihn während seiner Lobeshymnen unverwandt an. Der Vater zittert. Der Vater ist für den Sohn kaum wiederzuerkennen. Er ist bleich und zittert, verabschiedet sich praktisch ohne ein Wort. Der Vater sollte den Führer Deutschlands nie mehr wiedersehen, und der Sohn sollte diese Begegnung dem Vater gegenüber nie mehr erwähnen.

30.

Bei einem mondänen Abendempfang im Münchner Haus der Kunst erlebt ein deutscher Theaterautor Hitler und Speer zusammen, ringsherum ein ganzer Reigen hoher Tiere. Der Autor heißt Günther Weisenborn. Er führt ein Doppelleben. Weil seine Werke seit 1933 verboten sind, ist er zunächst nach Argentinien geflohen. Er zählt zu denen, die gegangen sind. Dann ist er zurückgekommen. Er hatte die Möglichkeit dazu. Jetzt zählt er zu denen, die im Reich bleiben. Offiziell ist er ein unbedeutender Federfuchser in irgendeiner Schreibstube im Reichsministerium für Volksaufklärung und Propaganda. Heimlich gehört er einer Widerstandsorganisation an und riskiert sein Leben, sogar bei mondänen Abendempfängen.

Er beobachtet Speer und seinen Führer, und er beobachtet diesen Führer und sein Gefolge, all die Görings und Goebbels, die diversen Gauleiter. Seine Beobachtung spaltet Speer von den anderen ab, und daran ist nichts Subjektives, es ist den Akteuren selbst geschuldet. Sobald der Führer ein Wort über ein Gemälde oder eine Skulptur fallen lässt, reden ihm alle nach dem Mund und ergehen sich in Begeisterung, erweisen ihm ihre Reverenz, indem sie seine Äußerungen als treffend würdigen. Und er steht da, nimmt die Würdigungen all der Goebbels und Görings mit einem Anflug entgeisterter Gutmütigkeit entgegen, die weit aufgerissenen Augen nahezu feucht oder aber ungeheuer leer.

Seine Haltung ist eine andere, als er sich Speer zuwendet, der still weiter abseitssteht. Der Führer beugt sich zu Speer hinüber, der eine gelangweilte, gleichgültige Pose einnimmt, und flüstert ihm etwas ins Ohr, vielleicht eine bösartige, amüsante Bemerkung, und offenbar antwortet ihm Speer mit seiner schlanken, gelangweilten Silhouette etwas, der Führer unterdrückt ein Lachen. Günther Weisenborn jedenfalls hält für sich fest, dass dieser Speer wie ein Objekt der Bewunderung und Liebe wirkt und die Verehrung seines Führers als absolute Selbstverständlichkeit hinnimmt.

Lange danach liest Albert Speer Weisenborns Memoiren. Er hat viel Zeit, er sitzt in Spandau in Haft. Er liest die betreffende Passage, so wie man sich in einem Spiegel betrachtet, überrascht von der eigenen Überraschung. Er verteidigt sich, muss wieder an Hettlages Diktum von der unglücklichen Liebe des Führers denken.

Dann eilt ihm die Literatur zu Hilfe. Er zitiert Oscar Wilde: «Jemand zu beeinflussen ist dasselbe, wie ihm eine fremde Seele zu geben. Er denkt nicht mehr seine eigenen

Gedanken, er wird nicht mehr von einer eigenen Leidenschaft verzehrt. Seine Tugenden gehören nicht mehr ihm, selbst seine Sünden sind nur geliehen.»

Das ist beruhigend, er hat sich seine Sünden nur von Hitler geborgt. «Vater, vergib mir, denn meine Sünden sind die eines anderen.»

Jetzt ist leicht lachen darüber, doch ihm ist es durchaus ernst mit seinen seelischen Qualen, an denen nichts Katholisches ist. Er sieht sich als Romantiker, der selbst ein Opfer der Romantik ist, vor allem das ihrer letzten Ausprägungen, der Dekadenzdichtung des späten 19. Jahrhunderts mit ihrem Faible für Okkultismus und Besessenheit. Er selbst war vom Führer besessen, hat einen Pakt mit ihm geschlossen – eine irritierende Wahrheit für ihn, den rational Denkenden, die ihn Faust ein Stückchen näherbringt. Und Wilde lässt ihm noch eine andere Hintertür offen. Er erinnert sich an Dorian Gray, einen Dandy, der trotz seiner Verbrechen seine Schönheit bewahrte. Was würde passieren, wenn er, Speer, sein Gesicht mit seiner moralischen Hässlichkeit verunstalten würde? Ob er sich davon würde befreien können?

Wunderbar! Noch eine bemerkenswerte Szene, in der er Selbsterforschung betreibt und dabei den wunden Punkt sämtlicher mehr oder weniger passionierter Literaturliebhaber trifft. Wir sitzen mit ihm im Gefängnis und werden von einem Sturzbach an Querverweisen und Identifikationsmodellen mitgerissen. Speer, die unglückliche Liebe seines Führers, ist in Wirklichkeit Dorian Gray!

31.

1938–1939

Der Führer folgt seinem jungen Architekten, den beiden wiederum folgen Goebbels, Göring, Himmler, Bormann und andere hohe Tiere des Regimes; wie Brautjungfern, die die Schleppe tragen.

Der Führer ist geblendet. Seine neue Reichskanzlei blendet ihn mit vielerlei Marmor und Perspektiven, wie es sie bisher noch nicht gegeben hat, nicht einmal in Herrenchiemsee, einem der Schlösser Ludwigs II., das angeblich Versailles nachempfunden war. Hier ist, anders als in Herrenchiemsee, Ernst gemacht worden. Eine Walküre, die einer Odaliske gleich in der Berliner Stadtlandschaft liegt. Das Gebäude ist weitläufig, unendlich weitläufig sogar. Eine Zwischenform zwischen den Bauten des alten Deutschlands, in die man nach Kräften frischen Wind bringt, indem man die Fassaden überall mit Hakenkreuzen bestückt, und denen des jungen Deutschlands, die 1950 eingeweiht werden sollen. Es ist der 7. Januar 1939.

Ein Jahr zuvor hat der Führer seinen jungen Architekten mit dieser architektonischen Walküre beauftragt. Er braucht sie, um Diplomaten empfangen zu können. Er braucht eine neue Struktur, um bei den Ausländern, die mit ihm vage über Grenzfragen diskutieren wollen, Eindruck zu schinden. Der Architekt begreift sofort. Der Architekt weiß, dass er Baudenkmäler nicht für ein kleines, sondern für ein großes Reich errichtet. Der Architekt ist kein Pazifist. Je größer das Reich werden wird, desto größer wird auch er. Die gesetzte Frist indes ist äußerst knapp. Im Grunde unmöglich einzuhalten. Der Führer weiß das. Der Architekt ebenfalls. Aber es ruft glückliche Erinnerungen bei ihnen wach. Nach all den intensiven Jahren, in denen sie sich gemeinsam über große Zeichenbretter und riesige Modelle gebeugt haben, verschmilzt die Zeit der Erinnerungen bereits mit der Gegenwart ihrer Geschichte. Sie erinnern sich an die Wette, die der Führer mit Goebbels in Bezug auf seine Wohnung abgeschlossen hatte. Sie erinnern sich, dass der Führer gewettet hatte, dass der Umbau nicht rechtzeitig fertiggestellt werden könnte. Der Führer hatte verloren.

Der Auftrag wird am frühen Nachmittag beschlossen. Nach ein paar Stunden kommt der Architekt mit einem Terminkalender zurück. März 1938: Ende des Abrisses der vorhandenen Bausubstanz: August: Fertigstellung des Rohbaus; Anfang Januar: Übergabe der neuen Reichskanzlei. Der Architekt versichert: «Das war noch nie da. Das ist eine einmalige Leistung.»

Architekt und Führer wissen, dass die Entwürfe in Wirklichkeit schon seit Langem fertig sind. Die Ausführung soll nur schneller vonstattengehen als geplant, und in einem kürzeren Zeitraum als geplant. Es ist eine Frage des Tempos. Die Diplomaten sollen im noch jungen Jahr 1939 überrascht werden. Man muss schnell sein wie bei einem blitzartigen militärischen Vorstoß.

Am 7. Januar sind es noch zwei Tage bis zur offiziellen Eröffnung. Der Führer rechnet damit, hier und da noch ein paar Gerüste vorzufinden, die spezielle Atmosphäre eines Baustellenendes, die ihm so behagt und ihm Anlass gibt, seinem Gefolge und den Arbeitern mit seinen Kenntnissen in Maurer- und Rohbauarbeiten zu imponieren.

Aber nein, es ist alles schon fertig. Er könnte umgehend einziehen.

Die neue Reichskanzlei, die es inzwischen nicht mehr gibt, ist nachträglich oft beschrieben worden. Ihre Unmenschlichkeit, der berühmte Weg durch Raumfluchten mit spiegelglatten Böden und erdrückenden Proportionen, die den Besucher zunehmend verunsichern und ermüden sollten, bis er in Hitlers Arbeitszimmer stand. Unweigerlich überfrachtet man den Bau mit Empfindungen und Gefühlen, die 1939 nicht an der Tagesordnung waren. Unweigerlich wird diese Architektur von der Vernichtung der europäischen Juden überlagert. Die Gesichter aus Auschwitz überlagern die Fotografien der Marmorgalerie, die doppelt so lang ist wie die Spiegelgalerie in Versailles, und die Plastiken Arno Brekers, und das Arbeitszimmer des Führers, wo eine Intarsie auf seinem Schreibtisch ein halb aus der Scheide gezogenes Schwert zeigt, das dem Führer so gefiel, dass er Speer vor aller Augen bezirzte.

Und es ist logisch und moralisch nachvollziehbar, dass das so ist; dass diese Überlagerung zumindest für manche von uns instinktiv so machtvoll ist, dass wir auf einen Schlag am liebsten alles abbrechen, diesen Text nicht mehr weiterlesen und ihn in der Versenkung verschwinden lassen wollen.

Damnatio Memoriae: die Verdammung der Tyrannen aus der Erinnerung, wie sie unsere Vorfahren praktizierten. Nicht mehr ihre Namen aussprechen, sie von den Tafeln wischen, sie nie mehr aufleben lassen. Die Modernen praktizieren keine *Damnatio Memoriae* mehr, doch in manchen Fällen bewahren sie einzelne Aspekte davon, sorgen zum Beispiel dafür, dass die Körper von Diktatoren verschwinden, damit künftige Bewunderer kein Grabmal besuchen können. Ähnliches gilt für die Zerstörung mancher Baudenkmäler. Die Sowjets haben die neue

Reichskanzlei dem Erdboden gleichgemacht und aus dem Marmor und anderen Materialien Ehrenmale für die Toten des Großen Vaterländischen Krieges errichtet, und sogar eine U-Bahn-Haltestelle.

Am 7. Januar 1939 absolvieren der Architekt, der Führer und sein Gefolge den berühmten Rundgang, durchmessen die Säle, die sich jeweils in Materialien und Proportionen unterscheiden und wie bei bestimmten Bühnenstücken gewisse Überraschungseffekte erzeugen. In seinen *Erinnerungen* beschreibt der Architekt die positiven Reaktionen des Führers in Bezug auf die spiegelglatten Böden und das zur Hälfte aus der Scheide ragende Schwert. Er ist es, der ihm eine Stimme gibt. Zu den zahlreichen Details der Ausstattung, die dem Führer sicher bewundernde Kommentare abgenötigt haben, legt er ihm keine Worte in den Mund. Er erwähnt allerdings das allgemeine Entzücken.

Während das Gebäude von außen, insbesondere der martialische Ehrenhof, einer klassizistischen Militärakademie ähnelt, hat das Innere eine neobarocke Anmutung. Pomp und Prunk in Hülle und Fülle. Die meisten ausländischen Besucher sollten dem Bau einen atemberaubenden Luxus und eine seltene architektonische Intelligenz bescheinigen, die die künftigen Jahrhunderte nachhaltig prägen könnten. In der kurzen Zeit, die bis zum Beginn des Krieges blieb, rührte das Unbehagen der Besucher, so sie es empfanden, weniger von den Gemäuern her als von den darin befindlichen Menschen, all diesen SS-Leuten und Nazidiplomaten, die sie zu ihrem Führer brachten.

Um sein Ziel zu erreichen, hatte der Architekt insgesamt viertausend Arbeiter beschäftigt, die sich Tag und

Nacht im Schichtdienst abwechselten. Das entsprach einem riesigen Infanterieregiment. Eine noch immer bescheidene Belegschaft, die jedoch aus hoch spezialisierten Arbeitern bestand. Eine Elite des Bauwesens. Er war Risiken eingegangen und hatte damit Erfolg. Er hatte mit einzelnen Gebäudeteilen begonnen, ohne die nötigen Berechnungen zu ihrer Durchführbarkeit abgeschlossen zu haben. Er wusste, wie man Zuständigkeiten verteilt, Lösungen findet und die üblichen Verzögerungen bei Bauarbeiten der öffentlichen Hand vermeidet. Sein Organisationstalent ist überdurchschnittlich. Er weiß, dass sich das nicht zuletzt aus seiner besonderen Situation an der Seite des Führers erklärt.

Der Führer hat eine Vorliebe für Momente der Zweisamkeit. Der Kreis der Vertrauten sagt dazu salopp «Treffen unter vier Augen». Himmler, Goebbels, Göring, Speer, die Stabschefs und Minister betreten der Reihe nach sein Arbeitszimmer in Berlin oder auf dem Berghof und kommen mit präzisen Anweisungen wieder heraus. Oft sind sie nach diesen Unterredungen mit Hitler leichenblass, von dem Gehörten traumatisiert, überzeugt, verführt und fanatisiert. Sie kommen mit einer unbestreitbaren Autorität versehen wieder heraus, mit der des Führers. Sie sind seine Avatare auf dem Operationsfeld.

Zumindest bis zum Kriegsausbruch haben die «Treffen unter vier Augen» des Führers mit dem Architekten nichts mit denen gemein, die seine anderen Getreuen erleben. Die einzigartige Vertrautheit macht ihre Gespräche unvergleichlich reich an Übereinstimmungen und Meinungsverschiedenheiten. Doch wenn der Architekt sich mit einer Aufgabe betraut sieht, verfügt er über die gleiche unbeschränkte Autorität wie all die Himmlers, Goebbels und Bormanns. Sie ist sogar noch unumschränkter aufgrund der besonderen Zuneigung, die der Führer ihm entgegenbringt und die sich in allen Ministerien herumgesprochen hat. So gelingt es ihm, Rivalitäten zwischen einzelnen Abteilungen aufzulösen, die ohne ihn bestehen geblieben wären. Dementsprechend verbessern sich auch die jeweiligen Abläufe, was Speers Ruf als herausragender Organisator bestätigt.

Der Führer ist der Ansicht, dass seinem Architekten mit der neuen Reichskanzlei ein großer Wurf gelungen ist. Zum ersten Mal betont er das auch öffentlich in seiner Einweihungsrede, und er belohnt ihn, wie er ihn noch nie belohnt hat.

32.

Der junge Architekt ist nicht der Einzige, der im neuen Reich jung und gleichzeitig Architekt ist. Da gibt es noch andere. Insbesondere einen gewissen Hermann Giesler. Er ist sechs Jahre älter als Speer, er ist nicht so gut aussehend wie Speer, und keine Leni Riefenstahl hat sein Gesicht aus einer Zeitung ausgeschnitten. Aber er ist Architekt. Und der Architektur gehört nun einmal die Liebe des Führers. Inzwischen wissen das alle wichtigen Parteimitglieder, Gauleiter und Bürgermeister. Und alle haben aus diesem Grund in ihren jeweiligen Städten und Regionen diverse Bauvorhaben angestoßen. Baustellen schießen wie Pilze aus dem Boden. Wenn sie dem Führer auf dem Berghof oder in Berlin einen Besuch abstatten, haben sie immer ein paar Zeichenrollen parat, um ihn für sich einzunehmen. Mein Führer, wollen Sie mein Brückenprojekt sehen? Wollen Sie mein Opernprojekt sehen?

Es ist einfach, der Führer hätte gern in allen deutschen Städten ein Opernhaus und ein Theater. Der Führer kennt kein Halten mehr, wenn davon die Rede ist. Ein einziger Architekt kann nicht alles leisten. Speer kann nicht alles leisten. Er kümmert sich um Nürnberg und Berlin. Giesler wird mit München und Linz beauftragt. Zwei zentrale Städte im Leben des Führers. Im Alter von acht bis achtzehn hat er in Linz gelebt. Dort hat sich seine Berufung zum Künstler herauskristallisiert. Er nennt Linz seine *Heimatstadt*. Und München, natürlich. München, die Osteria Bavaria, die ersten Jahre der Partei, seine alten Kameraden …

Der Architekt ist wütend. Warum hat der Führer diesen Giesler genommen und nicht ihn? Er hätte sich nicht nur gleichzeitig um Nürnberg und Berlin kümmern können, sondern auch um mindestens eine der beiden anderen Städte. Doch damit nicht genug. Giesler ist gleichfalls mit den offiziellen Bauten in Weimar, Augsburg und auf dem Obersalzberg betraut.

Giesler ist Sohn und Enkel eines Architekten, wie Speer. Und im Unterschied zu Speer ein Nazi der ersten Stunde. Er hat sich mit siebzehn freiwillig gemeldet, er hat im Ersten Weltkrieg gekämpft, wie der Führer.

Furcht, Verzweiflung, Unverständnis, Hass und Eifersucht überkommen Speer. Und seine Feindseligkeit hielt an, sogar nach dem Dritten Reich. Giesler sollte ohne großen Erfolg eigene Memoiren veröffentlichen und in der Bundesrepublik Deutschland als eher unbekannter Architekt seine Karriere fortsetzen – Speer verachtete ihn zeitlebens.

Er bildet sich ein, dass seine Stellung gefährdet ist. Dass seine Macht gefährdet, seine aufstrebende Arbeiterarmee zugunsten Gieslers entzweit wird.

Bisher ist er mit Würdigungen überhäuft worden. Seine Funktionen in der labyrinthartigen Verwaltung der mit dem Staat gleichgesetzten Partei, seine Funktionen innerhalb des Parteistaats machen ihn zu einem wichtigen Mann, der allerdings im Vergleich zu Göring, Goebbels, Himmler, Heß, Bormann, zu den Militärs und Ministern nach wie vor im Hintergrund steht. Offiziell ist er Chefarchitekt der Partei, Chef der Organisation «Amt Schönheit der Arbeit», die die Arbeitsbedingungen in moderneren Fabriken verbessern soll, und Generalinspektor der Bauvorhaben in Berlin und Nürnberg mit dem Rang eines Staatsuntersekretärs.

Das ist zwar nicht nichts, aber ist es wirklich viel? Steht es im Verhältnis zu der einzigartigen Beziehung, die er zum Führer unterhält? Steht es im Verhältnis zu der Zeit, die er mit ihm verbringt, zu ihrem jeweiligen Bedürfnis, einander zu sehen und gemeinsam laut nachzudenken über die Pläne für Berlin und andere Vorhaben, die über dreißig neu zu gestaltende deutsche Städte betreffen und für die der junge Architekt noch nicht einmal verantwortlich ist, obwohl der Führer, der auf seine Meinung nicht mehr verzichten kann, ihn ständig um Rat fragt?

Im labyrinthartigen Organigramm des Parteistaats überschneiden sich die Zuständigkeiten und reservierten Bereiche. Parallel stoßen mehrere Ministerien ähnliche Initiativen an, und die leitenden Stellen streiten sich mehr, als dass sie zusammenarbeiten, was zu Autoritätskonflikten, Misswirtschaft, Verzögerungen und ineffizienten Programmen führt. Himmler gründet auf Kosten der Wehrmacht seine eigene Armee, Göring hat bereits seine Luftwaffe und vereitelt daher das Projekt einer Marineluftwaffe, außerdem leitet er die Wirtschaft und ist Dienstherr der Polizei, Bormann schließlich ist der offiziöse Sekretär der Reichskanzlei, wo er sämtliche Anfragen aller Organisationen und ihrer Chefs zentralisiert und je nach eigenen Interessen hintertreibt.

Speer ist es gelungen, seinen Tätigkeitsbereich geschickt zu erweitern, indem er Göring umworben hat. Er betreut nun sämtliche Fabriken der Luftwaffe als leitender Architekt. Das hat nichts mit den Bauten in Berlin und Nürnberg zu tun, doch im Parteistaat der Nazis ist das kein Problem, sondern durchaus möglich, und der Führer hat nicht die Energie, in die politisch-emotionalen Konflikte seiner Handlanger einzugreifen. Er hat die Energie, sie auszulösen, aber nicht, für ihre Konsequenzen einzustehen. Er treibt sie dazu an, seine Wünsche zu erfüllen, woraufhin sich alle sofort an die Arbeit machen – die daraus entstehende administrative Verwirrung interessiert ihn nicht.

Um alle potenziellen Gieslers endgültig auszuschalten, verfällt der Architekt auf eine rigorose Strategie. Er will eine Bauaufsichtsbehörde, die die stilistische Homogenität all dieser Projekte gewährleisten soll. Sonst entsteht etwas Uneinheitliches, und die Kunst des Reichs kann sich einen solchen der Rassenmischung vergleichbaren Fauxpas nicht leisten. Die Kunst des Dritten Reichs misst sich an den Stilformen der Vergangenheit, man soll einmal von einem nationalsozialistischen Stil sprechen können oder sogar von dem Adolf-Hitler-Stil, so wie es einen griechischen oder römischen Stil gibt, einen Empire- oder Louis-XV-Stil.

Und wo eine Bauaufsichtsbehörde ist, gibt es auch einen Generalinspektor.

Und wo es einen Generalbauinspektor braucht, ist Albert Speer zur Stelle.

Der Titel soll «Generalbauinspektor für die Reichshauptstadt» lauten.

Er ist ein Fürst, er zweifelt nicht am Erfolg seines Manövers.

Im Prinzip müsste er sich zum Führer begeben, ein «Treffen unter vier Augen» erbitten, nachmittags oder abends, wenn sie sich üblicherweise zu zweit in eine Ecke des Berghofs oder der neuen Reichskanzlei zurückziehen und in den bequemen, von ihm selbst entworfenen Sesseln versinken.

Er tut es nicht. Die Privilegien, die ihm der Führer seit so vielen Jahren zugesteht, sind ihm ein wenig zu Kopf gestiegen. Geradezu nachlässig verfasst er ein Memorandum über die Bauaufsichts- und Kontrollbehörde für den architektonischen Stil des Reichs. Er leitet es an die Reichskanzlei weiter, sprich an Bormann. Alle Akten laufen über ihn. Der Führer liest praktisch nie die Papiere, er hört sich Bormann an, der sie für ihn mündlich zusammenfasst, und entscheidet entsprechend.

Nach Bormanns Protokoll lehnt er Speers Vorschlag ab.

Das ist die erste Verstimmung zwischen ihnen. Die erste Enttäuschung für den Architekten. Sie ist immens. Natürlich weiß er, dass der Führer wegen Bormann, diesem Dreckschwein, abgelehnt hat. Er weiß, dass es ein Fehler war, über Bormann zu gehen. Er weiß, dass der seine Konkurrenz zu Giesler übertrieben und sein Projekt verzerrt dargestellt hat, damit es schwer nachvollziehbar schien und wirkte, als entspränge es seinem intriganten Ehrgeiz.

Vielleicht verstimmte den Führer aber vor allem das

kuriose Vorgehen seines Lieblingsarchitekten? Vielleicht verstimmte es ihn, dass Speer keine vertrauliche Unterredung mit ihm gesucht hatte, wie es bei ihnen üblich war? Warum hatte der Architekt ohne jeden Grund diese absurde administrative Distanz zwischen ihnen provoziert? Warum war er nicht direkt zu ihm gekommen, anstatt den Umweg über Bormann zu nehmen?

Wie auch immer, der Architekt ist gekränkt, entsetzlich gekränkt über die harsche Weigerung des Führers. Selbst dreißig Jahre später ist seine Kränkung noch dem Papier anzumerken. Er fühlt sich im Stich gelassen. Er will dieser Abkehr zuvorkommen. Er gleicht jemandem, der seinem Partner mit Selbstmord droht. Er verfasst einen melodramatischen Brief, in dem er erklärt, dass er von all seinen Funktionen zurücktreten wolle, um sich nur noch der Ausführung der Bauten in Berlin und Nürnberg zu widmen. Danach wolle er wieder ein einfacher Architekt in den Diensten privater Auftraggeber sein.

Der Führer erwidert ihm, er habe absolut recht, das sei eine hervorragende Entscheidung, er könne gern gehen. Er will fort? Bitte schön, die Tür ist weit geöffnet! Der Architekt fühlt sich gedemütigt.

Die Zeiten haben sich in jeder Hinsicht geändert. Die Rheinlandbesetzung 1936, der Anschluss Österreichs 1938, die Annexion der deutschsprachigen Gebiete der Tschechoslowakei sowie deren Zerschlagung im selben Jahr haben den Krieg mit den Engländern und Franzosen nicht ausgelöst. Der Überfall Polens am 1. September 1939 löst ihn aus.

Der Architekt ist vierunddreißig. Er ist noch jung, aber seine Beziehung zum Führer ist in die Jahre gekommen.

Die Schmach, die der Führer seinem jungen Architekten zufügt, ist nur die logische Folge eines unausweichlichen Alterungsprozesses. Sie kennen sich mittlerweile seit sechs Jahren, seit dem improvisierten Mittagessen damals, ganz zu schweigen von der ersten Unterredung davor, der Architekt mit seinen Zeichnungen, der Führer mit seiner auseinandergebauten Pistole. Die Pistole ist inzwischen bestens geölt; Lauf, Magazin, Abzug, Hahn und Kolben sind wieder zusammengebaut worden; entgegen den Behauptungen des Führers hat die Architektur keinen Vorrang mehr. Der Architekt weiß das sehr genau.

Entfernung

(1940–1945)

33.

Juni 1940–April 1945

28. Juni 1940. Frühmorgens am nördlichen Himmel von Paris neigt sich eine Focke-Wulf Fw 200 leicht zur Seite, ihre Fenster rahmen die französische Hauptstadt mit ihren Baudenkmälern und Boulevards. Es ist ein viermotoriges Flugzeug mit großer Reichweite, das die Lufthansa ursprünglich für ihre Langstreckenflüge nach New York oder Tokio hatte bauen lassen. Umgangssprachlich wird es «Condor» genannt. Mit ein paar entscheidenden Veränderungen hätte ein ordentlicher strategischer Bomber daraus werden können, der mehrere Tonnen Bomben über mehrere Tausend Kilometer transportiert, aber der Führer glaubt nicht an Massenbombardements, die einen langen Krieg voraussetzen würden. Er glaubt an den Blitzkrieg, in dem Panzer und mittlere wie leichte Bomber gemeinsam an der Vernichtung des Gegners arbeiten. Tatsächlich: Frankreich ist besiegt, und England hat seine gesamte militärische Ausrüstung auf französischem Boden verloren. Sechs Wochen haben genügt. Ein Wimpernschlag, verglichen mit den vier Jahren, drei Monaten und mehreren Tagen des vorherigen Krieges.

Die Focke-Wulf ist das Privatflugzeug des Führers, der sich anschickt, die schönste Stadt der Welt in Begleitung einiger ausgewählter Künstler seines Regimes zu besichtigen. Arno Breker und Hermann Giesler reisen mit. Auch Albert Speer. Die Condor landet in Le Bourget.

23. April 1945. Eine Fieseler Fi 156 fliegt in extrem niedriger Höhe über den Berliner Westen. Umgangssprachlich wird sie «Storch» genannt. Der Architekt ist mit an Bord. Seit 1942 ist er nicht mehr Architekt. Er ist Reichsminister für Rüstung und Kriegsproduktion. Er blickt auf die Rauchschwaden, die eingestürzten Dächer, die abscheulichen Fassaden. Er betrachtet die faszinierenden und abscheulichen Auswirkungen der Massenbombardierungen, die zerklüfteten Formen, die sich den in Architektur und Rüstung bewanderten Augen darbieten. Er blickt auf die formalen Effekte der von Flugzeugen mit langer Reichweite ausgeführten Bombardierungen, viermotorige Flieger, die in der Lage sind, mehrere Tonnen Bomben über mehrere Tausend Kilometer zu transportieren und wieder zur Basis zurückzukehren, um Tag und Nacht ihr gründliches, repetitives, faszinierendes und abscheuliches Werk der Zerstörung zu vollenden. Den Deutschen ist es nie gelungen, einen effizienten strategischen Bomber zu entwickeln. Sie haben zu spät reagiert.

Das Ergebnis ist verblüffend: Die Städte des Reichs liegen in Trümmern. Die Hauptstadt ist eine einzige Ruine. Und nichts entspricht der Theorie, die Speer dazu entwickelt hat. Ja, die zerstörten Behausungen und Baudenkmäler sind nicht nach den speziellen statischen Vorgaben seiner Ruinentheorie errichtet worden. Ja, die Wirkung einer 1945 hergestellten Bombe ist nicht die gleiche wie die der

Bomben, die man 1934 kannte, als er sich als echter deutscher Romantiker mit dem Gedanken trug, ein Bauwerk im Hinblick auf seinen künftigen Verfall zu konzipieren. Ja, noch wuchert kein Efeu elegant über die zerschossenen Säulen und eingestürzten Mauern. Ja, diese Theorie ist so absurd wie die meisten Theorien, sie ist ein Konzept, eine Idee, ein intellektuell verbrämter Wunschtraum, eine Utopie; und in einem solchen Fall wäre eine Umsetzung in die Tat ein Fiasko gewesen, eine gewaltsame Aneignung des Raums durch den zum Rüstungsminister avancierten Architekten. Und tatsächlich quält ihn in diesem winzigen Flugzeug mit den Dimensionen einer Avro Lancaster oder Consolidated B-24 Liberator, die Berlin und sämtliche deutsche Städte seit drei Jahren in Schutt und Asche legen, eben genau die Wahrheit, das Konzept, die Vorstellung von Wahrheit.

Die Wahrheit. Dem Führer die Wahrheit sagen und morgen den Alliierten. Aber bis wohin? Er weiß schon lange, dass der Krieg verloren ist. Er weiß, dass Deutschland diesen Krieg auf ungewöhnliche Weise geführt und verloren hat. Die spezifische deutsche Kriegsführung ist unaussprechlich, das weiß er seit geraumer Zeit. Er weiß, dass auch die Sowjets, Amerikaner und Engländer das begriffen haben und ihnen nie verzeihen werden. Das, was er genau von diesem ungewöhnlichen Krieg weiß, ist für ihn im Hinblick auf die Sieger absolut entscheidend. Denn die Alliierten werden sich nicht mit einem Sieg wie 1918 zufriedengeben. Ein Ding der Unmöglichkeit in Anbetracht der deutschen Kriegsführung. Er weiß auch, dass die Sieger die Geschichte schreiben – eine Banalität des Sieges. Er denkt darüber nach, ganz sicher denkt er darüber nach, wie sich die Geschichte an die Rolle Deutschlands und der Deutschen in diesem Krieg und damit auch an seine eigene Rolle, die Rolle Albert Speers, erinnern wird. Alle Vertrauten des engsten Kreises denken in unterschiedlichem Maß darüber nach. Oft genug haben sie anlässlich der repetitiven, geisttötenden Abende mit dem Führer auf dem Berghof oder in der Reichskanzlei großspurig und melodramatisch über die großen Männer der Vergangenheit schwadroniert, um nun daran zu denken und, zumal, seit sie den Krieg verloren wissen, zu wissen, wer die Geschichte schreibt. Sie wurden in ihren Reden und Schimpftiraden nicht müde zu betonen, dass sie selbst die Geschichte aus der Perspektive des arischen Deutschlands schrieben. Sie betonten es in aller Öffentlichkeit, und ihre Bürokratie hat einen ganzen Berg an Papieren hervorgebracht, um es zu beweisen. Übrigens verbrennt man, so gut es geht, seit einigen Monaten all diese Papiere, um ihre monströsen Spuren, von deren Monstrosität sie genau wissen, auszulöschen; ihnen ist nur zu gut bewusst, was für ein spezielles Vorhaben sie in den eroberten Gebieten und besonders in Polen ausgeführt haben.

Der Krieg ist verloren, und der Minister will den Führer trotz der Proteste seines Umfelds und der zunehmenden Entfernung der letzten Jahre ein letztes Mal sehen. Er kann nicht anders. Der Storch landet Unter den Linden.

28. Juni 1940. Der Führer und sein Gefolge besichtigen die Opéra Garnier. Er kennt sie in- und auswendig. Er hat ihre Pläne und Beschreibungen eingehend studiert, sodass das reale Bauwerk nur die Bestätigung seines Traums als autodidaktischer Leser ist. Der Architekt weiß, dass er in diesem Bau ein Modell sieht, das es in den verschiedenen Projekten für Berlin und Nürnberg zu übertreffen gilt.

Giesler weiß es auch und denkt an München, Linz und etliche andere Städte.

Der Führer besichtigt den Triumphbogen, den er ebenfalls in- und auswendig kennt. Im vorangegangenen Jahr hat der Architekt ihm zu seinem fünfzigsten Geburtstag ein Modell seines eigenen Triumphbogens anfertigen lassen, so wie er ihn seit seiner Münchner Jugend immer wieder zeichnet. Er ist vier Meter hoch. Man kann mühelos unter ihm durchgehen. Ein Monster.

Der Führer besichtigt Paris, seine Baudenkmäler, seine Boulevards, die Champs-Élysées. Er wird fotografiert. Sein Architekt ist nie weit von ihm entfernt. Die Stadt ist intakt. Warschau hat er nicht verschont. Aber Paris ist für den Führer die schönste Stadt der Welt, und er fragt sich, ob er sie nicht doch zerstören sollte. Er lässt sich Zeit. Die Kuppel des Invalidendoms, die Kuppel des Pantheons. Er mag sie sehr, und trotzdem müssen sie wahrscheinlich zerstört werden.

23. April 1945. Der Minister und seine Ordonnanz betreten die neue Reichskanzlei inmitten der ungeheuerlichen Schuttberge Berlins. Der große Kuppelbau ist nie errichtet worden und wird für immer Modell bleiben. Der große Triumphbogen des Führers, sein Palais, seine Ministerien sowie die Prachtstraße, an der sich diese Bauten einer klassischen Perspektive fügen sollten, werden nie errichtet werden. Ebenso wenig wie der Komplex in Nürnberg oder die Opern- und Theaterhäuser in Linz oder München. Stattdessen wurden im Osten etliche Sondereinrichtungen gebaut, die unaussprechlich waren und von denen man im Übrigen nicht reden durfte.

Ein befreundeter Gauleiter hatte im Vorjahr zu ihm gesagt: «Folgen Sie nur nie einer Einladung, im Gau Oberschlesien ein Konzentrationslager zu besichtigen. Nie, unter keinen Umständen. Dort habe ich etwas gesehen, was ich nicht schildern darf und auch gar nicht schildern könnte.»

Die Bauten aus Granit und Marmor hingegen bleiben Modelle, Zeichen, die in die Landschaft einer geistig und körperlich schon lange zerrütteten Epoche skizziert worden sind. Der schlanke, reife Minister um die vierzig hegt abfällige Gedanken über das heruntergekommene Aussehen des Führers, seine dicke, pockennarbige Nase, die Fingernägel, die er in aller Öffentlichkeit abkaut, seine grünlich aufgedunsene Haut. Fast unerträglich hässlich ist der Führer. Schüchtern stellt er sich eine Zukunftsfrage, eine Frage, die auch wir uns stellen, die vor 1945 allerdings schlicht keinen Sinn ergab: Wie konnte er der Anziehungskraft dieses Mannes verfallen? Ihre Beziehung dauert seit mittlerweile zwölf Jahren. Sie teilen viele Erinnerungen miteinander. Die letzte schöne gemeinsame Erinnerung ist vielleicht jener Besuch in Paris im Juni 1940.

Der Minister denkt nicht wie ein Filmregisseur. Mit der Montage alternierender, in unterschiedlichen Phasen seines Lebens erlebter Einstellungen, die sein Gedächtnis in einem einzigen Film zusammenstellen könnte, ist er wahrscheinlich nicht vertraut. Er ist kein Genie der Montage wie seine Freundin Leni Riefenstahl. Noch nicht einmal ein Genie der Architektur ist er, wie der Führer behauptet. Er ist ein Genie der Organisation und Improvisation, ein Künstler an der Macht, da sind sich alle einig, selbst die Amerikaner und Engländer greifen das in der Presse auf. Die Artikel gelangen bis nach Deutschland, er unterbreitet sie stolz dem Führer. Dort drüben hält man ihn im untergehenden Dritten Reich für einen etwas anderen Machthaber. Für einen unmoralischen Techniker, das schon, der seine Begabung in den Dienst einer Bande von Ungeheuern gestellt hat, aber ein einzigartiger Techniker, ein Mann, der sich auch morgen überall durchsetzen würde, egal unter welcher Regierung, ein nützlicher, höflicher, tüchtiger und willensstarker Mann, der seine Akten beherrscht, ohne sich darin zu verzetteln, ein Virtuose der Zahlen und menschlichen Ressourcen.

Noch ist nicht alles verloren, redet er sich zu. Er wird womöglich eine wichtige Rolle bei den Amerikanern und Engländern im Deutschland der Niederlage spielen. Seine anerkannten Kompetenzen im Bereich der Industrie und der öffentlichen Bauten könnten beim Wiederaufbau von Vorteil sein.

Das Spiel, das er nun wagt, ist riskanter denn je, und die auf ihn einstürzenden Gefühle reichen von kalter Berechnung bis hin zu unerwarteten Impulsen. Seine Gegner sind zahlreich. Der Führer, die wenigen, noch verbliebenen Mitglieder des engsten Kreises, die immer näher rückenden Sowjets und er selbst. Er selbst mit seinen Wahrheiten und Lügen.

Er ist kein Genie der Montage wie seine Freundin Leni Riefenstahl, doch an diesem Tag funktioniert die Verknüpfung der geheimen Korrespondenzen: die Besichtigung von Paris 1940, die stehengebliebenen Bauten, die verlorenen Bauten, die Modelle des zukünftigen Berlins, die Besichtigung des zerstörten Berlins, die alternierende Montage auf dem Papier zwischen gefallener und projektierter Welt, Träume und Alpträume, die binäre, einfache Welt, Schwarz und Weiß, Gut und Böse, Überleben und Scham, Gegenwart und Vergangenheit, Grauen und Wunschvorstellung.

Er empfindet das unwiderstehliche Bedürfnis, den Führer wiederzusehen. Er steht vor der von Einschlägen durchsiebten Reichskanzlei, er betritt den Bunker.

28. Juni 1940. Die morgendliche Besichtigung von Paris hat zwei Stunden gedauert. Abends empfängt der Führer seinen Architekten «unter vier Augen»:

«Bereiten Sie einen Erlass vor, in dem ich die volle Wiederaufnahme der Bauten in Berlin anordne … War Paris nicht schön? Aber Berlin muss viel schöner werden! Ich habe mir früher oft überlegt, ob man Paris nicht zerstören müsse (…). Aber wenn wir in Berlin fertig sind, wird Paris nur noch ein Schatten sein. Warum sollen wir es zerstören?»

34.

1940

Der Architekt ist nicht sonderlich erbaut.

Seit dem 1. September 1939 und dem Einmarsch der Armee in Polen entgleitet ihm die Macht. Er bekommt den Führer immer seltener zu Gesicht. Er ist einer der glühendsten Befürworter des Krieges gewesen; im Kreis der Vertrauten auch einer der eloquentesten. Zum ersten Mal hat er es gewagt, die Machthaber, die das Reich für zu unvorbereitet halten, anzugreifen. Göring und Goebbels zählen dazu, und der Architekt hat es sich nicht nehmen lassen, sie als schwach und des Führers und seiner Visionen unwürdig zu verurteilen. Jedem, der es hören will, besonders seinem eigenen Mitarbeiterstab aus Architekten,

Ingenieuren und Juristen, wirft er vor, von der Machtausübung und ihren Annehmlichkeiten verweichlicht worden zu sein. «Der hat sich aber verändert!», konstatieren sein Mitarbeiterstab und andere Angehörige des engsten Kreises, die ebenfalls für den Krieg sind. Der junge Architekt weiß, dass ein sieghaftes Reich gleichbedeutend ist mit noch prunkvolleren Bauten, die sein Genie und seinen Einfluss entsprechend zur Geltung bringen können.

Doch jetzt, wo dieser Krieg sich hier eingenistet hat, als wäre er in Europa zu Hause, stellt er fest, wie zweitrangig die Macht der Architektur ist. Er fühlt sich nutzlos, ihm fehlt das aufregende Gefühl, etwas bewirken zu können. Man kann nicht alles gleichzeitig tun, zerstören und bauen, auch wenn der Führer sich genau das wünscht; die für die Zerstörung des Gegners bewilligten Mittel fehlen zum Bau jener Prachtstraße mit ihrem Triumphbogen und dem großen Kuppelbau.

Ein Verantwortlicher der Luftwaffe hat ihn übrigens darauf aufmerksam gemacht, dass die Kuppel aufgrund ihrer Dimensionen ein gefundenes Fressen für die feindlichen Flugzeuge wäre. Auch wenn Göring herumposaunt, dass Berlin nie bombardiert werden wird, haben die Engländer es unlängst ins Visier genommen, wie auch andere Städte im Reich. Ein paar Dutzend Flugzeuge nur, doch laut Expertenmeinung war das erst der Anfang. Frankreich hat kapituliert, nicht jedoch das British Empire mit seinen gigantischen Rohstoffreserven. Der Architekt diskutiert viel mit den besten Spezialisten aus Industrie und Armee. Er baut sich ein Netzwerk aus mehr oder minder politisierten Experten auf, Nazis, die so ganz anders sind als die autodidaktischen Politiker im Kreis der Vertrauten und die sich in Rüstungs- und Organisationsfragen bestens auskennen. Und ohne ins Vertrauen gezogen worden zu sein, weiß er, dass der Konflikt nicht so schnell enden wird. In dem herrlichen Sommer 1940 hat er ein Gespräch mitbekommen, in dem der Führer den anwesenden Generälen gegenüber erklärte, im Vergleich zu Frankreich sei die Sowjetunion «ein Kinderspiel».

Dem Architekten geht nur noch eine Frage durch den Kopf: Welche Rolle hat er in diesem Krieg zu spielen?

Zunächst mobilisiert er seine Ingenieure und Techniker und empfiehlt sie Industriellen und Militärs für Bau und Instandsetzung der beschädigten militärischen Infrastrukturen.

Der Führer erfährt davon. Er ist außer sich. Bormann schickt dem Architekten im Namen des Führers einen Brief, in dem er ihm solche Initiativen künftig strikt untersagt. Ja, wie habe er so etwas überhaupt wagen können, ohne ihn davon zu unterrichten, ohne um eine Unterredung zu bitten und seine Projekte darzulegen? Er soll sich auf die Bauten im neuen Berlin konzentrieren. Der Führer ist entrüstet darüber, dass sich ihm die Bedeutung dieser Bauten nicht mehr erschließt und dass er sich auf Kosten ihrer architektonischen Nachkommenschaft mit Militärs und Industriellen zusammentut.

35.

Sommer 1940–Frühjahr 1941

Bormann fungiert als Überbringer dieser mündlichen Furie. Er ist zu massiv für Hermes, den geflügelten Götterboten des Zeus. Ein Bürokrat. Entsprechend brutal, froh über die Ungnade dieses Dandys, verfasst er den Brief, der dem Architekten derlei Initiativen untersagt.

Eines Tages im August 1940, während die Luftwaffe mit schweren Verlusten ihre Offensive gegen England fliegt, schlägt der Führer dem Architekten unvermittelt vor, die Leitung der an der Atlantikküste geplanten militärischen Bauten zu übernehmen.

Heute hü, morgen hott, so ist der Führer nun mal. Bormann weiß es und zuckt mit den Achseln, dann bringt er Speer eben beim nächsten Mal zu Fall.

Der Architekt ist blendender Laune, fühlt sich geschmeichelt, der Führer zählt nach wie vor auf ihn, noch dazu in Bereichen, die mit ihrer gemeinsamen Leidenschaft nichts zu tun haben.

Außerdem stellt er fest, wie stark der Krieg sich auf seine plötzlichen Stimmungsschwankungen auswirkt, die in eine endlose Schlacht aus Befehlen und Gegenbefehlen münden. Manche Befehle werden vertagt, andere vergessen, wieder andere unmittelbar ausgeführt, mit immer zufälligeren Ergebnissen; es ist besser, nicht mehr darüber zu sprechen. Der Führer befiehlt, mit der Neugestaltung Berlins fortzufahren, Tausende Tonnen an Material, für die Dutzende von Zügen nötig sind, sollen für die Prunkarchitektur abgezogen werden. Sogar der Architekt äußert seine Missbilligung, während er es gleichzeitig hinnimmt, das stärkt seine Macht; er beschäftigt immer mehr Facharbeiter. Der Führer ordnet militärische Programme an, setzt andere aus, ändert die meisten auf halbem Weg. Ein Nachtjäger kann zum Jagdbomber werden, ein mittelgroßer, wendiger Panzer kann an Gewicht zulegen und sich in ein riesiges, stählernes Ungetüm verwandeln, das nur noch schwer manövrierbar ist. Es fehlt an Material, die

Zuständigkeiten überschneiden sich, Göring leitet den Vierjahresplan, von dem die Kriegswirtschaft abhängt, die trotzdem verhältnismäßig unabhängig von Göring bleibt; Konflikte entstehen, Ambitionen kollidieren miteinander, es droht allgemeiner Stillstand.

Derjenige, dem die Kriegswirtschaft im Reichsministerium für Rüstung und Kriegsproduktion untersteht, heißt Fritz Todt. Ein Deutscher arischer Abstammung, 1891 geboren, ohne jede Nostalgie für das Deutschland seiner Kindheit. Er hat im Ersten Weltkrieg gekämpft, zunächst in der Infanterie, dann bei den Luftstreitkräften. Er kennt sich bestens mit Feuer aus, im Himmel wie auf Erden. Er trägt als Parteimitglied seit 1922 das Hakenkreuz am Arm. Ein alter Kamerad aus München, Standartenführer bei der SA und Spezialist in Kriegsdingen. Der Führer schätzt ihn sehr, er nennt ihn Doktor Todt, so lautet in der Tat sein Titel. Er ist promovierter Bauingenieur, hat seine Dissertation über Straßenbeläge verfasst. Todt ist Fachmann für industrielle Infrastrukturen, ein «weltmännischer» Antisemit, der einen riesigen Sprung gemacht hat, indem er ein paar der engsten Mitarbeiter Walther Rathenaus, Leiter der Kriegsrohstoffabteilung während des Ersten Weltkriegs, einstellte. Sicher, Rathenau war Jude. Ja, er war durch und durch deutscher Nationalist und Jude, ein Genie, ein nationalistischer Deutscher jüdisch-genialer Abstammung, der den sogenannten totalen Krieg geplant hatte, sprich, die Mobilisierung sämtlicher Ressourcen im Deutschland des Jahres 1917 gegen die Feinde des damaligen großen Reichs. Seine Mitarbeiter erinnern sich mit Rührung daran, wenn auch hinter vorgehaltener Hand, eben weil er Jude war, dennoch lassen sie dem Nationalsozialismus angedeihen, was sie von ihm, Walther Rathenau, der 1922 von antisemitischen nationalistischen Deutschen ermordet worden ist, gelernt haben. Speer sollte in seinen *Erinnerungen* die Bedeutung Rathenaus betonen, und die Tatsache, dass er Jude war – eine Bemerkung, die mit der Ironie des Schicksals spielt, dass ausgerechnet ein deutscher Jude der Urheber dieses totalen Krieges war, den er, Speer, mit aller Kraft unterstützte und der in Nürnberg später als Verbrechen gelten sollte.

Der Architekt pflegt ein ausgezeichnetes Verhältnis zu Todt und eine ambivalente Beziehung zu Göring, der wiederum mit Todt gar nicht kann, was auf Gegenseitigkeit beruht. Der Architekt begegnet Doktor Todt mehrfach und bietet ihm die Dienste seiner hoch qualifizierten proletarischen Truppen an. Mittlerweile unterstehen ihm über sechsundzwanzigtausend Arbeiter, die einander an Fachwissen überbieten, ganz zu schweigen von den Ingenieuren und höheren Technikern, ein wahrer Segen an Expertisen zu allen möglichen militärischen, zivilen oder unterirdischen Konstruktionen, zu Eisenbahn-, Fluss- und Hafenbauten. Seine Berliner Baubehörde, eine immer weiter ausufernde hybride Struktur – nicht mit der von Himmler zu vergleichen, aber auf einem ebenso entscheidenden staatlichen Sektor –, baut vor allem die Fabriken, in denen eines der vielseitigsten Flugzeuge der Luftwaffe hergestellt wird, die Junkers Ju 88, die in der Lage ist, zu jagen, zu bombardieren und die gegnerischen Bewegungen bei Nacht wie bei Tag zu überwachen, das Ganze nicht ohne Erfolg.

Der Architekt häutet sich, er gleicht einem Schmetterling, ist ein metamorphes Wesen. In seiner Vorstellungs- und Arbeitswelt weichen die Kuppeln den Rundungen von

Kugeln und Granaten, Marmorarbeiter und Zimmerleute verblassen zusehends hinter Fräsern, Drehern und Karosseriearbeitern. Sein Interesse als Jugendlicher für Mathematik kommt nun in den Berechnungen der Industrie zur Entfaltung. Allmählich knapst er sich hier und dort ein Stück von der Macht ab, lässt Bunker und Fabriken errichten und kontrolliert die Verteilung bestimmter Rohstoffe. Im nationalsozialistischen Staat, wo die ministeriellen Tätigkeiten sich gegenseitig das Wasser abgraben, anstatt aufeinander abgestimmt zu werden, wo sich Anordnungen und Rüstungsmodelle häufen, anstatt sich auf einige wenige Muster zu konzentrieren, verwandelt sich sein Büro für Architektur und Stadtplanung in eine durchlässige Einrichtung: Sie bändelt an mit den ausschlaggebenden Milieus der Industriefürsten, der deutschen Forscher und Ingenieure arischer Abstammung, die restlos von ausgewanderten oder ermordeten deutschen Juden wie Albert Einstein oder Walther Rathenau beeinflusst sind.

Und weiter geht der Krieg. England kapituliert nicht, bringt Görings Luftwaffe eine schwere Schlappe bei und macht sich an die Massenproduktion von strategischen Bombern und hervorragenden Jagdflugzeugen, während der Führer zu seiner ersten Leidenschaft zurückkehrt. Zu seinem leidenschaftlichen Hass auf die Slawen, der nur mit seinem leidenschaftlichen Hass auf die Juden zu vergleichen ist. Der Führer hat seine Augen auf die Sowjetunion gerichtet. Im August 1939 hat er einen Nichtangriffspakt mit der Sowjetunion geschlossen, bei dem die Deutschen ein bisschen militärisches Wissen gegen sehr viele, für ihren Kampf gegen Frankreich und England unerlässliche Rohstoffe eingetauscht haben. Frankreich gibt es nicht mehr, England hat vermeintlich noch eine Gnadenfrist, und die UdSSR zu schlagen wird ein Kinderspiel sein. Damit stünde England isolierter da als je zuvor, eine alte Jungfer, ein Junggeselle der Geopolitik, zu der sich der Führer seit der Kapitulation Frankreichs für berufen hält. Wenn man ihm mit den Vereinigten Staaten und den Beziehungen zwischen Roosevelt und Churchill kommt, wischt er das Argument mit einem hartnäckigen Vorurteil beiseite: Die Amerikaner seien erbärmliche Kämpfer.

Am 21. Juni 1941 zieht sich der Führer nach der x-ten repetitiven und geisttötenden Mahlzeit mit dem Architekten in einen der Salons der Reichskanzlei zurück. Er lässt ihm *Les Préludes* von Franz Liszt vorspielen. Die ersten Takte bringen die Akustik des Baus sehr schön zur Geltung, denkt der Architekt. Die gute Laune des Führers strahlt auf ihn ab: «Das werden Sie in der nächsten Zeit oft zu hören bekommen, denn es wird unsere Siegesfanfare für den russischen Feldzug sein (…). Wie gefällt sie ihnen? … Granit und Marmor werden wir uns dort holen, so viel wir wollen.»

36.

Februar 1942

Im ostpreußischen Rastenburg, wo sich das Führerhauptquartier, die Wolfsschanze, befindet, berichtet der Architekt dem Führer von seiner Reise in die Ukraine, im Süden der Front dieses so besonderen Krieges, den das Reich gegen die Sowjetunion führt. Er kommt gerade aus Dnjepropetrowsk mit seinen dem Boden gleichgemachten Industrieanlagen. Die Sowjets sprengen alles hinter sich in die Luft. Ihr Gebiet ist so groß, dass es wirkt, als würde bloß ein Blatt Papier angekokelt, alles Übrige bleibt intakt. Er berichtet von den Abenden in Gesellschaft der Soldaten, von den wehmütigen Liedern aus der Heimat, von Kälte und Frost.

Das «Kinderspiel», der Feldzug gegen die UdSSR, sollte zwei, drei Monate dauern, doch es ist noch lange nicht zu Ende. Liszt ist vergessen. Künftig erklingt die konkrete Musik der Kämpfe auf der weltweiten Bühne, kein Ozean bleibt verschont, die Geografie der Erde wird von Schlachten und Hochöfen geprägt. Die Vereinigten Staaten sind vom Japanischen Kaiserreich angegriffen worden, und der Führer hat den Vereinigten Staaten den Krieg erklärt – als Verbündeter der Japaner, deren Faible für den Tod im Kampf er bewundert, auch die Samurai mit ihrem rituellen Selbstmord. Erstaunlich, weil die gelbe Rasse nicht die weiße Rasse im Sinne des Nationalsozialismus ist, und schon gar nicht die arische Rasse, aber ihre Art, sich im Falle eines Scheiterns oder aus Loyalität den Bauch aufzuschlitzen, ihr «Banzai!» mit emporgestreckten Armen und ihre Verehrung des Kaisers gehen dem Führer zu Herzen; und er bewundert sie, so wie er auch den Islam bewundert und findet, dass sich Europa und die Arier mit ihrer Entscheidung für das Christentum in der Religion geirrt haben, diese jüdische Sekte mit einem doloristischen Juden an ihrer Spitze anstelle eines Propheten, der den Säbel gegen die Ungläubigen schwingt. Aber so ist es nun mal, die überwältigende Mehrheit der Deutschen arischer Abstammung ist christlich, damit muss man sich abfinden, in Zeiten des Friedens wie in Zeiten des überall auf dem Erdball tosenden Krieges.

Die deutsche Industrie sieht sich plötzlich mit der sowjetischen, englischen und amerikanischen Industrie konfrontiert: ein cholerischer Sechsjähriger, der sich drei nach Wachstum gierenden, von Rachsucht getriebenen jungen Leuten gegenübersieht, die dem Rotzbengel mit seinen giftigen Hormonen an den Kragen wollen. Und das «Kinderspiel» des Krieges im Osten ist keines mehr. Man darf nie außer Acht lassen, wie stark sich in Diktaturen die Grausamkeit der Kindheit im Erwachsenenalter fortsetzt. Man darf nie die kindliche Erscheinung von Diktatoren unterschätzen.

Insgeheim denkt der Architekt das immer öfter, während er den Führer diskret dabei beobachtet, wie er mit den Modellen des neuen Berlins spielt, das auf sich warten lässt; oder wenn er ihn über Juden und Slawen reden hört; oder aber wenn er erlebt, wie griesgrämig, verbittert, jammernd und unglaublich narzisstisch er ist, mit Wutanfällen wie bei einem launischen Kind, die allerdings besorgniserregend sind, weil er erwachsen und der oberste Chef Deutschlands ist. Solange sich sein Zorn gegen die Juden und Slawen richtet, besteht kein Grund zur Beunruhigung, aber er zeigt sich zunehmend erzürnt auf die Generäle und sogar die engsten Vertrauten. Das ist nicht neu, schon immer sind gewisse Personen in Ungnade gefallen, wie Röhm damals in der Nacht der langen Messer und einzelne Generäle, die den Freitod gewählt haben – doch kein Vergleich mit Stalin. Und wenn die Mitglieder des engsten Kreises Hitler und Stalin dennoch insgeheim vergleichen, denken sie, dass ihr Leben, solange sie für den Führer arbeiten, längst nicht so gefährdet ist wie bei Stalin und seinen Säuberungen, die der Führer staunend, aber mit einem Anflug von Bewunderung in den Pupillen als irre bezeichnet hat.

Und trotzdem geht weiterhin eine anziehende Wirkung von ihm aus. Wenn sich die Mitglieder des engsten Kreises und die Offiziere des Hauptquartiers zu den «Treffen unter vier Augen» einfinden, um im Hinblick auf die Realität an der Front und das Ausmaß der Bombardierungen deutscher Städte durch die Engländer endlich deutliche Worte zu finden, kommen sie abermals fasziniert heraus; abermals in Bann gezogen von seiner eigenartigen, quasi mythologischen Energie, die aus den Untiefen der Vergangenheit stammt; um deren ungute Aura sie wissen und von der sie sich dennoch umgarnen lassen, sodass sie am Ende, just als der Führer sie zu nichts mehr verpflichtet, in einem immer düstereren operettenhaften Schwindel sagen: «Heil, mein Führer!»

Dem Architekten ist es gelungen, sich zum Generalinspektor für Infrastruktur in der Ukraine ernennen zu lassen: das wichtigste eroberte Gebiet, Europas Kornkammer. Im Privatflugzeug seines Freundes Sepp Dietrich, einer zum Passagierflugzeug umfunktionierten Heinkel 111, dem beliebtesten Bomber der Luftwaffe, hat er sich vor Ort begeben. Die Maschine ist ausnehmend elegant, aber langsam, sie befördert fünfmal weniger Bomben als eine englische Avro Lancaster und nur halb so viel wie eine amerikanische Consolidated B-24 Liberator. In Dnjepropetrowsk konnte er den Universitäts- und Industriekomplex der Stadt bewundern und die Sowjets mit anderen Augen sehen als mit denen der Goebbels'schen Propaganda. Es ist keine Vergnügungsreise wie die, die ihn kürzlich zu einer Architekturausstellung nach Lissabon geführt hat. Doch der Abstecher in das ukrainische Dnjepropetrowsk bleibt eine Reise, über die er an den Abenden im Kreis der Vertrauten launig berichten kann. Die meisten sind unverbesserliche Stubenhocker, die den Rest der Welt nur von den Generalstabskarten oder dem in der neuen Reichskanzlei auf dem Schreibtisch ihres Führers thronenden Globus kennen; mit der Schilderung seines Aufenthalts bei den Barbaren des Ostens wird er sie leicht amüsieren können.

In Rastenburg angekommen, begegnet er kurz Fritz Todt, der restlos erschöpft und niedergeschlagen ist. Er ist der Meinung, dass mit dem Kriegseintritt der Vereinigten Staaten für Deutschland alles verloren ist: Es sei unmöglich, gegen alle drei Großmächte zugleich zu kämpfen. Das Scheitern vor Moskau, das durch den Winter bedingte Steckenbleiben, die Einbuße eines Viertels der deutschen Truppen im Osten sowie der allmähliche Verlust der Luftherrschaft im Westen seien erste Anzeichen der unausweichlichen Niederlage. Die vergleichenden Prognosen zur Rüstungsproduktion der jeweiligen Länder lassen erst recht keinen Zweifel mehr zu. Der Architekt weiß, dass er das besser nicht beim Führer vorbringt. Todt schlägt ihm vor, ihn am nächsten Morgen in seinem Flugzeug mit zurückzunehmen. Der Architekt freut sich darauf.

Wie früher zieht sich der Abend mit dem Führer in die Länge, mit allerlei Wiederholungen, die umso ermüdender sind, als alle die Themen inzwischen auswendig kennen und der Krieg einen angsterfüllten Ausdruck auf manche Gesichter zeichnet. Die Mimik ist angespannt, das Lachen gezwungen. Sogar der Führer wirkt mitgenommen. So sieht man ihn zum ersten Mal. Der Architekt berichtet ihm von den kargen Mahlzeiten mit den Frontsoldaten, von den wehmütigen Liedern aus der Heimat, die sie anstimmen, und der Führer argwöhnt sofort, dass hier psychologische Sabotage am Werk sei, er lässt eine Untersuchung anordnen. Ein Klima ständigen Misstrauens zieht sich vom Berghof über Rastenburg bis nach Berlin.

Der Architekt geht zu spät ins Bett, um am nächsten Morgen mit Todt aufzubrechen, er lässt ihn wissen, dass er ohne ihn aufbrechen solle. Vor dem Einschlafen empfindet er Genugtuung darüber, dem Führer mit seinen ukrainischen Abenteuern wieder einmal imponiert zu haben. Sobald sie zusammen sind, lebt die alte Vertrautheit wieder auf, natürlich nicht mehr ganz so exaltiert wie früher, als sie in geteilter schöpferischer Begeisterung einträchtig die Kuppeln und Säulengänge des neuen Reichs auf große Bögen Papier gezeichnet hatten. Doch die Nostalgie würzt und bereichert ihre Beziehung, so viel steht fest.

Er wird vom Schrillen des Telefons geweckt. Eine Stimme verkündet ihm, dass Fritz Todt umgekommen, sein Flugzeug aus ungeklärten Gründen abgestürzt sei. Ein Unfall, die englischen Jagdverbände können nichts dafür. Man spekuliert über seinen Nachfolger. Göring ist schon unterwegs, um sich die Brieftasche des Verstorbenen unter den Nagel zu reißen.

Der Führer ruft den Architekten zu sich. Er empfängt ihn in protokollarischer Form, das ist zwischen ihnen sonst nicht üblich.

«Herr Speer, ich ernenne Sie zum Nachfolger von Minister Dr. Todt in allen seinen Ämtern.»

37·

Februar 1943

Der Reichsminister für Bewaffnung und Munition Albert Speer hört den Reichsminister für Volksaufklärung und Propaganda Joseph Goebbels der Masse uniformierter Männer zubrüllen, ob sie den totalen Krieg wolle. Eine rhetorische Frage, auf die es nur eine Antwort gibt. Die uniformierte Masse erhebt sich und schreit «Ja!», ein Bild, das in die Geschichte eingegangen ist und das die Betrachter nachfolgender Jahrzehnte, ohne einen Anachronismus fürchten zu müssen, mit Heerscharen von Groupies assoziieren können, die, ob Rocker, Rapper oder DJs, ihren Bühnenidolen zujubeln. Es gibt keinen größeren DJ als Goebbels an diesem Wintertag im Berliner Sportpalast kurz nach der Kapitulation bei Stalingrad.

Das Schreckgespenst eines brutal endenden Dritten Reichs beginnt Gestalt anzunehmen, auch wenn sich hier und da noch Hoffnung regt. Feldmarschall von Manstein versucht, die Situation in der Ukraine zu stabilisieren. In Charkow stehen die Russen zum dritten Mal vor einer verheerenden Niederlage. Und zum letzten Mal starten die Deutschen eine groß angelegte Offensive mit riesigen Mitteln bei Kursk, wo die Eroberung eines Frontbogens in den deutschen Linien erneut mehrere sowjetische Armeen das Leben kosten könnte. Seit 1941 schlagen die Deutschen immer weitere sowjetische Armeen, mit dem Ergebnis, dass mehr als fünf Millionen Gefangene als Sklaven in den an die Konzentrationslager gekoppelten Fabriken des Reichs arbeiten.

Doch auch wenn die sowjetischen Armeen in Smolensk, Kiew, Wjasma, Brjansk und Charkow untergehen, erheben sie sich immer wieder aus der Asche. Das Gesicht ihrer Truppen wechselt so oft wie die Jahreszeiten, viele von ihnen zeigen mittlerweile zentralasiatische Züge, eine Mischung aus China und Persien. Vermutlich stehen sie auch deshalb immer wieder auf, weil dort drüben nicht nur der Islam zu Hause ist, sondern auch diverse alte, auf die Reinkarnation und andere biologische Mysterien Bezug nehmende Lehren, die manche SS-Leute mit Leidenschaft und Faszination in Bibliotheken studieren, vor allem aber in speziellen Versuchslaboren in Dachau und Auschwitz. Und der Kreis der Vertrauten denkt voller Grauen an Dschingis Khan und seine Horden, die über die griechisch-römischen Tempel hergefallen sind und die arischen Frauen in Rom und Athen vergewaltigt haben, um eine Nachkommenschaft aus Metöken zu zeugen; geplündert haben sie die wunderbaren Tempel mit ihren Säulenhallen und -gängen, deren Ruinen die repetitiven Gespräche des Führers mit seinen Getreuen in all den nächtlichen Stunden vor 1939 füllten. Und zum ersten Mal denken sie voller Grauen, dass genau das auch in Berlin, München, Nürnberg oder Linz passieren könnte.

Doch nichts ist verloren, wenn man alles daransetzt zu retten, was zu retten ist. Eine Lektion, die der Rüstungsminister von Walther Rathenau übernommen hat. Im Kreis der Vertrauten ist Göring seit der mörderischen Zuspitzung der Bombardierungen über dem Reich mehr oder weniger abgemeldet. Bormann, Himmler und einige andere bekommen immer mehr Gewicht, und Goebbels hat sich mit Speer verbündet, um seinerseits zu verhindern, dass er nur als Quasselstrippe im deutschen Rundfunk wahrgenommen wird.

Die einzige Lösung, hat Speer ihm erklärt, bestehe darin, die gesamte deutsche Wirtschaft in den Dienst der Kriegsanstrengungen zu stellen wie in der UdSSR, den Vereinigten Staaten und England. Seltsamerweise ist Nazideutschland noch nicht so weit. Seltsamerweise ist Nazideutschland weniger mobil als die westlichen Demokratien und die Diktatur im Osten. Der Führer hat sich immer geweigert, es so weit kommen zu lassen, weil er befürchtete, dass das deutsche Volk ähnlich wie 1917/18 reagieren und der Armee in den Rücken fallen könnte – ein Verrat aus den hinteren Reihen. Der Führer hat Angst vor dem Schlag aus dem Hinterhalt. Er hat immer an das Bild vom Dolchstoß der Politiker, der Roten, Juden und Zivilisten geglaubt, die sich hinter der deutschen Armee arischer Abstammung verschanzten. In Gestalt seiner Generäle und all dessen, was er in irgendeiner Weise mit den Eliten assoziiert, misstraut der Führer zunehmend seinem eigenen Volk. Er empfindet erneut den in seiner Münchner Jugend aufgeloderten Hass auf die Eliten, den er nach 1933 gebremst hatte, weil er mit dem nazifizierten Großbürgertum seines neuen Deutschlands gerne Umgang pflegte. Der Führer sperrt sich außerdem dagegen, Frauen in seinen Fabriken zu beschäftigen, was eine beträchtliche Masse an Männern erfordert, die sonst in den Kampf geschickt werden könnten, und ihn zwingt, auf ausländische Arbeitskräfte zurückzugreifen.

Wenn man den Führer aufsucht, wirkt er immer blasser, verkrampfter, überspannter. Er sagt Ja, und am nächsten Tag erfährt man, dass es in Wirklichkeit ein Nein ist, und umgekehrt. Er sagt Ja, und am nächsten Tag erfährt man, dass die Behörde X das, was der Führer unter der Autorität der Behörde Y bewilligt hat, vor sich hin dümpeln lässt, sodass es zu erheblichen Blockaden und Verzögerungen kommt.

Dabei ist es dem neuen Rüstungsminister gelungen, die Produktion von Kriegsgerät und Munition anzukurbeln wie nie zuvor. Die Modelle für die Panzerkampfwagen V und VI, stolz «Panther» und «Tiger» genannt, die mit robustem Stahl verkleidet sind und eine lange Kanone mit hervorragender Optik haben, sollen bei der Großoffensive gegen den Frontbogen in Kursk in den Panzerdivisionen zum Einsatz kommen. Dazu so viele Flugzeuge wie noch nie, auf Raupen montierte Kanonen, U-Boote, ein ganzes Arsenal an Kriegsgerät für die Land-, See- und Luftstreitkräfte, die imstande sind, Feuer zu spucken, wie man so sagt.

Die Armeen der kriegsführenden Mächte tun alles dafür, um die vier Elemente der antiken Philosophie auf ihre Weise – in Form von Panzern, Bombern, Jägern, Flugzeugträgern und Panzerkreuzern – einzubeziehen. Die gesamte Wirtschaft eines Landes in den Dienst der Kriegswirtschaft zu stellen, bedeutet, ihrem Minister umfassende Macht zuzugestehen. Ihn zum Herrn über die vier Elemente zu machen, gleich nach Gott, oder doch zumindest nach dem Staatsoberhaupt.

Albert Speer weiß das sehr gut. Manche Kreise in Industrie und Armee küren ihn bereits zum glaubwürdigsten Thronfolger des Führers. Er ist in der Tat noch jung, noch nicht einmal vierzig, unverändert groß und schlank, und sein Gesicht hat nicht mehr die jugendlich-schüchterne Ausstrahlung eines prinzenhaften Narziss, dessen ganzes Trachten allein dem Führer gilt, dem Mäzen und Pygmalion Adolf Hitler. Es ist die kühle Ausstrahlung eines Chefs, die ebenso entschlossen wirkt wie bei den früheren Kameraden des Führers, sich darüber hinaus aber auf eine für das frühere Deutschland typische Bildung und die dazugehörigen Manieren gründet, was die Eliten beruhigt, die sich natürlicherweise von den Neureichen aus den niedrigen Kasten Münchens und seiner Brauereien, von all diesen Proleten, die sich daran berauschen, der arischen Rasse anzugehören und doch, wenn man sie hört und sieht, offensichtlich nicht über die entsprechenden körperlichen und intellektuellen Eigenschaften verfügen, abgestoßen fühlen.

Der Rüstungsminister ist bis zum angelsächsischen Gegner hin hochgeachtet, er hat es verstanden, den Minister für Volksaufklärung und Propaganda in den Dienst des totalen Krieges zu stellen, hat ihn in die Tasche gesteckt. Und als diese kleine, schmächtige und hinkende Gestalt, die so gar nichts Arisches hat, die Menge brüllend fragt, ob sie den totalen Krieg wolle, gibt der Rüstungsminister jede Zurückhaltung auf und brüllt ein «Ja!», ein «Ja!», das ihm selbst zugedacht ist, ein perfektes Einvernehmen mit dem Spiegel, in dem der prinzenhafte Narziss König werden könnte.

38.

Sommer 1943

Rastenburg. Wald, Bunker. Die Fenster des Saals, in dem für gewöhnlich die Lagebesprechungen stattfinden, sind geöffnet worden. Soeben ist eine dieser Besprechungen zu Ende gegangen. Der Reichsminister für Rüstung und

Kriegsproduktion ist immer dabei, ebenso ein paar Militärs, die aufgrund der Kriegsereignisse zum Kreis der Vertrauten zählen. Alle schweigen. Die Neuigkeiten von der Front in Russland und Italien sind in der Tat sehr unerfreulich. Sämtliche Voraussagen Doktor Todts haben sich bewahrheitet. Die Offensive bei Kursk war ein Fiasko, die Amerikaner und Engländer sind in Sizilien gelandet, selbst der totale Krieg kann das Unvermeidbare nicht mehr abwenden. Ein Sieg ist unmöglich, und selbst die Optimistischeren hoffen nur noch auf einen separaten Frieden mit den Amerikanern und Engländern, damit die noch verbleibenden Kräfte des Reichs gebündelt gegen die Sowjetunion eingesetzt werden können. Natürlich nur ein frommer Wunsch, keine rational durchdachte Strategie. Alle sind über die Konferenz, die ihre Gegner im vergangenen Januar in Casablanca abgehalten haben, im Bilde. Es wird nie einen separaten Frieden geben, keinen Pardon für die früheren Aggressionen. Sie fordern die bedingungslose Kapitulation Deutschlands.

Der Führer tritt an eines der Fenster, kehrt seinen Gästen den Rücken zu und schaut nach draußen.

«Meine Herren», sagt er, «die Brücken hinter uns sind abgebrochen.»

Dann hüllt er sich wieder in Schweigen, und alle anderen tun es ihm nach.

Manche Mitglieder des engsten Kreises wissen genau, wovon er spricht, und zwar nicht über Casablanca. Sie denken an das, was in Polen vor sich geht und nicht erwähnt werden darf. Den Rüstungsminister durchläuft ein Schauer des Grauens. So sollte er es Jahre später beschreiben.

39.

1942–1943

Frühjahr 1942. Eine Condor fliegt über die Ukraine. An Bord der Rüstungsminister und der Reichsführer SS Himmler. Ein Ass der deutschen Jagdverbände begleitet sie. Unter ihnen ist eine in Bewegung befindliche Menschenmasse zu erkennen. Der Reichsführer zeigt darauf und erklärt: Im letzten Jahr habe man beschlossen, sie alle zu töten; in diesem Jahr brauche man sie für die Waffenproduktion.

Im Grunde sind sie, trotz der intriganten Kreise, die sich innerhalb des Kreises der engsten Vertrauten gebildet haben, nur noch zu zweit. Der eine führt eine Armee in der Armee an, einen Staat im Staat, einen totalen Polizeidienst, den er seit seinen Anfängen an der Spitze der SS 1929 stetig ausgebaut hat. Der andere führt eine Armee aus Arbeitern an, eine Mischung aus bezahlten Arbeitern arischer Abstammung und einem Heer aus Sklaven, das sich aus Juden, sowjetischen, französischen, polnischen und tschechischen Kriegsgefangenen zusammensetzt, aus politischen Gefangenen und Widerstandskämpfern, die sämtlich über das für die Kriegsproduktion erforderliche technische Know-how verfügen. Alle werden wie Sklaven behandelt, die Sowjets noch mehr als die anderen, und die Juden mehr als die Sowjets, eine Hierarchie des Unglücks, dazu angetan, die Erinnerung auf lange Zeit hin zu vergiften.

Die deutschen bezahlten Arbeiter unterstehen direkt dem Rüstungsminister, das riesige Sklavenheer untersteht dem Reichsminister SS und seinen Lagern; ihre Arbeit wiederum untersteht dem Rüstungsminister, sodass

Autoritätskonflikte vorprogrammiert sind – eine bürokratische Maschine, die die Toten innerhalb einer per se todbringenden Umgebung noch weiter vermehrt.

In Machtfragen ist der Reichsführer dem Minister gleichwohl eine Länge voraus. Letzterer weiß das genau, er pflegt einen höflichen, zuvorkommenden und doch kühlen Umgang mit ihm – eine zermürbende Übung, derart unsympathisch ist ihm der Reichsführer: in seiner schwarzen Operettenuniform ein obszöner, furchterregender Mensch, den er innerlich überhaupt nicht mehr komisch findet, seitdem der Reichsführer sich in Äußerungen ergangen hat, die für die delikaten Ohren eines Angehörigen des gehobenen Bürgertums unerträglich brutal klingen.

Der Reichsführer verkompliziert die Vorschriften, um die jüdischen Arbeiter aller Altersgruppen den Händen des Rüstungsministers zu entreißen. Der Reichsminister achtet penibel darauf, den mittlerweile kontinuierlichen Ausfällen des Führers gegen die Juden eilfertig nachzukommen. Schon immer hat der Führer sie in mehr oder weniger regelmäßigen Abständen mit Schmähreden überhäuft, doch je bedenklicher die Situation an allen Fronten wird, desto mehr schimpft er auf sie, und die Gespräche in Rastenburg, in der Reichskanzlei oder auf dem Berghof drehen sich zwischen Anwürfen gegen seine Generäle und frustrierten Anspielungen auf seine gescheiterte Karriere als Architekt und Künstler fast nur noch um sie.

Die Sekretärinnen des Führers erinnern sich an einen Tag im März oder April 1941, als der Reichsführer aus einer Unterredung «unter vier Augen» kam. Er soll sich lautstark auf einen Stuhl haben fallen lassen, in Selbstmitleid verfallen sein und über Gott sowie die Last der ihm anvertrauten Aufgabe geseufzt haben; mehr ließ er nicht verlauten.

Viele seiner Befehle tragen inzwischen den Zusatz «geheim». Das Geheimnis ist im Reich überall und nirgends, sodass man gleichzeitig weiß und nicht weiß. Man weiß, ohne zu wissen, und man weiß praktisch nichts, während man doch alles weiß. Die Freude, das Hochgefühl, deutsch zu sein; die Angst, nicht deutsch genug zu sein; die Angst, an der Front und im strategischen Bombenkrieg zu fallen; die Angst vor der Polizei, die Angst überhaupt; die Freude, die Schande und das Hochgefühl, deutsch und arischer Abstammung zu sein, und das unbändige Verlangen, alles zu töten, was nicht deutsch und arischer Abstammung ist; Wut und Erschöpfung, die Angst vor der Niederlage und den Folgen ihrer Handlungen durchkreuzen sich auf der emotionalen Skala fast aller Menschen im Reich. Vermutungen, Gerüchte, Geheimnisse, klare und unklare Worte über gewisse Aktionen in Russland und Polen machen überall die Runde, von den Deutschen bis hin zu den Alliierten.

Manchmal lädt der Reichsführer einige VIPs zu einer speziell für sie arrangierten Besichtigungstour in die Lager ein. Auch der Rüstungsminister konnte ein solches Lager in Augenschein nehmen, in der Ortschaft Gusen bei Linz. Steinbrüche durchziehen die Region, die Häftlinge hatten früher, als er noch Architekt war, dort Granit für ihn abgebaut. Inzwischen stellen sie Waffen her. Die Besichtigung ist von sämtlichen Schlacken des Grauens bereinigt, damit die VIPs mit ihren delikaten Augen und Ohren von dem Schauspiel, das sich abseits des eigens für sie abgesteckten Rundwegs ereignet, nicht geschockt oder gar aufgebracht werden.

6. Oktober 1942, Posen in Polen, fast dreihundert Kilometer östlich von Berlin, eine Zusammenkunft der Reichs- und Gauleiter. Am Vormittag wendet sich der Rüstungsminister in seiner Eigenschaft als Chef des totalen Krieges an sie. Er wiederholt und bekräftigt die unbedingte Notwendigkeit dieses totalen Krieges, der den absoluten Gehorsam gegenüber seinen Befehlen und damit denen des Führers voraussetzt, außerdem die vollständige Mobilisierung sämtlicher Ressourcen – diese Regel dulde keine Ausnahme mehr. Manche Gauleiter würden sich bisher darüber hinwegsetzen und einen Fabrikbetrieb aufrechterhalten, in dem unter ihrer Zuständigkeit Gebrauchsgegenstände für deutsche Haushalte arischer Abstammung hergestellt werden, das komme nicht mehr infrage.

Manche Gauleiter würden sich wie Dilettanten des totalen Krieges verhalten, auch das komme nicht mehr infrage.

Die dickbäuchigen, rotgesichtigen Gauleiter fühlen sich auf den Schlips getreten und fürchten sich vor dem Konzentrationslager. Die Gauleiter, die an ihrem Erscheinungsbild als feiste Fresssäcke zu erkennen sind und den schlanken, hochgewachsenen Minister und ehemaligen Architekten einst dazu getrieben haben, Nürnberg in die rhythmisierte Nacht bis zum Himmel reichender Scheinwerfer zu tauchen, machen nach der Rede ihrem Unmut Luft. Bormann ist inzwischen Leiter der NSDAP-Parteikanzlei, er führt diese Zusammenkunft an, füllt die Pausen zwischen den Vorträgen. Als der Minister erneut das Wort ergreifen will, um die Gemüter abzukühlen, bedeutet Bormann ihm freundlich, das sei nicht nötig, und der Minister betrachtet hilflos die Wut, die er bei all den dickbäuchigen, rotgesichtigen Fresssäcken, die hier so gut versorgt und komfortabel untergebracht sind, ausgelöst hat. Bormann frohlockt, er wird dem Führer von dieser Wut berichten.

Am späteren Nachmittag, zum Abschluss des Tages, ergreift der Reichsführer SS Himmler das Wort. Er ist als schlechter Redner bekannt, ein Tribun der Langeweile, dessen Zuhörer zunehmend schläfriger werden, sodass die Gauleiter schon darauf spekulieren, in einen trägen, willkommenen Halbschlaf gleiten zu können, bevor sie sich ihrem Fressgelage widmen.

Doch dieses Mal hat er etwas zu sagen. Er sagt es allen, die hier in Posen zugegen sind, den Gauleitern, den zahlreich anwesenden Offiziellen des Regimes und ihren Ministerialkabinetten – eine stattliche Menge. Er erklärt, dass er in Bezug auf die Juden etwas zu sagen habe, über das niemals gesprochen werden dürfe. Er erklärt ihnen, es sei einfach zu sagen, «Die Juden müssen ausgerottet werden», wie sie es alle bei diversen Abendessen täten, dass es allerdings etwas völlig anderes sei, riesige Massen von Menschen, und seien es Juden, tatsächlich auszurotten: Er könne ein Lied davon singen, denn die Sache sei schon am Laufen, bis Jahresende werde die Judenfrage in den vom Reich eroberten Gebieten weitgehend erledigt sein. Er erklärt, er habe beschlossen, die Judenfrage auch in Bezug auf die Frauen und Kinder zu klären, um zu vermeiden, dass sie in Zukunft Rache nehmen können. Er erklärt, dass er die furchtbare Entscheidung habe treffen müssen, diese Leute von der Erdoberfläche auszulöschen, und dass dieser Befehl für ihn und seine SS der am schwersten auszuführende gewesen sei. Er erläutert, das Ganze sei abgelaufen, ohne sich negativ auf die Seele der mit dieser Arbeit betrauten Männer und Anführer auszuwirken, auch wenn die Gefahr, der eigenen Schwäche zu erliegen, noch immer groß sei. Er erklärt, es gelte stets die Neigung vieler Deutscher und selbst einiger Parteikameraden zu bekämpfen, den guten, ihnen allen bekannten Juden zu retten. Er erläutert, er habe eine beachtliche Anzahl von Bittschriften erhalten, um diesen oder jenen guten Juden zu retten. Er erklärt, dies betreffe etwa die jüdischen Arbeiter, die in den Fabriken an der Kriegsanstrengung beteiligt sind. Er führt das Beispiel des Warschauer Ghettos an, das unter dem Vorwand, dass sich dort sehr viele für die Kriegsindustrie wichtige Arbeiter befänden, zu lange aufrechterhalten worden sei und jüngst aufbegehrt habe. Er erläutert, dieser Vorwurf richte sich nicht gegen den Parteigenossen Speer, sie beide würden in den kommenden Wochen die Ghettos von den angeblichen Arbeitern reinigen. In Bezug auf die körperliche Auslöschung der Juden erwähnt er neben Speer kein weiteres Mitglied aus dem Kreis der Vertrauten. Er schließt damit, dass sie nun alle Bescheid wüssten, dass sie im Namen des deutschen Volkes nicht nur für die Idee der Auslöschung, sondern auch für ihre Umsetzung die Verantwortung tragen müssten; und dass sie dieses Geheimnis mit ins Grab nehmen würden.

40.

Januar – Februar 1944

Der Minister ist bei seiner Sekretärin sehr beliebt wie überhaupt bei allen Frauen, bei ihm riskieren sie nichts, ein gut aussehender, reservierter Mann, dem ihre privaten Probleme und ihre Liebschaften gleichgültig sind. Er zeigt kein sonderliches Mitgefühl, wenn er vom Tod ihrer Eltern bei einem Bombenangriff oder ihrer Ehemänner an der Front erfährt, begegnet ihrer Arbeit jedoch mit Respekt und Dankbarkeit. Seine ausgesuchte Höflichkeit, sein scharfer Verstand und seine schützende Präsenz machen alle seine emotionalen Defizite wett, die die Frauen im Grunde mit Gleichgültigkeit quittieren, ja mit Erleichterung, denn so können sie sich mit Leib und Seele ihrer Arbeit im Reichsministerium für Rüstung und Kriegsproduktion widmen.

Am Anfang des Jahres 1944 sorgt sich seine Sekretärin, der Minister ist ernsthaft erkrankt und kann nur mit Mühe sein Ministerium und sein riesiges Arbeiterheer leiten. Krank zu werden, bedeutet für einen Minister des Führers, die Macht zu verlieren, sogar für ihn, den Günstling.

Wenn sie früher unter dem Vorwand der monatlich zu vereinbarenden Waffenproduktion miteinander telefonierten, beendete der Minister das Gespräch mit dem üblichen «Heil, mein Führer!», und der Führer antwortete oft mit einem herzlichen «Heil, Speer». Der Minister kam als Einziger aus dem Kreis der Vertrauten in den Genuss einer solchen Auszeichnung, nahezu eine Beförderung auf einen Platz zur Rechten der Macht, auf den Platz des Sohnes an der Seite des Vaters. Das hatte sich geändert.

Früher rief der Führer an und der Minister brauchte nur zu antworten, eine Art Spiel zwischen ihnen, ein freundschaftliches Ritual, bei dem der eine, der Stärkere – der Machtmensch –, stets gegenüber dem Schwächeren – dem Kunstmenschen – die Initiative ergriff. Das hatte sich geändert.

Es waren Fehler gemacht worden, unglückliche Initiativen vonseiten des Ministers, der seine Talente mit denen des Führers verglichen hatte, Initiativen, mit denen er auf den für den Führer reservierten Bereich der Militärstrategie übergegriffen hatte. Der Minister hatte Partei für jene Generäle ergriffen, die sich dafür aussprachen, Städte in der Ukraine zu evakuieren, um eine Einkesselung und Vernichtung wie in Stalingrad zu vermeiden, während der Führer befahl, durchzuhalten bis zum Tod. Und der Führer nahm es ihm übel, sah seinen Minister, der Seite an Seite mit den verhassten Generälen gegen ihn, seinen Führer, seinen Mäzen und Meister, Partei ergriff, nunmehr mit anderen Augen. Er fühlte sich hintergangen, verletzt von demjenigen, der in seinem Herzen stets der Architekt der erträumten Kuppelbauten und Triumphbögen blieb.

Der Minister setzte seine Mission fort und bemerkte die Distanziertheit des Führers, seine ungewohnte Frostigkeit. Er zeigte indes seinen Schmerz nicht, seine Sehnsucht nach einem Führer, der seine Zuneigung zum Ausdruck brachte, wenn er ihn anrief oder ungeduldig erwartete, selbst nachdem er Rüstungsminister geworden war, ein nicht ganz so emotionaler Posten wie der des Architekten.

Der Führer entfernt sich von ihm, der Minister leidet darunter und zeigt es nicht, entfernt sich jedoch auch seinerseits. Man wird schon sehen, wer von ihnen als Erster einen Schritt auf den anderen zu macht. Die Erinnerungen an die Vorkriegsjahre, glücklich wie der Frieden, lassen ihm keine Ruhe. Auf dem Berghof hatte er den Führer anlässlich einer Tischgesellschaft einmal dabei überrascht, wie er ihn grundlos fixierte, und seinen Blick erwidert.

Wie ein Kinderspiel war das für ihn gewesen, ein doppeldeutiges Kräftemessen unter Hochspannung, bei dem der Erste, der wegschaute oder sich dem anderen geschlagen gab, verloren hatte. Der Führer hatte sich als Erster abgewandt und seinen Architekten gewinnen lassen.

Doch es sind andere Erinnerungen hinzugekommen.

Der Minister hat zum ersten Mal etwas gesehen, das er nicht vergessen kann. Ein unterirdisches Arbeitslager zur Herstellung von Raketen, in dem hoch qualifizierte Häftlinge wie ausgemergelte Sklaven achtzehn Stunden täglich an Fließbändern sitzen, denen ein abstoßender Fraß vorgesetzt wird und die im Inneren der unterirdischen Fabrik in abstoßenden Erdausbuchtungen schlafen. Er musste über verwesende Leichen steigen, um in die Werkstätten zu gelangen. Man schilderte ihm Dantes Inferno, als er in die Gänge vordringen wollte, und dieses Mal wollte er sehen und sah, und seine delikaten Augen waren empört über das, was sie sahen. Kein Film, keine Musik, kein Buch vermag so etwas zu beschreiben, die Wörter für diese Dinge werden obszön. Die Qualen wiederholen sich in den Wörtern, nach denen wir suchen, um uns an sie zu erinnern oder um sie uns *zunutze* zu machen, so schmal sind die Grenzen. Es ist ein Teufelskreis, wir behaupten, dass wir nie vergessen dürfen, und das Gedenken setzt Wörter voraus; und Wörter haben ihre eigenen Gesetze, sie sind zweideutig, selbst im Angesicht von Verbrechen. Zweideutig zu sein, das ist ihre Stärke, ihre moralische Stärke, zwischen zwei Welten, Wahrheit oder Fiktion – was ist am eindrücklichsten, welche Version der Tatsachen liest sich am besten? Es sind die gleichen Wörter, derer sich die Juristen bedienen, die Historiker, Politiker, Schriftsteller, Dichter, Künstler und Journalisten, die Opfer und die

Henker, und es sind die gleichen Wörter, derer sich der Memoirenschreiber Albert Speer bedient, Künstler und Minister im Dritten Reich.

Seit seiner unzensierten Besichtigung wird Speer buchstäblich heimgesucht vom Anblick der hoch qualifizierten Sklaven in diesem Lager zur Herstellung von Raketen für militärische Zwecke. Ihn packt das Entsetzen vor dem Spiegel, den das Lager verkörpert und in dem er sich nun in seiner Uniform des Lieblingsministers des Führers erblickt. Er ist entsetzt, dass man ihn mit einem Lager, in dem Waffen produziert werden, in Verbindung bringt. Es ist das eine, Theorien zu romantischen Steinruinen auszuarbeiten, aber etwas völlig anderes, den körperlichen Verfall von Menschen mitansehen zu müssen. Eben das hatte der Reichsführer SS Himmler in Bezug auf die Vernichtung der Juden und in Bezug auf seine Sorge um die psychische Gesundheit der Henker geäußert. Albert Speer ist psychisch krank, und sein Körper übersetzt diese Krankheit in ein geschwollenes Knie und eine vereiterte Brust.

Der Minister liegt mittlerweile in einem von einem SS-Arzt geleiteten Krankenhaus in einem Vorort von Berlin. Seine Gesundheit hat sich verschlechtert seit seiner Ankunft in diesem medizinischen Paradies, das ihn von dem Lager heilen soll, in dem sich über seine Augen eine eigenartige Krankheit in ihn eingeschlichen hat, deren körperlichen Symptome lediglich die Spitze des Eisbergs sind. Seine Sekretärin bleibt bei ihm. Sie ruht sich im Nebenzimmer aus. Hinter der Tür findet eine Unterhaltung statt, sie lauscht und ist entsetzt. Sie hört eine bekannte Stimme. Sie hört den Reichsführer SS Himmler zum Arzt sagen: «Ja, dann ist er eben tot.» Die Antwort des Arztes vernimmt sie nur undeutlich, umso besser dafür die Erwiderung des Reichsführers: «Genug. Je weniger Worte darüber, desto besser.»

Der Führer teilt seiner Umgebung traurig mit, dass sein lieber Speer vermutlich im Sterben liege. Auch Margret teilt er es mit, der Frau seines lieben Rüstungsministers. Eine befriedigte, seltsam gierige Traurigkeit geht von ihm aus, wenn er darüber spricht. Sterben ist Leben. Wie bei seinen Hündinnen, von denen er ab und zu eine einschläfern lässt, damit sie nicht leiden müssen. Ob er je daran gedacht hat, seinen ehemaligen Architekten angesichts des desaströsen Zustands seines schlanken, hochgewachsenen und perfekt arischen Körpers einschläfern zu lassen?

Eines Nachts macht sich die Krankheit stärker bemerkbar als sonst, Speer spuckt Blut, seine Haut verfärbt sich bläulich, es kommt zu inneren Blutungen. Er fällt ins Koma. Plötzlich beginnt er an der Decke zu schweben. Er sieht seinen eigenen, reglosen Körper, ringsherum Krankenschwestern und SS-Ärzte. Er sieht seine Frau. Alles ist schön und strahlend, das Krankenhauszimmer verwandelt sich in einen weiten Saal, dessen Decke mit herrlichen, strahlenden Ornamenten überzogen ist, die Wände sind mittlerweile von einem ekstatischen, nicht mehr medizinischen Weiß, er atmet die Luft des Paradieses. Er schwebt, und alles um ihn herum schwebt ebenfalls, er ist nicht allein mit den SS-Leuten und seiner Frau. Sanfte, in Weiß und Grau gekleidete Gestalten schweben mit ihm, Musik erfüllt den Raum. Eine Stimme erhebt sich und sagt: «Noch nicht.» Er protestiert, er will in diesem himmlischen

Ballett bleiben, die Stimme wiederholt: «Noch nicht», und fordert ihn auf, in den gequälten, liegenden Körper zurückzukehren, und er empfindet ein Verlustgefühl, als er wieder in die schmerzende körperliche Hülle schlüpft.

Er hat soeben eine *positive* Nahtoderfahrung gemacht, ein Phänomen, das Anästhesisten und Chirurgen beobachten, wenn ihnen ein Patient entgleitet, auf unerklärliche Weise wieder erwacht und sich in ähnlichen Schilderungen ergeht. Solche Schilderungen sind angenehm, ein Vorgeschmack auf das Paradies.

Andere Berichte beschreiben das Gegenteil. Ein Schweben, ein Tunnel, eine Falltür, ein bestialischer Geruch, grauenerregende Gestalten, die Hölle. Derlei Schilderungen sind seltener, man gibt sie nicht zum Besten, will sie vergessen, für sich behalten. *Negative* Nahtoderfahrungen sind ebenso zahlreich wie die positiven, nur bestürzender. Ihre Protagonisten fragen sich mit Schrecken, warum ihnen so etwas widerfährt, während anderen das unbeschreibliche Glück zuteilwird, den Garten Eden zu erkunden. Solche Erfahrungen sagen nichts über die Vergangenheit derer aus, die sie erleben – das wird der Architekt später erfreut zur Kenntnis nehmen. Henker können ins Paradies kommen, Unschuldige und Opfer in die Hölle. Es gibt keine Regel, so als wäre die in den heiligen Büchern gepriesene göttliche Gerechtigkeit ein gigantischer Scherz, ein Spaß ganz nach dem Geschmack der Vertrauten des Führers, die sich grausam über manch einen Untergebenen lustig gemacht hatten, um ihre ermüdenden, repetitiven Abende in Gesellschaft des Führers aufzuheitern. Als wäre die Ungerechtigkeit das wahre Salz dieser Erde, als würde die Ungerechtigkeit nach dem Tod noch schönere Blüten treiben, als würden die Kehrseiten der Tugend, der

Wahrheit oder des Guten erst dann ihren Aufschwung nehmen, wenn das Herz erloschen, das Gehirn durchgebrannt und der Tod festgestellt worden ist. Als würden unsere Handlungen hier auf Erden, ob gut oder schlecht, kaum zählen. Auf der anderen Seite zählen sie gar nicht.

Der Minister sollte behaupten, nach dieser Erfahrung nie wieder Angst gehabt zu haben. Er weiß, dass am Ende des Weges, zumindest am Ende seines Weges, das Glück wartet. Bis dahin gilt es, so gut wie möglich zu leben, was er bisher immer getan hat, und sich den Umständen, egal welchen, anzupassen.

Er erholt sich nach und nach, ein neuer Arzt löst den ersten ab, auch er ein SS-Mann, doch dem Führer näher als dem Reichsführer; Speers Zustand bessert sich. Zur Rekonvaleszenz zieht er sich auf ein reizendes Schloss bei Salzburg zurück, wo sich auch der Führer gerade aufhält. La Dolce Vita in Kriegszeiten, den Luxus solcher Sommerfrischen sollte er immer gern beschreiben.

Als der Führer ihn wiedersieht, stellt er eine Veränderung fest. Die Reaktion des Ministers beim Anblick des Führers ist nicht zu erkennen, außer für ihn selbst, den Führer. Es ist, als schaute er einen anderen Mann an. Noch nie hat sein Albert Speer ihn so angeschaut. Der Führer ist zu Fuß gekommen, er hat den Park und das Wäldchen durchquert, das zwischen ihren beiden Wohnungen liegt, und der Empfang ist merkwürdig, keine Feindseligkeit, dieselbe Ehrerbietung, alles wirkt wie immer, und doch ist nichts mehr so wie früher.

Er besucht ihn mehrmals ohne besonderen Anlass. Er bringt ihm Blumen mit. Er schickt ihm Nachrichten, die über eine gewöhnliche Freundschaft hinausgehen. Das Fazit ist das gleiche: Alles wirkt wie immer, nichts ist mehr so wie früher, noch nie hat sein Speer ihn so angeschaut.

Zwischen ihnen herrscht eine tiefe Krise. Der Minister entfernt sich oder stellt den Führer auf die Probe. Vor den Mitgliedern des engsten Kreises führen sie ein erschütterndes Drama auf, eine launische Operette mitten in der großen Tragödie.

Ein Drama, in dem der Minister sich nicht mehr vor Unstimmigkeiten scheut. Er scheut sich nicht mehr, provozierende Nachrichten zu verschicken. Der Führer will sechs große unterirdische Fabriken bauen lassen, und der Minister widersetzt sich, vertritt den Standpunkt, dass ihnen in Anbetracht der Kriegssituation die Zeit davonrennt, dass es schneller geht, die bombardierten Fabriken instand zu setzen, als neue zu errichten. Der Führer bleibt bei seiner Position, und der Architekt lässt ihm über einen Dritten ein Rücktrittsgesuch überreichen.

Der Minister fühlt sich zu allem in der Lage. In den vergangenen Monaten fühlte er sich vernachlässigt und ins Abseits gedrängt. Jetzt, seit seiner Genesung, ist er wie berauscht. Freiheit, Angst, Abwarten und Erregung bilden das emotionale Spektrum des Ministers, das ihn dazu bewegt, den Führer zu provozieren.

Göring ruft an, um ihm zu erklären, dass man in der Regierung des Führers nicht von seinem Amt zurücktrete. Andere erklären ihm, der Führer und vor allem Deutschland bräuchten ihn.

Der Führer lässt ihm durch einen Dritten eine Zauberformel ausrichten: «Sagen Sie Speer, dass ich ihn weiter lieb habe.»

Der Minister erwidert besagtem Dritten: «Er kann mich am …» Der Dritte ist sprachlos, ereifert sich: «Sie sind nicht groß genug, so etwas über den Führer sagen zu dürfen, nicht einmal im Scherz.»

Schließlich begibt sich der Minister auf den Berghof und bittet um eine Unterredung «unter vier Augen». Der Führer schlägt ihm einen jener repetitiven Spaziergänge vor, die der Minister in- und auswendig kennt. Zum ersten Mal weigert er sich, mit ihm und seiner Hündin spazieren zu gehen. Er will eine Unterredung ohne Zeugen oder Naturkulisse, eben «unter vier Augen». Er ist selbstsicher, angsterfüllt, provokant.

Der Führer willigt ein und empfängt ihn formvollendet, in Uniform und mit Handschuhen, Auszeichnungen, die normalerweise ausländischen Gästen vorbehalten sind. Niemand weiß, was sie «unter vier Augen» besprechen. Als sie herauskommen, ist die Versöhnung augenfällig, es herrscht allgemeine Erleichterung. Der Minister ist wieder in Gnaden aufgenommen worden.

Das Telefon klingelt erneut, Unbekannte von Rang wollen seine Bekanntschaft machen, Bormann lädt ihn erstmals zu sich nach Hause ein.

Alles scheint wieder in Ordnung zu sein, wie früher, ja, besser als früher, wie nach einer gemeinsam bewältigten Krise, doch nichts ist mehr so wie früher.

Wenn der Minister künftig dem Führer begegnet, sieht er nur noch «sein abstoßendes Gesicht», ein Monster mit einer «überbreiten Nase», mit beinahe aus dem Kopf hervortretenden Augen und «fahler Gesichtsfarbe».

Trennung
(1945–1947)

41.

Ende März 1945

Der Führer erwartet seine Antwort für den darauffolgenden Tag. Hält er den Sieg noch für möglich, ja oder nein? Das Gespräch ist beendet. Der Minister wird aus dem Führerbunker entlassen, ohne dass irgendein Wort dazu gefallen ist. Es ist zwei Uhr morgens in Berlin. Über ihm geht die von ihm erbaute Reichskanzlei unter den sowjetischen, amerikanischen und englischen Angriffen ihrem Ruinenschicksal entgegen.

Der Minister ist spätabends eingetroffen. Das militärische Personal hat sich verlegen gezeigt, die elementarsten, an seinen Rang geknüpften Höflichkeitsbekundungen vergessen. Man kompromittiert sich mittlerweile, wenn man ihn grüßt. Das hat er schon häufiger erlebt. Es ist nicht das erste Mal, dass er potenziell in Ungnade gefallen ist.

Der Führer empfängt ihn und geht sofort zum Angriff über. Er weiß, dass der Minister sich geweigert hat, angesichts der sowjetischen, amerikanischen und englischen Vorstöße den Befehl zur Zerstörung der gesamten deutschen Infrastruktur auszuführen. Er hat sich geweigert, die systematischen Anweisungen der verbrannten Erde durch «Sprengung, Brand oder Demolierung» zu befolgen. Von Bormann weiß der Führer, dass sein Minister ihn hintergangen hat. Er spricht auffallend ruhig und leise wie in seinen schlimmsten Momenten, mit einer Stimme, die einen direkt vor ein Erschießungskommando oder, schlimmer noch, ins KZ bringen kann.

Fast genau diese Stimme hatte er auch in den frühen Morgenstunden des 19. März, als es um das deutsche Volk und das gesamte Land ging. Er empfing den Minister nach der Lagebesprechung. Er wollte ihm ein Foto von sich überreichen, mit einer verwackelten Widmung, die typisch war für seine Krankheit, bei der manche Glieder von einem unkontrollierten Zittern erfasst wurden. Es war der vierzigste Geburtstag des Ministers, die fast unleserlichen Worte des Führers gaben sich langsam zu erkennen, herzlicher als je zuvor. Der Minister war verlegen. Er wollte ihm die zigste Denkschrift überreichen, in der er ihn verzweifelt zu bewegen versuchte, von seiner Politik der verbrannten Erde abzusehen. Ohne gelesen zu haben, hatte der Führer seine Absicht durchschaut, er war verstimmt. Vor seinem Aufbruch erklärte er: «Wenn der Krieg verloren geht, wird auch das Volk verloren sein. Es ist nicht notwendig, auf die Grundlagen, die das deutsche Volk zu seinem primitivsten Weiterleben braucht, Rücksicht zu nehmen. Im Gegenteil ist es besser, selbst diese Dinge zu zerstören. Denn das Volk hat sich als das schwächere erwiesen, und dem stärkeren Ostvolk gehört ausschließlich die Zukunft. Was nach diesem Kampf übrigbleibt, sind ohnehin nur die Minderwertigen, denn die Guten sind gefallen!»

«Hitler ist ein Verbrecher», hatte der Minister just nach

dieser Unterredung in der Wohnung, die er sich im Rüstungsministerium mit anderen teilte, zu einem der halb schlafenden Mitarbeiter gesagt. Es war fünf Uhr morgens, als er plötzlich dort auftauchte, sich geräuschvoll auf einen Stuhl setzte und auf die Wand starrte; seine hochgewachsene Gestalt war gebeugt, die Schlaflosigkeit stand ihm ins Gesicht geschrieben, ungute Gedanken trübten seinen Blick. Seine Uniform war nur noch die eines beliebigen deutschen Soldaten, die an sämtlichen Fronten in die Flucht geschlagen wurden: «Hitler ist ein Verbrecher.» Am Vortag waren sie durch Westdeutschland gefahren, zumindest durch diejenigen Gebiete, die noch unter deutscher Kontrolle waren, hatten sich auf eine Anhöhe gesetzt und eine frühlingshaft duftende Hügellandschaft betrachtet, wie sie für die Malerei und Dichtung der deutschen Romantik so typisch war. «Wie ist es möglich, dass ein Mensch dieses Land in eine Wüste verwandeln will!», hatte der Minister im Beisein seines Mitarbeiters ausgerufen.

Er arbeitete stetig weiter an seinen Maßnahmen, um die Zerstörung der Infrastruktur, vor allem der Fabriken, zu verhindern.

Bormann wusste es. Er hat der Anklageschrift gegen Speer eifrig immer neue Punkte hinzugefügt, vor allem seit dem 20. Juli des vergangenen Jahres. Der Minister verbrachte den Tag mit Goebbels, als sie von dem Mordanschlag auf den Führer durch einen Teil des Offizierskorps erfuhren. Sie hatten geplant, zur Beerdigung von Leni Riefenstahls Vater zu fahren, nun sagten sie ab.

Der Putsch war gescheitert, Tausende von neuen oder alten, wirklichen oder vermeintlichen Opponenten wurden hingerichtet; man hängte sie, nachdem sie in den vorangegangenen Verhören auf unterschiedliche Weise entstellt worden waren, an Fleischerhaken auf. Die mit der Arbeit beauftragten SS-Leute hatten ihre Freude daran: Hohe Tiere zusammenzuschlagen, das war doch mal etwas anderes als all die seit Jahren ermordeten Juden. Es gab sogar Fotos und einen Film über diese letzten Qualen, abstoßende Bilder von Leuten, die der Minister kannte und die zu sehen er sich weigerte. Leider stand sein Name auf der Liste für eine Interimsregierung, die in den Unterlagen eines der Verschwörer gefunden wurde.

Allein deshalb hätte auch er tot an einem Fleischerhaken hängen müssen. Bormann und andere bemerken, wie unterkühlt der Führer mit ihm umgeht, endlich wittern sie seinen baldigen Fall, aber er ist immer noch am Leben, immer noch genauso provokant, scheut sich nicht, in seinen Denkschriften, richtige Briefe, in denen sich Berufliches mit komischen, restlos deplatzierten privaten Ergüssen mischt, dem Führer die unerhörtesten Dinge zu sagen.

In den vergangenen Monaten hat er dem Führer offen widersprochen und sich insgeheim sogar mit dem Gedanken getragen, ihn nach ihrer Unterredung vom 19. März umzubringen. Zwei Wochen lang überlegte er, wie er den Führer über einen Luftschacht des Bunkers, der in den Park der Reichskanzlei hinausführte, vergasen könnte. Letzten Endes nahm er aufgrund eines unvorhergesehenen Wechsels der Filteranlage, der seinen Plan vereitelte, Abstand von seinem Vorhaben.

Noch eine Enthüllung in seinen Memoiren. Keiner seiner Angehörigen hat je davon erfahren, auch nach dem

Untergang des Reichs nicht. Hitler vergasen. Das hört sich an wie einer dieser typischen Scherze aus dem Kreis der Vertrauten, eine «Ironie der Geschichte», für die sie ein Faible hatten.

Jetzt sind wir an der Reihe, diese Fabel NOCH weiter auszufabulieren. Wir befinden uns in Speers Kopf, als er um 1967 seine Zeilen über diesen abwegigen Anschlagsplan schreibt. Er lacht sich ins Fäustchen. Er hat seinen Spaß. Er wird den Führer, seinen Meister und intellektuellen Liebhaber, vergasen. «Hier, lieber Führer, eine kleine Zyklon-B-Kapsel für die Lunge! Du hast mich dermaßen enttäuscht, all die Fehlentscheidungen, die zu unserer Niederlage geführt haben, die tausendjährigen Träume, die du entfacht hast, um sie anschließend zunichtezumachen, völlig übergeschnappt! Du lässt mir keine Wahl. Ich muss in gesellschaftlicher und moralischer Hinsicht wieder auf einen grünen Zweig kommen. Das Überleben liegt in der Hand des Übermenschen. Und so werde ich dich vergasen, nachdem du die Juden vergast hast. Zumindest werde ich behaupten, dass ich mit dem Gedanken gespielt habe. Selbst du hättest über diese Strategie gelacht, damals, in unseren endlosen, unvergesslichen Nächten in Berchtesgaden! Meinst du, mein Führer, dass die Leser begreifen, wie weit ich hier gehe? Wie sehr ich sie hier verarsche, genauso wie wir damals in München Chamberlain verarscht haben?»

Es ist die letzte Märzwoche, als er den Führer wiedersieht, der wegen der Missachtung seiner Befehle zur vollständigen Zerstörung Deutschlands angesichts der vorrückenden amerikanischen, englischen und sowjetischen Truppen sofort über ihn herfällt.

Sie sind allein in seinem Arbeitszimmer, der Minister begrüßt ihn mit einem «Heil, mein Führer», der Führer reicht ihm nicht die Hand.

Seine Stimme ist ruhig und leise, sie ist gefährlich, das weiß der Minister, es bereitet ihm kein großes Kopfzerbrechen. Er ist erschöpft, selbstgewiss, überzeugt, dass er gerade gleichzeitig alles und nichts aufs Spiel setzt. Das Spektrum der Gefühle hat sich verändert und unheilvolle Farbtöne dazugewonnen, doch hier und da sind noch die alten Gefühle der Vergangenheit erkennbar: Er hört heraus, dass er nichts aufs Spiel setzt, dass er der Liebling des Führers ist, der Liebling eines Verbrechers, der Liebling eines Pygmalions, dieses abstoßenden Wesens mit seiner grobporigen Haut und der riesigen Nase.

Der Führer setzt gelassen zu seiner Anklagerede an: «Ich habe von Bormann einen Bericht über Ihre Besprechung mit den Gauleitern des Ruhrgebietes bekommen. Sie haben sie dazu aufgefordert, meine Befehle nicht durchzuführen, und Sie haben erklärt, dass der Krieg verloren sei. Sind Sie sich darüber im Klaren, was darauf steht?»

Er zögert, der Minister merkt, dass er sich an etwas erinnert fühlt, und ja, vielleicht wird er plötzlich von unerwarteten, unauslöschlichen Erinnerungen heimgesucht: «Wenn Sie nicht mein Architekt wären, würde ich die Konsequenzen ziehen, die in einem solchen Falle notwendig sind.»

«Ziehen Sie die Konsequenzen», erwidert ihm sein Minister.

Der Führer ist baff. Sein Minister ist offenbar lebensmüde. Vielleicht will er ihn mit dem Tod erpressen.

«Sie sind überarbeitet und krank. Daher habe ich bestimmt, dass Sie sofort auf Urlaub gehen. Ein anderer wird Ihr Ministerium in Ihrer Vertretung leiten.»

«Nein, ich fühle mich gesund. Ich gehe nicht auf Urlaub. Wenn Sie mich nicht mehr als Minister wünschen, so entlassen Sie mich aus meinem Amt. Ich kann nicht die Verantwortung als Minister behalten, und ein anderer handelt in meinem Namen. Ich kann nicht, mein Führer.»

«Es bleibt Ihnen keine andere Wahl. Es ist mir nicht möglich, Sie zu entlassen! Aus innen- und außenpolitischen Gründen kann ich auf Sie nicht verzichten.»

«Es ist mir unmöglich, auf Urlaub zu gehen. Solange ich im Amt bin, führe ich auch das Ministerium. Ich bin nicht krank!»

Sie schweigen, der Führer setzt sich, der Minister gleichfalls, unaufgefordert.

«Wenn Sie davon überzeugt sein können, dass der Krieg nicht verloren ist, dann können Sie Ihr Amt weiterführen.»

«Sie wissen, dass ich davon nicht überzeugt sein kann. Der Krieg ist verloren.»

«Wenn Sie *glauben* würden, dass der Krieg noch gewonnen werden kann, wenn Sie es wenigstens *glauben* könnten, dann wäre alles gut.»

«Ich kann es nicht, mit dem besten Willen nicht. Und schließlich möchte ich nicht zu den Schweinen in Ihrer Umgebung gehören, die Ihnen sagen, sie glaubten an den Sieg, ohne an den Sieg zu glauben.»

«Man muss glauben, dass sich alles zum Guten wenden wird. Hoffen Sie noch auf eine erfolgreiche Weiterführung des Krieges, oder ist Ihr Glaube erschüttert? Wenn Sie wenigstens *hoffen* könnten, dass wir nicht verloren haben!

Sie müssen das doch hoffen! Dann wäre ich schon zufrieden.»

Der Minister antwortet nicht mehr.

«Sie haben vierundzwanzig Stunden Zeit! Sie können sich Ihre Antwort überlegen! Morgen geben Sie mir Auskunft, ob Sie *hoffen*, dass der Krieg noch gewonnen werden kann.»

42.

Erschöpft kehrt er ins Ministerium zurück, verfasst hektisch in einer Schrift, die ebenso unleserlich ist wie die des Führers, eine einundzwanzig Seiten lange Antwort. Er lässt gemeinsame, schöne Erinnerungen wach werden. Er appelliert an die Notwendigkeit, die industrielle Zukunft Deutschlands und das Leben des deutschen Volkes zu retten. Er appelliert an die Kunst. Er hat sein Ministerium als Künstler geleitet, so wie der Führer sein Reich. Das Argument gefällt ihm, er weiß, dass es dem Führer sogar ausnehmend gut gefallen wird. Zwei Künstler an der Macht, das macht sich deutlich besser als zwei Politiker, die den Pinsel schwingen. Und schließlich appelliert er an Gott: «Gott schütze Deutschland!», so seine Schlussworte.

Er lässt in der Reichskanzlei anrufen, damit eine Sekretärin den Brief auf einer der Sehschwäche des Führers angepassten Spezialschreibmaschine mit übergroßen Lettern abtippt.

Weigerung der Reichskanzlei. Der Minister solle bitte persönlich vorsprechen.

Gegen Mitternacht fährt er in die Reichskanzlei.

Gedanken, innere Zerrissenheit in der zerbombten Wilhelmstraße.

Der Bunker.

«Nun?», fragt der Führer.

«Mein Führer, ich stehe bedingungslos hinter Ihnen.»

Dem Führer werden die Augen feucht. Schweigend gibt er ihm die Hand.

43.

23. April 1945

Ein letztes Mal betritt er die von Einschlägen durchsiebte Reichskanzlei. Es ist das Ende, vermutlich sein Meisterwerk, eines, das nicht aus Steinen, sondern aus Wörtern besteht, als er den Untergang des Reichs in seinen Memoiren beschreibt, mittlerweile eine kanonische Darstellung, die von Künstlern und Historikern zu Recht so übernommen worden ist: Er kennt sich aus mit Ruinen, er ist darin zu Hause, er hat 1934 eine Theorie über sie ersonnen und sie 1945 am eigenen Leib erlebt.

Die Zimmerfluchten sind mit Trümmern übersät. Offiziere betrinken sich, so wie überall in dem, was von Berlin, ob Ministerium oder Luxushotel, noch übrig ist: Mit den unermesslichen Vorräten an Nahrungsmitteln und Getränken, die während des jahrelangen Plünderungszugs durch Europa angehäuft worden sind – vor allem in Frankreich und Italien mit ihrer hervorragenden Küche –, werden Gelage veranstaltet. Diese Feste haben nichts gemein mit denen zu Zeiten des «Systems», der Kabaretts und Nachtclubs zwischen 1929 und 1932, die nach manchen Augenzeugenberichten aufgrund der Krisenstimmung eine besondere Intensität gehabt haben sollen. Doch das tut wenig zur Sache, er hat solche Feste ohnehin nie miterlebt, mit Margret hat er die betreffenden Orte nicht aufgesucht. Er ist kein Feiermensch, geht seit zwölf Jahren nur deshalb spät zu Bett, weil er sich dem Zeitplan seines Meisters anpasst – eine vampirartige Nachtgestalt, der mediale Fähigkeiten oder vielmehr Laster nachgesagt werden, mit denen sie die Massen in einen schlafwandlerischen Zustand versetzt. Das Bild gefällt ihm, auch das von Faust, der mit dem Teufel paktiert. Er weiß, dass er von der Geschichte und den Historikern des Sieges zur Verantwortung gezogen werden wird, er empfindet die Scham der Niederlage, ganz zu schweigen von einem Gefühl, das er nicht zu beschreiben vermag, ähnlich wie diese Ersatzstoffe aus der Vorkriegszeit, ein Kompositgefühl, so wie es Kompositwerkstoffe gibt, eine Mischung aus Scham und Schuldgefühlen, das Bedürfnis nach Achtbarkeit, der Wille, in den Augen der Nachwelt weiterzuleben, eine Figur zu entwerfen, die nicht nur ein Monster im Dienste eines Monsters und eines monströsen Regimes ist – aber wie soll das gehen? Wie soll er das anstellen, wo er das Monster, seinen Führer, seinen Mäzen, seinen Künstlerkanzler doch um jeden Preis noch ein letztes Mal sehen will? Ist er nicht der Prototyp des Künstlers, der sich im Grauen der Macht verfangen hat, weil ihm eine Hand gereicht wurde, die – ach – die Hand des Teufels war?

In seinem Kopf sieht es nicht anders aus als in diesem Berlin, das mit seiner verkohlten Landschaft erst unter ihm im Flugzeug, dann im Auto an ihm vorbeigezogen ist. Sein Kopf ist ein Ruinenfeld.

Die meisten Würdenträger sind inzwischen weg, seine Rivalen haben sich alle gleich nach dem Geburtstag des Führers drei Tage zuvor aus dem Staub gemacht. In den vergangenen Jahren hat er mehrfach Göring besucht, an einem seiner ebenso zahlreichen wie luxuriösen Wohnsitze, ihn dort tatsächlich als Transvestiten erlebt, mit lackierten Fingernägeln und geschminktem Gesicht, den Körper in einen Kimono gehüllt, lallend von all dem Morphium – nun hat er sich aus dem Staub gemacht. Auch Himmler in seiner grotesken schwarzen Uniform hat sich aus dem Staub gemacht. Außer ein paar Generälen der letzten Stunde, einigen Untergebenen, die für die immer sporadischer werdenden Übermittlungen an die Außenwelt gebraucht werden, sind nur noch Bormann und Goebbels da.

Und er, Albert Speer, ist der Einzige, der ohne Grund und ohne Arbeit zurückkommt – es werden ja keine Waffen mehr hergestellt, und der militärisch-industrielle Komplex, als deren Führer er im Namen des obersten Führers fungiert hat, befindet sich schon seit Wochen in Auflösung. In den Straßen zerstören Kinder russische Panzer mithilfe der Panzerfaust, ein hocheffizienter Granatenwerfer, die letzte Ausgeburt des Faust'schen Genies. Sie ist keine der von der Propaganda gerühmten Wunderwaffen, größtenteils technische Chimären, an denen die Ingenieure sich festgebissen haben, sondern eine leicht zu handhabende Waffe, die sich in großen Stückzahlen produzieren lässt. Die berühmten Wunderwaffen hat Speer im Vorjahr in besagtem Lager gesehen, als er über die Leichen der hoch qualifizierten Sklaven klettern musste: Sie produzierten Raketen, die nur eine lächerliche Sprengstoffladung transportieren konnten und verglichen mit den zahllosen strategischen Bombern der Amerikaner und Engländer, die täglich viertausend Tonnen Bomben über dem Reich abwarfen, ein Vermögen kosteten. Dann waren da noch Fantasien über «Todesstrahlen» und anderer Unsinn auf Basis von Laserstrahlen. Den Spezialisten für die Atomspaltung, denen der Minister aufmerksam über die Schulter schaute, wurden die Zuschüsse gestrichen, weil ihre Forschungen angeblich auf denen des jüdischen deutschen Physikers Albert Einstein beruhten. Alle diese technischen Dossiers und vergebenen Chancen hat er im Kopf, als er durch seine ehemalige neue Reichskanzlei geht, die von den viermotorigen amerikanischen und englischen Flugzeugen und der gleichwohl nicht ganz so schlagkräftigen sowjetischen Artillerie zum Teil kaputt geschossen worden ist.

Die Rote Armee umzingelt Berlin, ihre Truppen rücken vor, erbittert bekämpft von Angehörigen der Hitlerjugend, laut Goebbels, der als Gauleiter der Stadt die Schlacht mit anführt, ein gefundenes Fressen für künftige Filmregisseure und Romanschriftsteller. Er hat seine Mitarbeiter mit gewohnt beißender Ironie angespornt und erklärt, jetzt sei nicht der Moment, feige zu sein, aus diesen letzten Stunden ließen sich hervorragende Filme machen, in fünfzig oder hundert Jahren, wenn die Folgen der Niederlage hinter dem Irrsinn ihres politischen, künstlerischen und kriegerischen Abenteuers verblasst wären. Hatten die Assyrer und Babylonier nicht die Haut ihrer bei lebendigem Leib gehäuteten Feinde an den Stadtmauern aufgehängt? Und wir, wir erinnern uns ausschließlich an die Pracht Babylons und seiner hängenden Gärten, mal ganz abgesehen von Sardanapal und seinen Launen. Denn so verhält es sich mit der Erinnerung der Menschen: Sie ist durch und durch amoralisch, sie schert sich nicht um das tote, gemarterte Fleisch, verfasst sogar epische Gedichte dazu, sie vergisst sämtliche Namen außer jene der bedeutenden Männer, ob gut oder schlecht, denn die haben es verstanden, die Macht an sich zu reißen und sie schonungslos zu verkörpern, mit Gemetzeln und Denkmälern; und die Erinnerung mag Steine, sie will Stein sein, nicht Fleisch. So sieht Goebbels die Dinge.

«Verhaltet euch so, als würdet ihr gefilmt!», so sein Credo für Klein und Groß, Kinder und Alte, alle mit der Panzerfaust unter dem Arm.

Einer der betrunkenen Offiziere empfängt den Minister und beeilt sich, seine Ankunft zu melden. Unverzüglich kommt er mit einer banalen Antwort zurück, die Speer, seit mittlerweile zwölf Jahren Architekt und Minister des Führers, schon tausendfach gehört hat, kein Befehl übrigens, eher eine Gesprächseinladung: «Der Führer möchte Sie sprechen.»

44.

«Was meinen Sie? Soll ich hierbleiben oder nach Berchtesgaden fliegen? Man sagte mir, nur noch morgen sei dazu Zeit.»

Die Luft im unterirdischen Arbeitszimmer des Führers ist ganz verbraucht vor lauter Staub und Nachlässigkeit. Binnen weniger Tage hat die Disziplin der anwesenden

Militärs nachgelassen. Niemand erhebt sich mehr, wenn der Führer eintrifft, man redet einfach weiter, betrinkt sich in seinem Beisein, die Hygiene lässt zunehmend zu wünschen übrig. Außerhalb der inzwischen witzlosen Lagebesprechungen verbringt der Führer den Großteil seiner Zeit mit den Frauen aus seinem Umfeld oder allein in seinem Arbeitszimmer.

Der Minister ist die Treppe hinuntergegangen, und Bormann hat ihn höflich empfangen. Da wusste er, dass er nicht in Gefahr ist. Eigentlich hat er es immer gewusst. Das Einzige, wovor er in den ganzen zwölf Jahren Angst hatte, war, die Zuneigung des Führers und die damit einhergehenden Privilegien zu verlieren. Vor allem, seine Zuneigung zu verlieren. Deshalb ist er zurückgekommen, wegen dieser Anhänglichkeit, einer Verbundenheit jenseits von Schande und Ehre. Bormann hat ihn gebeten, dem Führer zum Aufbruch zu raten. Ja, er hat ihn beinahe angefleht. Der Minister hat Bormanns Angst, seine Todesangst, ausgekostet. Er hat ihn quälend lange warten lassen; und dem Geist der engsten Vertrauten, ihrer Vorliebe für grausame Anekdoten treu, empfindet er einen stillen Triumph angesichts der Angst des Sekretärs der Reichskanzlei, angesichts seiner Todesangst.

Und jetzt diese Frage des Führers, gehen oder bleiben. Er braucht nicht zu überlegen. Der Führer erwartet nur eine Antwort, und der Minister gibt sie ihm spontan:

«Ich finde es besser, Sie beenden, wenn es sein muss, Ihr Leben als Führer hier in der Hauptstadt als in Ihrem Wochenendhaus.»

45.

«Eva Braun möchte Sie sprechen …»

Der SS-Diener, der mit den Hausarbeiten in der Reichskanzlei betraut ist, überbringt ihm diese Bitte, und er schickt sich an, sie sofort zu erfüllen. Für Eva Braun hegt der Minister eine Zuneigung ohne Hintergedanken. Sie wäre ihm nie aufgefallen, wenn sie nicht die Lebensgefährtin des Führers gewesen wäre, genauso wie ihm auch ein Bormann oder ein Goebbels nicht aufgefallen wären, wenn sie nicht zum Kreis der Vertrauten gehört hätten. Die Tatsache, dass sie seine heimliche, schalkhafte Gefährtin ist, eine Art Heidi, die sich in ein Faust'sches Märchen verirrt hat, macht sie bemerkenswert. Der Minister bewundert, wie loyal sie ist, wie bescheiden und schüchtern, wie sie sich trotz all der Machenschaften und Boshaftigkeiten im Kreis der Vertrauten ihren Frohsinn bewahrt. Sie freuen sich so über das Wiedersehen! Er nimmt den kleinen Bunkerraum, in dem sie wohnt, genau in Augenschein, befindet ihn für geschmackvoll eingerichtet, und zwar aus gutem Grund: Er war es, der seinerzeit die Möbel – Sessel, Kommode und Tisch –, die sie aus ihren Räumen oben in der Kanzlerwohnung mit hinuntergenommen hat, entworfen hatte.

Sie ist nach Berlin gekommen, um an des Führers Seite zu sein. Sie konnte nicht mehr in ihrem Alpendomizil in Berchtesgaden bleiben. Sie wird sein Schicksal teilen und weder Bitterkeit noch Furcht empfinden, im Gegenteil. Sie vertraut ihm an, wie sehr sich der Führer über die Rückkehr seines Ministers und Architekten gefreut hat. Tatsächlich habe sie ihm immer wieder versichert, dass er, Speer, wiederkommen werde, und nun ist er da! Auch seine Worte, mit denen er ihn animiert habe, in seiner Hauptstadt von der Bühne abzutreten, hätten ihm gefallen. Das passt doch zu ihren repetitiven, geisttötenden Unterhaltungen über Wagner und Helden wie Siegfried. Sie bietet ihm Konfekt und Sekt an, eine Flasche Moët et Chandon. Sie ist die Erste und Einzige, die seit seinem Eintreffen an seinen Magen denkt, ein entzückendes Detail, eine entzückende wahre Begebenheit, etwas Romanartiges und Possenhaftes inmitten des ganzen Betons, der von der Niederlage kündet. Sie kümmert sich nicht um die Niederlage. Sie hat gut gelebt, sie hat sich nichts zuschulden kommen lassen, sie hat einfach nur den Führer geliebt, der sie im Gegenzug nie betrogen hat; überbehütet, das schon, aber betrogen nie; er ist ganz anders als die meisten Männer aus dem Kreis der Vertrauten, die ihr verhasst sind, Bormann und sogar Goebbels. Den brillanten, hochgewachsenen, zum Minister avancierten Architekten mag sie hingegen, er war keiner von denen, er hat Margret, seine zurückhaltende, vornehme Gattin, die ihm sechs prächtige Kinder geschenkt hat, nie betrogen.

Er lauscht ihr mit der ganzen Zuneigung, zu der er fähig ist, erinnert sich, wie sie im Frühjahr 1943 in Tränen aufgelöst war. Sie hatte ihm gerade etwas anvertraut, was man normalerweise Freundinnen erzählt, nicht anderen Männern, oder aber homosexuellen, für Frauen harmlosen Männern. Es ist seltsam, so etwas dem Reichsminister für Rüstung und Kriegsproduktion zu erzählen, aber wie das bei Erzählungen eben so ist, alles Unwahrscheinliche ist unerhört attraktiv, sogar in Memoiren oder Autobiografien.

Sie weinte also: Der Führer hatte ihr erklärt, dass er nicht mehr in der Lage sei, sie zu befriedigen. Als Mann könne er ihr Begehren als Frau nicht mehr befriedigen, es tue ihm leid, aber seine Aufgabe als Kriegsherr, die damit einhergehenden Qualen und die ständige Erschöpfung nähmen ihn zu sehr in Beschlag, er bitte sie, sich jemand anderen zu suchen. Das Schlimmste war diese Bitte, sie möge ihr Begehren als Frau mit einem anderen befriedigen. Sie hatte viel geweint und das unanständige Angebot ihres Führers ausgeschlagen. Außerdem hatte sie grauenvolle Dinge erfahren über gewisse Orte in Oberschlesien und anderswo, über das Schicksal gewisser Personen, die sie selbst nie als Juden bezeichnete, und sie empfand eine entsetzliche Angst. Daran dachte sie nicht mehr, wenn sie Ski fahren ging oder der Führer verreist war und sie in aller Unschuld mit jungen Offizieren tanzte, die ihre wahre Identität verkannten. Die Jahre sind vergangen, sie ist mittlerweile zur Ruhe gekommen, empfindet eine stille Freude, hier zu sein, im Bunker mit dem Mann ihres Lebens.

Gegen drei Uhr morgens gehen sie auseinander. Der Minister verabschiedet sich endgültig von dieser Welt unter Tage, in die von außen nur noch Gerüchte und Verrat dringen. Göring und Himmler haben Verrat begangen, indem sie Anspruch auf die Macht erhoben und den Führer in Berlin bereits für tot erklärten. Doch er ist noch immer lebendig, seine letzten Stunden gelten der Rache und seinem künftigen Selbstmord.

Der Minister wird sich nicht mit ihm und den wenigen Mitgliedern des engsten Kreises, die entschlossen sind, sein Schicksal zu teilen, umbringen. Er hätte es tun können, er stellt sich gern etwas vor, von dem er weiß, dass es nicht eintreten wird, so wie er schon immer wusste, dass er vom Führer nichts zu befürchten hat. Er wird einen Fluchtplan erwähnen auf einem nagelneuen U-Boot zu einer geheimen Basis in Grönland, wo er seine Memoiren verfassen und in einer vom Nordlicht beschienenen kristallinen Welt Ski laufen würde, bis die Dinge sich wieder eingerenkt hätten. Und tatsächlich galt die okkultistische, grauenerregende Vorstellung von Nazis, die noch immer auf einer geheimen Basis im Polareis leben, Ende der Sechzigerjahre als beliebt und unterhaltsam.

46.

«Also Sie fahren? Gut. Auf Wiedersehen.»

Ein unterkühlter Händedruck. In diesem Augenblick empfindet der Minister gar nichts mehr angesichts dieses Mannes, bestenfalls das Verlangen, sich ein für alle Mal davonzumachen. Er ist erleichtert, gekommen zu sein, und erleichtert, wieder zu fahren.

Sie haben sich nicht, wie Kinder oder Gespenster, gemeinsam über die Modelle Groß-Berlins gebeugt, das der Führer im Juni 1942, als die ersten strategischen Bombardierungen der Engländer ihr himmlisches Bestrafungswerk begannen, in Germania umbenannte. Sie sind schon seit Langem umgestellt und vor den Kämpfen in Sicherheit gebracht worden. Die einzigen noch in der Reichskanzlei verbliebenen Modelle sind die der für Linz geplanten Bauten, die Projekte seines Rivalen Hermann Giesler. Während der letzten Monate zeigte der Führer seinen Gästen in dem Keller, wo die Modelle aufbewahrt wurden, die einzelnen Details, dabei lobte er Giesler in den höchsten Tönen. Die Verachtung des Ministers ist ungebrochen, sobald er auf Giesler zu sprechen kommt, doch jetzt richtet sich sein ganzes Trachten darauf, Berlin zu verlassen, bevor es zu spät ist. Es kommt nicht infrage, dass er den Russen in die Hände fällt. Er will sich, wie die meisten Mitglieder des engsten Kreises, die vor dem sowjetischen Vormarsch geflohen sind, unter bestmöglichen Bedingungen den Amerikanern oder Engländern ergeben.

47.

Es ist eine historische und geografische Binsenwahrheit: Wir erleben alle Ereignisse gleichzeitig, wir erleben sie je nach unserer Position auf dem Globus, unser jeweiliger Standpunkt ergibt sich aus dem betreffenden räumlich-zeitlichen Rahmen. Fast eine Vulgarisierung der Relativitätstheorie von Albert Einstein, der erst deutsch, dann staatenlos, später Schweizer, Österreicher und Staatsbürger der Vereinigten Staaten war, ein Leben, das seinem Werk entspricht.

Es ist eine Vulgarisierung, und sie ist in etliche bedeutende Romane der ersten Hälfte des 20. Jahrhunderts eingeflossen, wo die Figuren auf ihrem Weg durch die Stadt gleichzeitig dieselben Ereignisse erleben – das Glockenläuten in London, Straßengeräusche in Dublin. Diese Romane heißen *Ulysses* oder *Mrs. Dalloway* und werden von James Joyce und Virginia Woolf geschrieben, als der Führer noch ein kleiner Meldegänger an der Westfront ist oder der Anstifter eines Putsches in München und der Architekt ein großbürgerlicher Sprössling, der einem jungen Mädchen namens Margret den Hof macht.

Eine Binsenwahrheit, eine Vulgarisierung, ein gewöhnliches Bild, eine Träumerei, die nichts zu tun hat mit gutem oder schlechtem Geschmack; sie offenbart sich als glänzend, hat keine räumlich-zeitlichen Grenzen, sie ist kosmopolitisch, eine Bürgerin sämtlicher Epochen und zugleich staatenlos wie Albert Einstein; sie gleitet über die Nationen hinweg und subsumiert sie alle im Zeichen einer simultanen Erfahrung des Besten oder des Schlimmsten – je nach Standpunkt und Position.

In der Nacht vom 9. auf den 10. November 1938 bringt sie einen Architekten an der Spitze der Macht, der aus seinem schönen Mercedes die verkohlten Ruinen der Berliner Synagoge betrachtet, mit einem Unbekannten zusammen, dem deutschen Bürger jüdischer Konfession, der während der «Reichskristallnacht» großes Leid erfahren hat. Diese Relativität, das banale Bild der Gleichzeitigkeit, eine Träumerei sollte sie verbinden, etwas Brüderliches, Spontanes, eigentlich eine Selbstverständlichkeit: Alle, Starke wie Schwache, sind in ein und demselben historischen und geografischen Rahmen vereint – und nein, es passiert trotzdem nichts. Die eindrückliche Brüderlichkeit aus *Ulysses* und *Mrs. Dalloway* überträgt sich nicht, die Leute lesen die Bücher – wenn sie denn lesen wollen – und bleiben trotzdem undurchlässig, die Grenzen sind, wenn nicht gerade Panzer über sie hinwegrollen, unüberwindbar, dabei sind es mitreißende, in schmerzlichen Zeiten entstandene Romane; eine Symmetrie oder aber eine merkwürdige Asymmetrie, ohne Ziel und ohne Grund.

Die Gesellschaft macht eine Krise durch, der Literatur geht es schlecht; der Gesellschaft geht es gut, die Literatur macht eine Krise durch; der Gesellschaft geht es gut, der Literatur ebenfalls: eine Kombinatorik, die im Prinzip alle möglichen Zeitabschnitte beschreiben könnte und sämtliche in diesen Zeitabschnitten entstandenen Fiktionen, die manchmal Verrat an ihnen begehen und sie übertrieben ausschmücken, sie tiefer oder höher ansiedeln, als sie tatsächlich gewesen sind, die mit dem Schlimmsten und dem Besten der Menschen spielen; sogar ihr Leid entkommt dem unsinnigen, asozialen, unmoralischen und unbezwingbaren Ansehen der Kunst nicht, die imstande ist, einen Henker in einen unvergesslichen Menschen zu verwandeln und ein Opfer in ein namenloses Wesen.

In dieser ersten Hälfte des 20. Jahrhunderts geht es der Literatur gut, man experimentiert und erfindet, noch nie hat die westliche Welt eine vergleichbare Krise durchgemacht, die in zwei Kriege von planetarischem Ausmaß mündet. Natürlich weiß man inzwischen, dass diese Krise für die Menschen im Süden, vor allem in Afrika, ein Segen Allahs war. Die Kriege haben die Besatzungsmächte, Franzosen, Engländer, Belgier, Deutsche, Portugiesen oder Italiener, endgültig geschwächt. Je nach Perspektive wird eine andere Geschichte geschrieben. Und je nach Situation der Protagonisten machen sie eine Krise durch, oder ihr Leben läuft gerade ausgesprochen gut.

Oktober 1933. Ohne Umschweife betritt der junge Architekt den Kreis der Vertrauten des Führers, während der jüdische Komponist Arnold Schönberg, österreichisch-ungarischer Herkunft, ein Monarchist, der die Habsburger verehrt, am letzten Tag des Monats New Yorker Boden betritt. Er ist rechtzeitig vor den Pogromen und den Nazis geflohen. Schönberg, das ist Atonalität und Zwölftontechnik, zwölf Töne einer erneuerten Tonleiter, zwölf klingende Stämme, die sich im Laufe des Wandererschicksals praktisch unendlich kombinieren lassen, eine Metapher des Judentums und der Avantgarde-Musik, eine Träumerei, die nichts mit gutem oder schlechtem Geschmack zu tun hat. Ob der musikliebende junge Architekt, der mit Wilhelm Furtwängler und Herbert von Karajan befreundet ist, jemals Arnold Schönberg gehört hat, jenen kapitalen, berühmten Komponisten seiner Zeit, den er zumindest dem Namen nach kennen musste, nachdem ihm im Mai 1938 in der Düsseldorfer Ausstellung «Entartete Musik» ein eigener Saal gewidmet worden war?

April 1945. Während Arnold Schönberg in Kalifornien weilt und den Nobelpreisträger des Jahres 1929, Thomas Mann, zu dessen Roman *Doktor Faustus* berät – die Geschichte eines genialen deutschen Musikers, der mit dem Teufel paktiert, eine Metapher für das mit Hitler paktierende Deutschland –, organisiert der Architekt und Rüstungsminister Albert Speer das letzte Konzert in Berlin. Gespielt wird Beethovens *Violinkonzert*, die *Romantische Symphonie* von Bruckner und das Finale aus Wagners *Götterdämmerung*. Er, Speer, hat dieses kanonische, von einem apokalyptischen Orchester dargebotene Bild vom Zusammenbruch des Nationalsozialismus arrangiert. «Wenn Bruckners Romantische Symphonie gespielt wird, dann ist das Ende da», soll er im Kreis seiner eigenen Vertrauten geäußert haben.

August 1947. In Brentwood, einem Viertel von Los Angeles, komponiert Arnold Schönberg in wenigen Tagen *Ein Überlebender aus Warschau*. Ein Werk für Männerchor und Orchester, inspiriert von den Gräueltaten in Europa, die Schönberg zu Ohren gekommen sind. Es beginnt mit einem Sprechgesang, ein Mann versucht zu erzählen, was er erlebt hat, er singt und spricht auf Englisch, in seine Erinnerungen mischen sich Kommandos auf Deutsch, ein Feldwebel befiehlt den Leuten zu schweigen und ordnet einen Zählappell an, schließlich schickt er sie in die Gaskammer und muss wissen, wie viele sie sind, er schlägt sie, und alles endet auf Hebräisch, als die Gruppe der Gepeinigten auf einmal das Schma Jisrael anstimmt: *Gelobt sei der Name der Herrlichkeit Seines Reiches für immer und ewig. Du sollst den Ewigen, deinen Gott, lieben mit deinem ganzen Herzen, deiner ganzen Seele und deiner ganzen Kraft. Diese Worte, die Ich dir heute befehle, seien in deinem Herzen, schärfe sie deinen Kindern ein und sprich davon, wenn du in deinem Haus sitzest, und wenn du auf dem Weg gehst, wenn du dich niederlegst, und wenn du aufstehst.*

August 1947. Albert Speer ist nicht mehr Architekt oder Minister. Er ist Häftling Nr. 5 von insgesamt sieben, die im Berliner Vorort Spandau inhaftiert sind. Sie sind im vergangenen Monat aus Nürnberg hierher verlegt worden. Im Vorjahr wurden die sieben Männer zu Strafen zwischen zehn Jahren Gefängnis und lebenslanger Haft verurteilt. Auf der Anklagebank waren sie vierundzwanzig gewesen. Drei wurden freigesprochen, die anderen zum Tode verurteilt und gehängt. Manche hatten vorher den Freitod gewählt. Göring wurde zum Tode verurteilt und hatte sich umgebracht, der in den letzten Tagen des Reichs abgetauchte Bormann wurde in Abwesenheit zum Tode verurteilt. Das Urteil fand in Nürnberg statt, der Stadt, in der er, Häftling Nr. 5, die Kulisse für den Reichsparteitag entworfen hatte – vor einer halben Ewigkeit, noch vor der Katastrophe. Damals rühmten alle seine neoklassizistische Kühnheit und seinen Erfindungsreichtum, die Flakscheinwerfer, mit denen er Lichtsäulen in den Himmel zauberte, und die Banner, all der vom Wind in Szene gesetzte Stoff, auf dem Hakenkreuze prangten. Er war der Architekt, der «geniale» Künstler des Führers, und er gefiel sich in dem Gedanken an Papst Julius II., der Michelangelo als «göttlich» bezeichnet hatte.

Es waren andere Scheinwerfer, nicht mehr vertikale, sondern horizontale, Kinoscheinwerfer, die während des Prozesses aller Welt das Besondere, noch nie Dagewesene der nationalsozialistischen Verbrechen ausleuchteten. Filme, Augenzeugenberichte von Henkern und einigen wenigen Überlebenden zeigten aller Welt und den Beschuldigten, welche Befehle sie, in welcher Form auch immer, erteilt hatten. Die meisten hatten weder direkt der Vergasung der europäischen Juden beigewohnt noch den Massenerschießungen in der Ukraine, in Weißrussland, Russland oder in den baltischen Staaten. Bestenfalls hatten ein paar von ihnen an den VIP-Besichtigungen mancher Lager teilgenommen, ohne je von dem eigens für ihre delikaten Augen abgezirkelten Weg abzuweichen. Für sie waren das in erster Linie Wörter auf Papier mit dem Aufdruck «Geheim», Schmähreden gegen die Juden, Aktenparagrafen, Befehle zwischen anderen euphemistisch gefärbten Befehlen, und da sie nie selbst den Abzug gedrückt oder Giftgas in einen Luftschacht geleitet oder sich an medizinischen Experimenten mit Deportierten beteiligt hatten, da sie nie selbst Häftlinge ausgehungert oder bei der Selektion die Kinder von ihren Eltern, die Frauen von den Männern, die noch Aufschub genießenden Arbeiter von den unmittelbar Ermordeten getrennt hatten, erklären sie sich entsetzt über das, was sie sehen, und distanzieren sich komplett von den Lagerkommandanten oder den Anführern der Erschießungskommandos, die sie wenige Monate zuvor noch gut gekannt hatten und nun nicht mehr kennen wollten.

Sie behaupteten, dass sie von nichts gewusst hätten, und auch Häftling Nr. 5 behauptete, von nichts gewusst zu haben, aber das spielte keine Rolle. Als Führungsfigur dieses Regimes übernahm er die volle Verantwortung. Es spielte keine Rolle, dass er als Individuum nicht zum Räderwerk dieser Monstrosität gehörte oder dass er hätte Bescheid wissen können. Da er ein Würdenträger und Vertrauter Adolf Hitlers war, tilgte die kollektive Verantwortung seine individuelle Unschuld.

Er plädiert in individueller Hinsicht auf nicht schuldig, in kollektiver auf schuldig.

Er versteht es, Eindruck auf die Richter zu machen, mit Ausnahme eines Amerikaners und der Sowjets. Sein Ungehorsam gegenüber Hitlers Befehlen während der letzten Kriegsmonate nötigt ihnen einen gewissen Respekt ab. Von allen Angeklagten scheint er der hellsichtigste zu sein, der mit dem höchsten moralischen Bewusstsein des Vorgefallenen, letzten Endes imponiert ihnen seine Argumentation.

Er steht in allen vier Anklagepunkten vor Gericht: Verschwörung, Verbrechen gegen den Frieden, Kriegsverbrechen und Verbrechen gegen die Menschlichkeit.

In den beiden letzten, den schwerwiegendsten, wird er schuldig gesprochen.

Sein Helfershelfer, zuständig für die Zwangsarbeiter, die jüdischen Sklaven, für Kriegsgefangene oder Widerstandskämpfer aus ganz Europa, wird zum Tod durch den Strang verurteilt.

Er, sein Vorgesetzter, sein direkter Führer, zu zwanzig Jahren Haft. Durch seine intellektuelle und körperliche Erscheinung wirkt er einnehmender als sein grobschlächtiger, feister Helfershelfer, der zu allem Überfluss auch noch einen lächerlichen Oberlippenbart à la Hitler trägt.

Wegen der optimistischen Prognosen seines Anwalts hatte er sich vier oder fünf Jahre Gefängnis erhofft. Nun sagt er sich, dass er, auch wenn er den Prozess nun überlebt, bei seiner Freilassung, 1966, einundsechzig Jahre alt sein wird. Ein Greis.

48.

Spandau, 20. Dezember 1947

Abgesehen von dem monatlichen Brief an die Familie, für den ihnen ein einziges Blatt Papier ausgehändigt wird, dürfen die Inhaftierten nichts schreiben. Der Gefangene, der sein Leben niederschreibt, verwendet dafür diverse Verpackungen und vor allem etwas, das permanent erneuert wird: Klopapier. Fast wie der Marquis de Sade. Er denkt allerdings nie an den in der Bastille einsitzenden Sade, der dort, von seinen Kerkermeistern unbemerkt, auf einer Papierrolle seine Bücher verfasste, namentlich die *120 Tage von Sodom*. Er ist kein Schriftsteller, er ist ein

Kriegsverbrecher und Verbrecher gegen die Menschlichkeit, ein ehemaliger Architekt und ehemaliger Minister für Rüstung und Kriegsproduktion eines Regimes, das mittlerweile als eines der schlimmsten, wenn nicht gar als das schlimmste aller Zeiten gilt, und er hat den Prozess überlebt. Jetzt sitzt er seine Strafe ab und notiert seine Erinnerungen, wie sie ihm gerade einfallen, zwischen Angstzuständen, Schuldgefühlen, Gärtnern, Spazierengehen, Selbstmitleid, Gefängnisfraß und nächtlichen Heimsuchungen seiner Fantasie.

Der Führer ist immer noch präsent. Er sucht den Häftling unvermutet auf, wenn er sich mit den sechs anderen Gefangenen unterhält, die ihn ebenfalls gut gekannt haben, wenn auch nicht so wie er, Häftling Nr. 5, sein Günstling.

Er sucht ihn in seiner Zelle auf, als die Hand des Häftlings das Monster zu beschreiben versucht – behutsam, damit das Toilettenpapier nicht zerreißt. Er sucht ihn in seinen Träumen auf.

Er will eine Biografie Hitlers schreiben, um seine eigene Biografie und die des deutschen Volks zu beleuchten. Er will verstehen. Er fühlt sich schlapp, auf Entzug von einer ebenso unentbehrlichen wie ungesunden Substanz, mit der er zu sich selbst gefunden hat, zwischen Aufstieg und Fall, zwischen Trunkenheit und Schuldgefühlen, zwischen Hochgefühl und Ekel, ein nie nur neutrales Spektrum der Gefühle, stets exzessiv, unerträglich, unbegreiflich, immer noch.

Die Macht fehlt ihm. Er ist ein Besiegter, der seinen Platz in einer Welt nach Adolf Hitler finden muss. Die sechs anderen sprechen von ihrem Führer, erwähnen, um ihre Verzauberung zu rechtfertigen, besonders seine

Stimme und die Faszination, die sie auf sie und die Massen ausgeübt hat; ungeniert bemühen sie das romantische Klischee von Faust und Mephisto. Er, der Gefangene, findet ihre Erklärungen zu allgemein, macht es seinerseits allerdings auch nicht besser.

Der Gefangene denkt nicht mehr an diese Stimme. Er beschwört nur seine stille Gegenwart herauf, seinen Blick. Und plötzlich ist der Führer wieder da, steht direkt vor ihm, wie früher.

Im Frühjahr 1931 schreitet er im Berliner Sportpalast die Reihen der SA ab. Der Gefangene ist erst kürzlich in die Partei eingetreten. Da er im Besitz eines eigenen Autos ist, gehört er dem NS-Kraftfahrkorps an. Manchmal dient er seinen Vorgesetzten als Chauffeur. Unter dem Einfluss ihres örtlichen Oberführers, ein undurchsichtiger Nationalist, der für die sozialistischen Aspekte der Bewegung kämpft, hat die Berliner SA eine Revolte angezettelt. Der Führer hat besagten Oberführer abgesetzt, weil er für seine Pläne zur Wiederaufrüstung das Unternehmertum braucht. Er hat alle SA-Angehörigen in diesem Saal versammelt, um klare Worte zu sprechen. Mehrere Stunden hat er sie warten lassen, bis Angst, Gereiztheit, Enttäuschung, Ungewissheit hochkochten, alle halten den Atem an, als er eintrifft, nur das Geräusch seiner Stiefel ist zu hören. Er steigt nicht, wie von allen erwartet, auf die Rednertribüne, sondern biegt aus dem Mittelgang plötzlich in die labyrinthartigen Nebengänge ab, die aus Blöcken stehender Männer gebildet werden. So geht er von einem zum anderen und mustert wortlos jeden Einzelnen, es dauert Stunden. Endlich gelangt er zu dem großen, hochgewachsenen jungen Mann und fixiert ihn einen Moment lang ebenso eingehend wie die anderen. Zum ersten Mal sieht der Gefangene ihn aus solcher Nähe. Es ist wirklich für beide das erste Mal.

Jahre später ist der Gefangene zum Lieblingsarchitekten des Führers avanciert, die Zeit hat ihr Werk getan, sie teilen bereits zahlreiche Erinnerungen an Kuppelbauten, Triumphbögen und repetitive Nächte, in denen sie über die immer gleichen Themen dozieren und den immer gleichen Operetten lauschen wie *Die Fledermaus* oder *Die lustige Witwe*, und der Gefangene ruft ihm diese Begebenheit in Erinnerung, sicher, dass der andere sein Gesicht, an jenem Tag bloß eines unter Tausenden, längst vergessen hat. Aber der Führer hat gar nichts vergessen.

«Ich weiß. Ich kann mich genau an Sie erinnern!»

Der lustige Witwer
(1947–1980)

49.

Heidelberg, Bundesrepublik Deutschland,
Frühjahr 1978

«Ja, sehen Sie, es ist gefährlich, über Menschen aus jener Zeit etwas Gutes zu sagen, nicht wahr? Weil es unvermeidlich nach Bewunderung oder Zustimmung klingt.»

Bei diesen Worten lächelt er die ihm gegenübersitzende Frau an. Ein Lächeln, das sie mittlerweile gut kennt, in dem sie etwas Melancholisches wahrnimmt, vermischt mit einer unbändigen Freude, wenn er feststellt, wie unendlich widersprüchlich die Welt und die Menschen doch sind. Soeben haben sie über Goebbels gesprochen, seine Schwächen und Vorzüge. «Am Ende findet man ihn fast sympathisch», sagt sie, löst damit bei ihrem Gastgeber besagtes Lächeln und seine Erwiderung aus. Nein, stellt er klar, sympathisch sei Goebbels wirklich nicht gewesen, er habe lediglich über ein gewisses Talent verfügt, das er in den Dienst des Schlimmsten gestellt habe.

Sie heißt Gitta Sereny und ist nach Heidelberg gekommen, um für die *Sunday Times* einen Artikel über den berühmten Albert Speer zu schreiben. Sie ist Historikerin und Journalistin, gebürtig aus Wien, nach Stationen in Frankreich und den Vereinigten Staaten lebt sie inzwischen mit ihrem Mann, dem amerikanischen Fotografen Don Honeyman, in London. Entgegen allem Anschein hat ihr bisheriges Leben nichts von einer Reise. Die Geschichte mit ihren Kriegen hat ihre Bewegungen auf der Landkarte Europas bestimmt. Ihr Vater war ungarischer Protestant, ihre Mutter deutsche Jüdin. Nach dem Gesetz der Menschen, dem der Rabbis wie dem der Goi, ganz besonders aber nach dem der Nazis, ist auch sie also jüdisch. Damals streift sie kaum der Gedanke daran. Ihre Mutter ist nicht religiös und hat ihre Tochter in einer protestantischen Schule angemeldet. Fast täglich begibt sich die spätere Historikerin in den Stephansdom, der sie in seiner Schönheit fasziniert. Sie liebt Wien und führt, obwohl ihr Vater stirbt, als sie zwei Jahre alt ist, ein komfortables Leben dort.

Sie erinnert sich sehr gut an den März 1938, als plötzlich alles vorbei war. Am 13. März, einen Tag nach dem Einmarsch von Hitlers Truppen, die von einer begeisterten Bevölkerung bejubelt wurden, feierte sie ihren siebzehnten Geburtstag. Sie erinnert sich sehr gut an den sogenannten «Anschluss» Österreichs an das neue Deutschland und an den geheimnisvollen Anruf ihrer besten Freundin, die sie noch am selben Abend in einem Park treffen wollte. Sie erinnert sich an deren Tränen. Ihre Eltern hatten ihr gerade gestanden, dass sie bereits seit Jahren Nazis seien, der «Anschluss» sei ein Segen und sie dürfe ab sofort nicht mehr mit Juden sprechen – die es ohnehin bald nicht mehr geben werde, wie sie behaupteten. Im Park hören sie Geschrei: «Deutschland, erwache! Juda verrecke!» Ein paar Tage später werden sie bei einem Spaziergang Zeuge von Verfolgungen. Von einer ausgelassenen Menge umringt, reinigt eine Gruppe von Menschen, Männer wie Frauen, mit Zahnbürsten den Bürgersteig, das Ganze unter der Aufsicht junger Nazis in uneinheitlichen Uniformen, die aussehen wie örtliche SA-Leute. Von Wien bis Linz begehen zahlreiche Juden Selbstmord, andere fliehen. Die Historikerin erinnert sich sehr gut, dass einer der auf dem Boden knienden Männer ihr Hausarzt war, Doktor Berggrün, ein hoch angesehener Kinderarzt. Er ist jüdisch, auch die spätere Historikerin ist es mütterlicherseits, doch niemand oder fast niemand weiß davon, sie trägt den Namen ihres Vaters. Sie geht anstandslos als deutschsprachige Protestantin durch, eine Deutsche aus Österreich-Ungarn. Sie und ihre Freundin lehnen sich gegen die SA-Leute auf. Ihre Freundin sei bildschön gewesen, erinnert sich die Historikerin. Die österreichischen SA-Leute sind nicht so erfahren wie ihre deutschen Kollegen, sie begnügen sich damit, die Mädchen zusammenzuschreien, und lassen irgendwann von ihren Misshandlungen ab. Rückblickend ist die Historikerin überzeugt, dass die Schönheit ihrer Freundin dabei eine Rolle gespielt hat: junge Männer vor einem bildschönen, entschlossenen jungen Mädchen, junge Männer, die gerade mal das Zeug zum Herumschreien haben, aber im Grunde zutiefst verschüchtert sind. Drei Jahre trennen sie von 1941, noch haben sie keine Erfahrung mit nackten jungen Frauen, die ihre Kinder im Arm halten; die sie zu den von ihren bereits hingerichteten Ehemännern, Vätern oder Brüdern ausgehobenen Massengräbern führen und erschießen oder verletzt bei lebendigem Leibe begraben. Die Historikerin und ihre Freundin gehen dazwischen, die SA-Leute unterbrechen pfeifend die Szene, und Doktor Berggrün staucht sie fast dafür zusammen, dass sie ein solches Risiko eingegangen sind. Später erfährt die Historikerin, dass er 1943 im Vernichtungslager Sobibor vergast worden ist.

Sie haben an denselben Orten dieselben Ereignisse erlebt, und doch weichen die Erinnerungen ihres Gesprächspartners eklatant von ihren eigenen ab. Speer hat bei seinem Aufenthalt in Wien kurz nach dem «Anschluss» nichts dergleichen gesehen oder gehört. Er hat nur die unbeschreibliche, gänzlich spontane Freude der Leute beim Vorbeidefilieren der Wehrmacht gesehen und gehört, all diese Menschen, die rasch ihre Waffen wegsteckten und zum Triumph bliesen. Damals war er der enge Vertraute des meistfotografierten Mannes seiner Zeit, der Chefarchitekt des Führers, der Erbauer der gerade entstehenden neuen Reichskanzlei, der Planer des neuen Berlins. Die internationale Presse sah in ihm den Künstler der Nürnberger Nazikulisse, Fackeln und Wimpel, rhythmisch in Szene gesetzt von immateriellen Säulen, die sogar die Wolken miteinbezogen, um die zugleich romantischste und politischste Kuppel aller Zeiten zu schaffen. Seine Freundin Leni Riefenstahl bannte seine Arbeit auf Zelluloid. In Wien hatte er vor allem die fixe Idee des Führers im Kopf, diese Ringstraße, die der Prachtstraße in der Hauptstadt des Dritten Reichs als Vorbild dienen sollte. Er segelte im Kielwasser des von den deutschen Massen und manchen ausländischen Beobachtern vergötterten Führers, dieses Adolf Hitler, wie er künftig mit angewiderter Stimme sagt – und er segelt noch immer im Kielwasser dieses Mannes.

Er war sein Architekt Nr. 1. Er war sein Rüstungsminister, die potenzielle Nr. 2 des Regimes, der Nachfolger, den sich Militärs und Industrielle erträumten. Inzwischen ist er der Star von Historikern und Medien.

Als er am 1. Oktober 1966, exakt eine Minute nach Mitternacht, aus dem Gefängnis in Spandau entlassen wird, wartet bereits eine Horde von Journalisten auf ihn, in den umliegenden Straßen wimmelt es von Menschen. Er ist nicht allein, dem ehemaligen Reichsjugendführer wird das gleiche glückliche Schicksal zuteil, und gemeinsam schreiten sie durch das Gefängnistor, präsentieren sich dem Publikum, das sich zahlreich wie zu Kinofestspielen eingefunden hat, wenn nicht noch zahlreicher. Die Aufmerksamkeit konzentriert sich unmittelbar auf ihn, den künftig in Freiheit lebenden Häftling Nr. 5. Es hat sich also nichts verändert. Er ist zu jenem Star geworden, der damals bereits Leni Riefenstahl aufgefallen war, als sie sein Gesicht aus einer Zeitung ausgeschnitten hatte.

50.

Die Historikerin sieht den Star zum ersten Mal bei den Nürnberger Prozessen. Sie weiß nichts von ihm. Sie ist beeindruckt von dem großen, schlanken, noch jugendlich wirkenden, vornehmen Vierzigjährigen, das absolute Gegenbild zu all den vulgären Schafsköpfen, seinen Mitangeklagten, die er indes höflich grüßt, so wie er sich während des gesamten Verfahrens gegenüber Richtern und Anwälten, gegenüber Henkern und Opfern, die von den Gräueltaten des Regimes berichten, ausgesprochen aufmerksam und respektvoll zeigt. Er ist überhaupt nicht so wie Göring und die anderen, er verkörpert den perfekten Gegenpol. Manche körperlichen Erscheinungen bringen mehr als andere eine Persönlichkeit zur Geltung, sie ergattern im Orchester leichter als andere den Platz des Supersolisten, dafür gibt es vielerlei Gründe. Sie haben mit den Schönheitskriterien der jeweiligen Kultur zu tun, mit der ungerechten Verteilung der Formen in der Natur, die bewirkt, dass es eine Raubkatze eher auf ein Wappenbild schafft als eine Schabe, eine Vogelspinne oder ein Rückenschwimmer; sie haben mit ebenmäßigen oder weniger ebenmäßigen Gesichtszügen zu tun. Werbeleute wissen das, Propagandamenschen ebenfalls, alle wissen das, und in den Augen der Historikerin wie der Richter hat Speer im Gegensatz zu seinen Mitgefangenen etwas von einem gezähmten Löwen.

Göring, entgiftet und abgeschminkt, Finger- und Zehennägel wieder unlackiert, spielt sich gehörig auf, erhebt sich und ergreift das Wort, wenn er nicht dazu aufgefordert wird, grätscht den Richtern ironisch dazwischen; die anderen langweilen sich, rutschen auf ihren Sitzen hin und her, manche wirken geradezu irre, wie Rudolf Heß, der ehemalige Sekretär der Reichskanzlei.

Nicht so der Star.

Die Historikerin ist vierundzwanzig, sie ist von einer befreundeten Übersetzerin zum Prozess eingeladen worden, und von allen Angeklagten fällt ihr als Erster Albert Speer auf, seine Reglosigkeit, seine Haltung, seine untadelige Selbstbeherrschung, sein Blick, in dem sie Intelligenz und Konzentration zu erkennen meint, und noch weitere Dinge, die sie nicht zu benennen vermag, ein Mensch, der eine magnetische Ausstrahlung besitzt. Ein gut aussehender Mann, so viel steht fest. Und wie den meisten im Publikum, Richtern und Journalisten, Übersetzerinnen und Sekretärinnen, will auch ihr eine Frage nicht mehr aus dem Kopf. Sie fragt sich, wie ein solcher Mann sich mit all diesen Pappnasen hatte einlassen können. In seinem Blick bemerkt sie allerdings auch etwas, das sie «düster» nennt, «dark». Sie weiß nicht, ob diese Ausstrahlung wirklich von ihm ausgeht oder ob ihn die Gräueltaten des Regimes, von denen sie gerade hört und sieht, mit dieser düsteren Aura umgeben.

Sie hört nicht seine Stimme, sie ist nur drei Mal da, und er wird nicht in den Zeugenstand gerufen, sitzt einfach nur da, statuenhaft und konzentriert. Erst Jahre später wird sie ihn hören, nach seiner Freilassung in Spandau, als gern gesehener Gast tritt er überall auf, im deutschen Radio und Fernsehen, sogar in London, wo er bei der BBC einen Stein im Brett hat. Bei diesen Auftritten spricht er über Hitler, den Nationalsozialismus, über die Lager und über sich selbst. Sie hört ihm zu, und etwas missfällt ihr zutiefst, die Mischung aus einem allzu offensichtlichen Charme und einem allzu bereitwilligen Schuldeingeständnis, und trotzdem ist sie außerstande, sein manipulatives Vorgehen zu erkennen.

Wirklich, die Situation dieses Albert Speer ist doch außergewöhnlich! Sie ist nicht die Einzige, die das so empfindet. In Zeitungsredaktionen und Verlagen, an den Universitäten oder schlicht in der breiten Öffentlichkeit teilt man ihre Gefühle, denn Gefühle sind es, Eindrücke, die von diesem unterkühlt wirkenden Mann ausgehen; selbstgewiss scheint er, selbst wenn er sich demütig und beschämt gibt angesichts der Vergangenheit, angesichts seiner Blindheit, seiner Taubheit damals als Architekt, Minister und Günstling Adolf Hitlers. Dass er all das gewesen sein kann und heute in aller Seelenruhe vor den Mikros der

BBC sitzt, geht weit über den Rahmen seiner Geschichte hinaus und macht ihn fast zu einer Gestalt à la Sade, die endgültig beweist, dass das Laster in dieser Welt triumphieren und die Tugend umgekehrt Schiffbruch erleiden kann. Die Binsenwahrheit von der tief verwurzelten Ungerechtigkeit der Natur fällt vor ihm, dem Liebling, dem Architekten, Hitlers zum Star gewordenen Minister, aus ebendiesem Grund in sich zusammen. Soweit die Historikerin weiß, verfügt kein namhafter Holocaust-Überlebender bei der breiten Masse der Bevölkerung und den Spezialisten über eine vergleichbare Aura. Höchstens noch Elie Wiesel oder Simon Wiesenthal, die in Sachen Bekanntheit dem Star Albert Speer jedoch nicht das Wasser reichen können.

Gewiss, ihr Ansehen ist ehrenhaft, seines hingegen verabscheuenswert, und er geht durchaus darauf ein, wenn ihm das in den diversen Radio- oder Fernsehinterviews mehr oder minder unverblümt an den Kopf geworfen wird. Doch alles in allem läuft es hervorragend für ihn, wie im Grunde schon seit Beginn seines Lebens. Er ist in eine wohlhabende Familie geboren worden. Er ist weder von seinen Eltern noch von anderen Erwachsenen oder Schulkameraden verprügelt oder gewalttätig behandelt worden. Er hat ein angesehenes Studium absolviert. Hat Baudenkmäler errichtet. Prestigeträchtige Positionen innegehabt. Künftig wird er ein gefragter Mann sein. Nur in den zwanzig Jahren seiner Haft ist ihm so etwas wie Unglück widerfahren. Und trotzdem ist es ihm gelungen, seinen Gefängnisaufenthalt in eine spirituelle Erfahrung zu verwandeln, indem er über fünftausend Bücher gelesen und wie sonst keiner seine Schuld als Deutscher angesichts der Judenvernichtung erforscht hat.

In den Augen der Welt ist er zu einem unvergleichlichen Studienobjekt geworden, und seit seiner Entlassung hat er mithilfe zweier Bücher, die zu Bestsellern wurden, selbst zu diesem Image beigetragen. Die Historikerin hat sie gelesen und fand sie faszinierend, absolut unwiderstehlich.

Zunächst die *Erinnerungen*, seine Memoiren, die von seiner Geburt bis zu den Nürnberger Prozessen reichen und vor allem seine Beziehung zu Hitler beleuchten. Ein fantastischer Reigen an Porträts und Augenzeugenberichten, die künftig in Filme und Schulbücher einfließen und mit spektakulären Szenen etwa aus den berühmten, fast schon mythologisch verklärten letzten Tagen des Dritten Reichs sowohl die historische Wahrheitssuche der einen als auch die fiktionalen Schöpfungen der anderen beeinflussen.

Und dann die *Spandauer Tagebücher*. Auszüge zumindest aus den dort verfassten Tagebüchern, die zum Zeitpunkt ihrer Veröffentlichung eingehend überarbeitet worden sind – das weiß die Historikerin. In diesem Text findet sie ihn noch interessanter: verwundbar, gespalten, aufrichtig bemüht, ein anderer Mensch zu werden. Sie verfolgt seine Hoffnungen und Enttäuschungen mit, das Bedauern, seine Kinder ohne ihn aufwachsen zu sehen, die nächtlichen Heimsuchungen durch Hitler, seine Schlaflosigkeit, seine moralischen Qualen, seine Arbeit als Gärtner, die philosophischen und religiösen Werke, die er liest, darunter in erster Linie der protestantische Theologe Karl Barth und seine mehrbändige *Kirchliche Dogmatik*. Trotz der Einschränkungen in Haft werden ihm Zeitungen zugestellt, die Aufseher halten ihn auf dem Laufenden, die Häftlinge diskutieren untereinander, und die Historikerin beobachtet, wie er, der frühere Machtmensch, zum Zuschauer einer neuen Welt wird, in der er selbst nicht mehr handeln und nicht mehr entscheiden wird. Sie entdeckt die Freundschaft zu seinem protestantischen Beichtvater, ein Franzose und ehemaliger Widerstandskämpfer namens George Casalis.

Die Historikerin ist verblüfft über seine Einfälle, zum Beispiel als er beschließt, aus seinen täglichen Spaziergängen im Gefängnishof kleine Weltumrundungen zu machen. Ein kosmopolitischer Wanderweg, der schönste Reisebericht, den man sich denken kann, denn hier bedeutet zu reisen im wahrsten Sinne auszubrechen, einen einzigen Ort in einen Weltenrundweg zu verwandeln, wo die Namen ausländischer Städte dem ehrlichen Bedürfnis nach einem Anderswo Ausdruck verleihen. Ab dem 30. September 1954 beginnt er zu notieren, wie viele Kilometer er jeweils zurücklegt. Zuerst will er nach Heidelberg, in sein Elternhaus, wo inzwischen Frau und Kinder wohnen. Bis Heidelberg sind es sechshundertsechsundzwanzig Kilometer. Er mag elementare Berechnungen, die Magie der Ziffern, die Macht der natürlichen Zahlen, von null bis unendlich, zumindest erst mal bis Heidelberg. Er berechnet seine Schrittlänge, nutzt die Schuhsohle als Maßeinheit. In einem Monat legt er zweihundertvierzig Kilometer zurück. Für ihn, einen Mann der Aktion, ist diese imaginäre Weltumrundung die einzige Aktion, zu der er noch fähig ist. Die Historikerin folgt ihm auf seinen Etappen: Wien, Belgrad, Budapest, Sofia, Istanbul, bald der Orient und der Ferne Osten. Er läuft ostwärts. Er erinnert sich an *Les Préludes* von Liszt und an den 22. Juni 1941, als die deutsche Armee über die Sowjetunion hergefallen war. *Drang nach*

Osten, ein geopolitisches Schlagwort, das auch jenseits des Nationalsozialismus in der romantischen, nationalistischen deutschen Kultur äußerst beliebt gewesen war. Er erinnert sich an seinen Bruder, der Ende 1942 oder Anfang 1943 in Stalingrad verschollen war. Am 13. Juli 1959 erreicht er Peking. Er denkt sich unvorhergesehene Zwischenfälle aus, politische Kundgebungen, denen er als eleganter Flaneur beiwohnt. Im Grunde, sagt sich die Historikerin, ist er nun noch mehr Künstler als je zuvor, im weitesten Sinne des Wortes: mit einer Begabung für augenöffnende Fantasien.

Am 30. September 1966, dem letzten Tag seiner Haft, ist er in der Gegend von Guadalajara in Mexiko. Er bittet einen seiner Freunde, ihn dort abzuholen, wenn sich die Tore in Spandau öffnen. Er hat seinen Spaß daran. Er empfindet Rührung. Er ist frei, hat mit Karl Barth und anderen korrespondiert, bei zahlreichen Menschen Mitleid erregt, darunter etliche Opfer des nationalsozialistischen Regimes; er hat auf über zwanzigtausend Blättern Toilettenpapier Stoff für mehrere Bücher notiert; und er hat beinahe die Welt umrundet, über einunddreißigtausendneunhundertsechsunddreißig Kilometer.

Die Historikerin hat die Bücher zugeklappt, von dem Schriftsteller überzeugt, aber mit Zweifeln an dem Mann, der im Radio und Fernsehen auftritt, eine Persönlichkeitsspaltung, die sie gleichzeitig stört und begeistert.

51.

Das erste Mal kommunizieren sie schriftlich miteinander. Der Star schreibt der Historikerin im Juli 1977 bezüglich eines Artikels von ihr, den er in der *Sunday Times* gelesen hat und in dem sie negationistische Stimmen in Großbritannien widerlegt, die behaupten, Hitler habe von der Judenvernichtung nichts gewusst. Er pflichtet ihr bei: Derlei Äußerungen seien absurd, im Reich konnte nichts Wichtiges geschehen, ohne dass Hitler es zuvor beschlossen hatte. Er benutzt das Wort «grotesk» in Bezug auf die negationistischen Versuche. Er selbst sei darüber «entsetzt».

Schon am darauffolgenden Tag erhält sie einen zweiten Brief, in dem er ihr mitteilt, dass er ihr Buch gelesen habe, *Am Abgrund*, eine auf der Basis von Gesprächen und Analysen entstandene Studie über Franz Stangl, den Kommandanten des Vernichtungslagers Treblinka. Der Star schließt mit der Frage, ob sie sich vorstellen könne, ihn eines Tages kennenzulernen, vielleicht bei sich zu Hause in Heidelberg? Er notiert ihr seine Telefonnummer.

Das ganze Leben der Historikerin hat sich um Henker und Opfer gedreht. Sie sind zu ihrer Spezialität geworden, zu einer täglichen, anhaltenden Leidenschaft. Von morgens bis abends lebt sie mit ihnen.

Nach dem «Anschluss» Österreichs war sie in die Schweiz und anschließend nach Frankreich geflohen, wo sie Kontakte zur Résistance unterhielt. Sie kümmerte sich um Kinder, die im Krieg ihre Eltern verloren hatten oder von ihnen zurückgelassen worden waren. Das Setting war ausgesprochen schön, das Schloss in Villandry an der Loire, deren Besitzerin die Kinder aufnahm und beschützte. Oft kamen deutsche Soldaten das Schloss besichtigen, sie erinnert sich sehr genau an zwei von ihnen, denen das Schicksal der Waisenkinder besonders nahezugehen schien. Für die Historikerin waren diese beiden keinen Deut besser als die anderen. Sie trugen alle die gleiche Uniform, basta. Sie hatte sie stets verachtet, ihnen offen ihre Feindseligkeit gezeigt, und nun empfindet sie so etwas wie Scham darüber. Jahre später hatte sie erfahren, dass die beiden Soldaten das Regime aufgrund ihrer christlichen Überzeugungen ablehnten. So gut es ging, versuchten sie, das von ihren Landsleuten bewirkte Leid zu mildern. Sie waren von einem Tag auf den nächsten verschwunden: Der eine war an die russische Front, der andere in ein Konzentrationslager geschickt worden.

Später sollte ihr ein ähnlich gesonnener Offizier sogar das Leben retten. Sie hatte einen englischen Piloten versteckt. Die Gestapo bekam Wind davon und schickte sich an, sie zu verhaften. Der Offizier warnte sie, steckte ihr Geld zu und setzte sie in einen Zug nach Paris, von wo aus sie in die Vereinigten Staaten fliehen konnte.

Seitdem hütet sie sich davor, Menschen vorschnell zu verurteilen, bewegt sich lieber in der sogenannten Grauzone. Sie hat den Fall von Mary Flora Bel studiert, eine elfjährige britische Lolita, die zwei vier- und fünfjährige Jungen umgebracht hat. Sie hat sich mit Kinderprostitution in den USA und Europa beschäftigt. Sie hat über den Kommandanten von Treblinka geschrieben. Sie ist vertraut mit dieser Grauzone, hört ihre Gesprächspartner, besonders ehemalige Nazis, oft behaupten, nichts sei absolut weiß oder schwarz, alles im Gegenteil mehr oder weniger grau. Eine Zone, das weiß sie gut, in der sich meist die Henker mit ihrem engsten Umfeld bewegen, mit denen, die indirekt an den Verbrechen beteiligt gewesen sind. Auch manche Opfer halten sich in dieser Zone auf, was noch ungleich verstörender ist. Einmal ganz abgesehen davon, dass mit dem Siegeszug der Geisteswissenschaften, vor allem in der Soziologie, Psychologie und Psychoanalyse, immer die ursächlichen Zusammenhänge im Vordergrund stehen, sodass man, wenn der Henker selbst ein ehemaliges Opfer ist, seine Taten für hinreichend erklärbar hält. Gitta Sereny ist der Weltsicht ihres Jahrhunderts verpflichtet, und doch blitzt hin und wieder eine nicht ganz so rationale Beunruhigung hinsichtlich der Frage von Gut und Böse auf, eine Beunruhigung, die sich durch keine Erklärung eindämmen lässt, ganz im Gegenteil.

Sie staunt über den wütenden Ton mancher Radiosendungen und vor allem Artikel, die entschieden gegen den Star Position beziehen. Diese Wut fasziniert sie, erinnert sie an ihre eigene, damals, angesichts der beiden christlichen deutschen Offiziere. Der Zorn auf Speer ist stärker als Argumente; die Empörung darüber, diesen Kerl in aller Seelenruhe von seinen Bestsellern und seiner Vergangenheit im Dienste Hitlers leben zu sehen. Gut, er war verurteilt worden, hatte zwanzig Jahre Gefängnis bekommen und seine Strafe nach den von den Siegern diktierten Regeln abgesessen, und doch war es, als spottete das Schicksal über Millionen von Menschen, die schlimmstes Leid erfahren hatten, indem es Speer diesen Platz zuwies: gestern noch ein führender Kopf des Hitlerregimes, heute ein Star bei Historikern und Medien.

Am Abend nach dem Eintreffen des zweiten Briefs ruft die Historikerin ihn an. Wieder ist sie von seiner Stimme überrascht. Sie klingt zögerlich, fragend. Es wirkt, als mangelte es ihm an Selbstvertrauen, als wäre er übervorsichtig. Ganz anders als der öffentliche Mann, den sie bisher im Fernsehen oder Radio hören konnte.

Sie hat mit vielen Nazis gesprochen, aber noch nie mit einem Menschen, der Hitler so nahe war. Sie ist sich vollkommen bewusst, dass diese Stimme einst täglich mit ihm gesprochen, dass sie Gefühle und Träume mit ihm geteilt hat, die der Diktator umgekehrt ausschließlich diesem hochgewachsenen, jungen Mann mitteilte, der perfekten Verkörperung des in seinen Reden gerühmten arischen Typus. Sie weiß, dass seine Anwesenheit keine Selbstverständlichkeit ist, während so viele andere umgekommen sind. Doch bevor sie mit ihm gesprochen hat, war all das bloße Theorie. Ein faszinierendes Thema, gewiss, aber fern und abstrakt. Jetzt hingegen wendet er sich direkt an sie. Sie unterhält sich mit einem Mann, der in einem Regime, das als Ausdruck des Bösen auf Erden gilt, aufgrund seiner besonderen Beziehung zu Hitler einen einmaligen Platz innehatte – und der immer noch lebt und nichts lieber tut, als wieder und wieder darüber zu sprechen.

Im Laufe der darauffolgenden Monate telefonieren sie regelmäßig, tauschen sich über ihre Lektüren aus, schicken sich Zeitungsartikel auf Deutsch und Englisch. Die Historikerin wird zunehmend von widersprüchlichen Gefühlen bestürmt. Eines Tages schlägt sie ihm vor, gemeinsam einen Artikel über seinen «Fall» für das *Sunday Times Magazine* zu schreiben. Er willigt ein. Die Historikerin und ihr Ehemann fahren von London nach Heidelberg. Sie haben sich auf einen ungefähr dreiwöchigen Aufenthalt geeinigt.

Der Zweite Weltkrieg ist seit nunmehr fast dreiunddreißig Jahren vorüber, man hört etwas aufmerksamer den wenigen Überlebenden der Lager zu, die bereit sind, Zeugnis abzulegen; die Jagd auf geflohene Nazis schwankt zwischen Erfolg und Scheitern; junge Menschen aus der Nachkriegsgeneration tragen Hakenkreuze als Symbole der Popkultur; das Klischee von einer Welt im Wandel erweist sich als zutreffend; die Wahrnehmung der Vergangenheit variiert von einer Generation zur anderen; man hört immer mehr Stimmen, die behaupten, es hätte keine Lager gegeben; Gleichgültigkeit und Provokationen; in Unterhaltungen und Zeitschriften regt sich Überdruss, aber auch Faszination für die Jahre zwischen 1933 und 1945.

Die Zeit der Historiker, die immer mehr mit Revisionismus und Geschichtsverdrehung kämpfen, ist angebrochen. Und für die Historikerin ist der Star ein unschätzbarer Fang.

52.

Du Verräterschwein:

Wir haben Dich lange gesucht, Dich, der Du als Architekt unseres Führers profitiert hast, als er von Sieg zu Sieg schritt. Der Du ihn und seinen Stab vergasen wolltest, als er unser Berlin verteidigte …

Es ist der Morgen ihres ersten gemeinsamen Tages, und die Historikerin liest diesen beleidigenden Drohbrief, den der Star bekommen hat. Einer von vielen. Sie wird ihn aufbewahren und in der biografischen Studie wiedergeben, die sie eines Tages über ihn schreiben wird.

Der Star ist fast ein bisschen stolz darauf. Solche Schreiben zeigen, dass er nichts mehr mit der Vergangenheit zu tun hat, dass er ein Feind der neuen und alten Nazis geworden ist, derjenigen, die noch übrig sind, die er einmal gut gekannt hat und die inzwischen nicht mehr mit ihm sprechen. Untergebene, wie man dazusagen muss, drittklassige Wesen, die bis zu seinen Äußerungen in den Medien immer nur den Liebling ihres Führers, den begabten Rüstungsminister des verblichenen Reichs in ihm gesehen haben. Vulgäre Groupies, die umso lächerlicher sind, als sie zu den Besiegten zählen. Es gibt doch nichts Erbärmlicheres als Besiegte, er macht sich nicht mit diesem Gesindel gemein, zumindest nicht so. Auch er ist ein Besiegter, aber er hat sich dank seines Muts, vor aller Augen seine Schuld einzugestehen, wieder erhoben, seine ehemaligen Kameraden hingegen … Im Grunde tun sie ihm leid, er verachtet diese Untergebenen, die sich damals vom Führer und von seinem Kreis so paternalistisch und gönnerhaft behandeln ließen wie Spielfiguren auf dem Schachbrett. Ehemalige Nazis, die sich inzwischen von den Gaskammern distanzieren, nicht aber von Hitler, einem Mann, der ihr Land ab 1933 vor der Schmach und dem Bankrott bewahrt hat und den sie nur schwer mit den Krematorien in Auschwitz in Zusammenhang bringen, wenn sie deren Existenz nicht sogar rundweg leugnen. Die überwältigende Mehrheit der deutschen Bevölkerung schweigt und mag das Thema nicht ansprechen, denkt sich aber ihren Teil.

Der Star weiß das sehr gut. Er ist es, der die kollektive Schuld für die von einigen wenigen begangenen Verbrechen auf sich nimmt und damit eine Rolle für die nationale Bewusstwerdung jener Verbrechen spielt. So sieht er sich, und er stellt erfreut fest, dass die Jugend ihn gnädiger beurteilt als die Angehörigen seiner eigenen Generation, dass sie mit ihm einer Meinung ist. Diese Jugend lässt nicht locker, fragt ihre Vorfahren permanent nach ihrer Vergangenheit aus. Er ist seiner Zeit voraus, und er hat ein Faible für diese Jugend, ihre erquickende Präsenz, das athletische, frische Blut, ein unübertroffenes Bild von Lebenskraft. Er übernimmt diese Rolle, eine politische und moralische Rolle; sie hat nach wie vor eine politische Seite, auch wenn sie auf die moralische Dimension beschränkt bleibt. Manchmal gesteht er, dass er sich nach den Regierungsgeschäften sehnt, nach dem einzigartigen Kitzel der Macht.

Die Historikerin und er haben sich am Vortag kennengelernt und zum ersten Mal gemeinsam zu Abend gegessen. Sie wohnt bei ihm, das erleichtert die geplanten Gespräche. Sie will nicht diejenige sein, die ihm Fragen stellt, sie will Dialoge mit ihm führen. Und aus diesen Dialogen würden sich Antworten ergeben. Das Schweigen wäre dabei ebenso aussagekräftig wie die Worte. Trotzdem hat sie ein paar Fragen im Kopf. Natürlich. Sie wird sie nicht direkt stellen. Sie schreibt, sie filmt nicht. Sie muss ihm nicht für spektakuläre Szenen irgendetwas aus der Nase ziehen. Das Kino ist in diesem Punkt immer ein bisschen totalitär, die Kamera, die auf einen gerichtet ist, die Vorgaben des Regisseurs, die Erwartungen. Wie das Auge eines mechanischen Spitzels. Mehrere Wochen lang werden sie den Alltag miteinander teilen.

Der Star und Margret, seine Frau, sind beide dreiundsiebzig. Er wirkt noch immer ebenso hochgewachsen und schlank wie früher. Sein Rücken scheint nur leicht vom

Alter gebeugt. Seine buschigen Augenbrauen sind noch nicht weiß, sein Haar indes schon, und es ist vorn am Kopf schütterer geworden. Die früher elegant zur Seite gekämmte Strähne existiert nicht mehr. Er ist in Würde gealtert, und seine Tantiemen sichern ihm einen gewissen Wohlstand, ganz zu schweigen von all den Einladungen, die ihn erreichen, damit er im Radio oder Fernsehen über Hitler und seinen Kreis der Vertrauten doziert; oder den in der Verlagswelt üblichen Reisen, wenn man Erfolg hat, etwas, das ihn zu einem gelehrten, liberalen Europäer kürt, ein weiteres Paradox dieser ehemaligen Führungsgestalt der Nazis, eine himmelschreiende Ungerechtigkeit für viele seiner Kritiker.

Er ist ein Gentleman der alten Schule, der Frauen mit ausnehmend höflicher Distanz begegnet. Umso entspannter geht er mit Don um, dem Ehemann der Historikerin, den er schon bald mit Vornamen anredet. Don, seines Zeichens Fotograf, soll ein paar Aufnahmen des Stars machen und ihn anschließend mit der Historikerin allein lassen. Der Star beschwert sich augenzwinkernd: «Ach wie schade, ich hatte schon mit seinem Schutz gerechnet.»

Offenbar hat er keine Angst vor den neuen und alten Nazis mit ihren Drohbriefen. «A. SPEER» steht unübersehbar auf einem der Torpfosten. Es sieht aus wie eine Gedenktafel. Der Historikerin gefällt sein Haus, und sie sagt es ihm. Wie aus der Pistole geschossen antwortet der Star: Er hingegen hasse dieses Haus. Es ist das Haus seiner Kindheit, und er äußert seinen Hass mit erstaunlicher Vehemenz. Margret erhebt zaghaft Einspruch, auch ihr gefällt dieses Haus, in dem sie während seiner Haft in Spandau mit den Kindern gelebt hat. Er reagiert nur noch ungehaltener. Seine Frau, die einer älteren Generation angehört, widerspricht ihm nicht weiter, eine leichte Dissonanz im cholerischen Solo ihres Mannes, dann schweigt sie wieder und lässt ihn reden.

Der Star ist mit einer spezifischen Intelligenz begabt, einer politischen und radikalen Intelligenz, die sich in der Belastungsprobe des totalen Krieges inmitten eines ebenfalls sehr eigenwilligen Regimes entfaltete; einer neuartigen Mischung aus Rassismus und Ästhetizismus, die die Mengen in Begeisterung versetzte und in einen noch nicht da gewesenen herrischen und mörderischen Hochmut trieb, einen Hochmut, der ganze Völker dem Kult von Blut und Boden opferte. Die Historikerin hat Schwierigkeiten, klar zu erkennen, wo bei diesem Mann die Berechnung anfängt und wo sie aufhört, ob er mit dem Klischee der unglücklichen Kindheit spielt, um seine Zuhörer zu erweichen, oder ob er für den von seinen Eltern ungeliebten kleinen Jungen, der er früher einmal war, aufrichtiges Mitgefühl empfindet. Die spezifische Intelligenz dieses Mannes stand nicht nur im Dienst des Regimes. Sie *war* das Regime, einer seiner größten Trümpfe, und für die Historikerin, die dem Mann jetzt in seinem Heidelberger Esszimmer gegenübersitzt, ist es schwer herauszufinden, ob er nicht immer noch, selbst in Bezug auf die alltäglichsten Umstände seiner Kindheitsbiografie, die strategischen und taktischen Fähigkeiten zum Einsatz bringt, die er im Kreis der engsten Vertrauten Hitlers angewandt hatte, um sich im Organigramm der Nazis in die höchsten Positionen vorzuarbeiten.

Letztlich war er durch und durch ein Mann der Macht und der Bilder, und welche Macht bleibt ihm noch außer der, ein letztes Bild von sich selbst zu entwerfen; eine moralische Instanz, die der absoluten Amoralität gehuldigt hat, eine moralische Instanz, die aus der extremsten Kunst und Politik ihres Jahrhunderts und vielleicht aller Zeiten hervorgegangen ist? Die Historikerin weiß es nicht, sie ist da, um es herauszufinden.

Gleich bei diesem ersten Abendessen stellt sie die Dinge klar. Sie kennt seine Bücher und alles, was es über ihn zu lesen gibt. Aber sie will mehr. Sie ist mit seinen Argumenten, seinen Abwehrmechanismen vertraut. Denn natürlich haben manche Historiker nach der Lektüre seiner Bestseller seine Version der Tatsachen infrage gestellt, sodass er gezwungen war, die seit Nürnberg marode gewordenen Abwehrmechanismen wieder aufzupolieren.

Er nickt, er hat genau verstanden. Er wusste es, konnte jedoch nicht umhin, sich dieses Mal etwas anderes zu erhoffen. Er ist enttäuscht, er wirkt aufrichtig enttäuscht. Sie sei auch nicht anders, sagt er resigniert. Auch sie will das, was in Bezug auf ein genau eingegrenztes Thema alle «die Wahrheit» nennen. Alle haben immer die gleiche Frage im Kopf, genau wie sie. «Es ist immer dasselbe», sagt er während des Abendessens zu ihr, «auch Sie werden es versuchen.»

Die Frage ist die nach den Juden, nach der Vernichtung der Juden.

Die Frage ist, wie es sein kann, dass ein Mann seines Ranges nichts vom Schicksal der Juden gewusst haben will. Wie kann der Minister für Rüstung und Kriegsproduktion, dem Millionen von Sklaven, darunter zahlreiche Juden, zuarbeiteten, behaupten, nie davon gehört zu haben?

Nein, die Frage ist noch gezielter. Sie lautet: Wusste er, auf welche Weise die Juden ermordet wurden, wusste er von Treblinka, Auschwitz und den anderen Vernichtungslagern?

Sie sollte ihm die Frage nach den Juden eigentlich sofort stellen, dann wären sie durch damit.

53.

Drei Wochen lang gehen sie die wichtigsten Ereignisse seines Lebens durch. Sie lässt ihn mündlich nacherzählen, was er in seinen Büchern geschrieben und in den Interviews gesagt hat, sie lauert auf Widersprüche.

Zwischendurch fahren sie von Heidelberg aus zu einem Haus in den Bergen, das er mit seinen Tantiemen gekauft und bequem eingerichtet hat. Sie laufen Ski, gehen in den frühlingshaften Schneeverwehungen der Bayerischen Alpen spazieren.

Die Historikerin erlebt eine schwindelerregende Situation.

Der Architekt war mit Hitler in den Bayerischen Alpen spazieren gegangen, und jetzt läuft sie dort neben ihm her und lauscht ihm, wie er einst seinem Führer gelauscht hatte.

Er spürte die Anziehung, die von Hitler ausging, sie wiederum spürt die Anziehung, die von ihm ausgeht.

Er spricht von Hitlers Charisma, sie kann künftig von dem unbestrittenen Charisma seines Günstlings sprechen.

Er war Hitlers Architekt, sie wird Albert Speers Historikerin.

Natürlich will sie nicht über eine papierene Reichskanzlei seinen Ruhm begründen, sondern die Wahrheit über seine Verantwortung zutage fördern. Doch jeder be- oder entlastende Beitrag festigt seine Legende weiter, im Guten wie im Schlechten. Er ist eine monumentale Gestalt, sein Name existiert da, wo ihm gegenüber nur eine Zahl existiert, anonyme Gestalten, eine gesichtslose Masse im Angesicht einer Persönlichkeit, sechs Millionen Juden und Millionen weiterer Opfer von Zwangsarbeit in den Kriegsfabriken im Angesicht von Albert Speer, der als Einziger aus Hitlers Kreis der Vertrauten in den Genuss der Freiheit, der Kameras und der Aufmerksamkeit von Spezialisten und Neugierigen kommt.

Und so wie der Architekt und der Führer sind auch die Historikerin und der Star weit über die beruflichen Umstände hinaus fast Freunde geworden. Sie gibt zu, dass sie ihn gut aussehend findet, dennoch hat es nie so etwas wie körperliche Anziehung zwischen ihnen gegeben. Einmal, vermerkt sie nebenbei, habe er ihre Schulter gestreift, als er in ihr Zimmer kommt und ihr gesteht, dass sich seine Frau wegen eines möglichen Gesprächs über die Frage nach den Juden Gedanken mache. Sie verspricht ihm, Margret gegenüber die Juden nicht zu erwähnen, und als er ihr dankt, hat sie das Gefühl einer leichten Berührung, genauso wie die, die der Star irgendwo in seinen Erinnerungen in Bezug auf Hitler erwähnt.

Es ist eine schwindelerregende, beängstigende, mitreißende und grauenvolle Situation voller ambivalenter Gefühle, die sich aus der Symmetrie zwischen dem Architekten und dem Führer, zwischen der Historikerin und dem Star ergeben.

Einmal erwähnt sie den Artikel eines Psychoanalytikers, der das Wesen seiner Beziehung zu Hitler zu ergründen versucht. Es habe nichts Sexuelles zwischen ihnen gegeben, dazu seien sie außerstande gewesen, aber etwas, das der Autor als homoerotisch bewertet, eine unwiderstehliche Anziehung zwischen Künstler und Machtmensch, zwischen dem ehemaligen Kämpfer und dem hochgewachsenen, schlanken jungen Mann, die einzige Beziehung, zu der diese beiden Menschen fähig gewesen seien; für andere, weniger subtile Kommentatoren, die plump auf Hitlers angeblichen anatomischen und sexuellen Besonderheiten herumritten, war diese Gehemmtheit ein gefundenes Fressen.

Der Star hört ihr aufmerksam zu und gesteht, dass dieser Psychoanalytiker der Wahrheit recht nahekommt. Sie seien in einer zutiefst männlichen Beziehung verbunden gewesen, die eine Frau so nicht verkörpern könne.

In Wirklichkeit war die Frage nach den Juden und nach dem, was er wusste oder nicht, vielleicht nicht der einzige Beweggrund für den Besuch der Historikerin.

54.

In ihren Vorbehalten und Befürchtungen sieht die Historikerin Hitlers neuartigen Antisemitismus manchmal nur als Vorwand für etwas anderes, ohne dieses andere genau benennen zu können. Ob sie sich von Speer womöglich einen Hinweis dazu erhofft? Meist sieht sie davon ab, weiter in jenen Bereich vorzustoßen, wo sich die Vernunft der Metaphysik geschlagen gibt und die Frage des Bösen nicht mehr auf der moralischen und rechtlichen Ebene, sondern in den abstoßenderen Regionen des Jenseits und des Teufels verhandelt wird. Es würde bedeuten, in die Faust'sche Folklore und die kindische Faszination für die Nazizeit zu verfallen, die sie an der Jugend der *Seventies* beobachtet.

Die Historikerin und der Star lesen Zeitung und schauen die Nachrichten im Fernsehen. Beide gehören Generationen an, für die die Lektüre wichtiger Tageszeitungen und Zeitschriften unerlässlich ist; das Fernsehen ersetzt sie nicht, es kommt nur hinzu. Sie überfliegen täglich die Presse und räumen ihr eine intellektuelle Autorität ein, die sie heute nicht mehr besitzt. In ihren Augen ist sie der privilegierte Ort für Analysen und Debatten, für Film- und Buchkritiken, für Kolumnen und Reportagen, die je nach Begabung und Mitteln mehr oder weniger fundiert sind, und natürlich zeigt sie auch die neuen Moden und Bewegungen in Kunst und Jugendkultur, Rock, Pop, Hippietum und das, was die Engländer neuerdings Punk nennen.

Wie alle Welt in den Sechziger- und Siebzigerjahren haben auch der Star und die Historikerin die Fotos eines gewissen Brian Jones gesehen, der sich als Mitglied einer berühmten Rockgruppe in SS-Uniform ablichten lässt; und sie haben möglicherweise vom Projekt einer anderen Gruppe gehört, den Beatles, die Adolf Hitler in Gesellschaft von Dichtern, Schauspielerinnen oder Wissenschaftlern wie Albert Einstein und Marilyn Monroe auf ihrem Plattencover platzieren wollen. Sie haben die Hakenkreuze auf den T-Shirts, Lederjacken und Ketten junger Leute gesehen. Der Nationalsozialismus ist ein Symbol des absoluten Bösen geworden, genau deshalb fasziniert er einen Teil der Jugend.

Leider ist dieser Umstand nicht weit von der Hypothese der Historikerin entfernt, Hitlers Antisemitismus sei im Grunde nur der Vorwand für etwas anderes gewesen. All diese Kinder sind keine überzeugten Antisemiten, sie empfinden jedoch eine krankhafte Anziehung für die unheilvolle Aura des Nationalsozialismus, für sein diabolisches Wesen, die charakteristische schwarze Uniform der SS, für Hakenkreuze und Hitlergruß; ab und zu geben ein paar unreife Teenager ein «Heil Hitler» von sich. Ja, Provokation und Grenzüberschreitung gelten mittlerweile, besonders in der Kunst, als Werte, und was wäre grenzüberschreitender und provokanter als das Dritte Reich? Diese Jugend ist keine Nazijugend, aber Zeichen haben ihre eigene Macht und manche Zeichen noch mehr als andere.

Hitler hat sich in einen Star der Popkultur verwandelt und die dazugehörige Kulisse geht in zahlreiche Filme ein, seien es die des italienischen Großmeisters Luchino Visconti oder auch Werke von Rainer Werner Fassbinder. Ein amerikanischer Bildhauer des Minimalismus porträtiert sich auf einem Foto als schwuler Nazi, ein deutscher Künstler malt mit Asche und Tonerde wohlfeile Darstellungen der deutschen Trümmerlandschaft, in der er selbst in einer Uniform der Wehrmacht den Hitlergruß ausführt, auf monumentale Leinwände.

Der Star, der ihr gegenübersitzt, hat diese Kulisse entscheidend mitgeprägt. Sie sprechen kaum darüber. Sie erwähnen die Lichtsäulen der Nürnberger Reichsparteitage. Den Star überkommt wehmütiger Stolz. Er fragt sich einen Augenblick lang, was der Nachwelt von seinem Werk erhalten bleiben wird, besorgt, dass kaum noch etwas davon übrig ist, noch nicht einmal Ruinen, außer in Nürnberg, dem letzten Überrest seiner Arbeit.

Sie gesteht ihm, dass sie sich im September 1934 zur selben Zeit am selben Ort wie er aufgehalten habe, bei dem berühmten Parteitag nämlich. Es sei ein mitreißendes, wunderschönes Erlebnis gewesen. Damals war sie elf. Sie ging in England zur Schule und war gerade auf dem Weg zu ihrer Mutter in Wien, als ihr Zug aufgrund einer Panne in Nürnberg liegen blieb. Bis er repariert war, wurden die Kinder auf das Zeppelinfeld geschickt. Die horizontalen Linien der Treppen und Sitzreihen, die aus Menschen bestehenden geometrischen Blöcke auf dem Vorplatz, die Banner, die Lichtsäulen nach Sonnenuntergang, die gleichaltrigen Kinder der Hitlerjugend, all das hatte sie komplett in seinen Bann gezogen, und sie hatte ihrerseits den Rednern zugejubelt, die sich auf der monumentalen Tribüne ganz am Ende der Esplanade ablösten. Von dem, was sie sagten, verstand sie kein Wort, aber das war auch nicht wichtig. Allein die Dramaturgie zählte. Sie wusste kaum, was Antisemitismus ist, man hatte sie noch nie als «Judenschwein» behandelt. Anschließend erzählte sie vor ihrer Klasse, was sie in Nürnberg erlebt hatte, und damit sie die Hintergründe besser verstand, gab die Lehrerin ihr *Mein Kampf* zu lesen.

Der Star hört ihr zu und nickt verdrossen mit dem Kopf, das ist es ja: Genau deshalb wird man sich an ihn erinnern. Nicht wegen seiner Bauten und Projekte, sondern wegen dieser theatralischen Effekte in Nürnberg, seiner Inszenierung – eine Kulisse, die durch die nachfolgenden Ereignisse untragbar geworden war, das perverseste Symbol der Kunst im Dienste der Politik.

Nichtsdestotrotz behält in ihren Gesprächen der Minister die Oberhand über den Architekten. Der Günstling nimmt eine herausragende Stellung ein. Und er erzählt der Historikerin sein Leben nun schon zum zigsten Mal.

Mehr als sonst jemand setzt er sich aus verschiedenen Schichten zusammen, oder besser gesagt, aus verschiedenen Versionen seiner selbst, und die Historikerin muss sie stets wachsam voneinander unterscheiden. Ihr Ziel ist es, die wahrscheinlichste Version herauszufiltern.

Natürlich gibt es das, was er erlebt hat.

Es gibt das, was er über das Erlebte geschrieben hat.

Das, was die Historiker und investigativen Journalisten immer öfter über ihn schreiben, indem sie seine Äußerungen mit dem abgleichen, was sich in den Archiven finden lässt.

Es gibt das, was frühere Nebenfiguren aus dem Kreis der Vertrauten in ihren Memoiren über ihn berichten – die Ausbeute ist im Allgemeinen enttäuschend: Aufgrund persönlicher Ressentiments, die so vehement sind, dass sie unglaubwürdig wirken, bekommt er darin meist nur einen lächerlichen kleinen Auftritt.

Es gibt das, was er mündlich in Interviews und in privaten Gesprächen wiederholt, wie er sie jetzt schon seit Tagen, zwölf Stunden täglich, mit der Historikerin führt, über die Tatsachen, die er erlebt und über die er geschrieben hat; hin und wieder klaffen geringfügige, alarmierende Unterschiede zwischen Schriftlichem und Mündlichem auf, die zum Gegenstand spontaner Neuinterpretationen anlässlich einer Mahlzeit oder eines Spaziergangs werden.

Und es gibt das, was seine ehemaligen Freunde, Mitarbeiterinnen und Mitarbeiter über ihn sagen könnten, im Off.

Die Historikerin ist ihnen noch nicht begegnet. Bisher hat sie nur den Star und einen Teil seiner Familie kennengelernt. Die Spannung, wenn er mit seinen Kindern zusammen ist, überträgt sich so stark auf sie, dass die Historikerin ihn unmittelbar darauf anspricht. Er gibt es unumwunden zu: Die Kommunikation mit ihnen ist schwierig, Zärtlichkeitsbekundungen sind unmöglich. Er trägt die volle Verantwortung dafür. Sie sind sechs, zwei Töchter, vier Söhne, alle zwischen 1934 und 1943 geboren. Seine Ämter, der Krieg und die Gefangenschaft hinderten ihn daran, sie zu sehen. Er hat sie nicht beim Aufwachsen begleitet. Ihr Vater ist ein Fremder für sie, und sie sind Fremde für ihn. Als sie am Tag nach seiner Freilassung aus dem Gefängnis wieder vereint waren, hatten sie sich nichts zu sagen.

Der Älteste, Albert Friedrich Speer, wurde ebenfalls Architekt, die perfekte Verkörperung der Familientradition. Hilde, die Zweitälteste, pflegte während seiner Haftzeit in Spandau eine rege Korrespondenz mit ihm. Sie unterstützte ihn, so gut sie konnte. Zusammen mit seiner ehemaligen Sekretärin und einem seiner besten Freunde und engen Mitarbeiter aus der Zeit des Berliner Planungsbüros bildete sie eine Troika, um ihn psychisch und materiell zu unterstützen, sie sammelte Gelder und konservierte bruchstückhafte Erinnerungen auf Toilettenpapier oder Verpackungsmaterial. Er bekam von ihr zwei Geschenke: ihre töchterliche Liebe, trotz seines latenten Desinteresses an der Familie, und ihre Hellsichtigkeit. Sie befragte ihn zum Nationalsozialismus. Sie zögerte nicht mehr. Sie stellte ihm die Frage nach seiner Verantwortung. Sie wollte wissen und vor allem verstehen, so wie später die Kinder der Sechzigerjahre wissen und verstehen wollten, welche Rolle ihre Eltern in diesem Dritten Reich gespielt hatten, das ihre Geschichtsbücher mit Gräueltaten füllte, während man zu Hause so tat, als handelte es sich um eine lange zurückliegende Zeit, die andere Personen betraf, nur sie nicht.

Dass seine Tochter ihm solche Fragen stellte, hatte ihn seinerzeit verblüfft. Sie verlangten ihm eine Gewissenserforschung ab, mit der er schon begonnen hatte, allerdings mit einem Fremden, dem französischen protestantischen Pastor George Casalis. Jetzt kam die Forderung von seiner eigenen Tochter.

In seinen Gesprächsbeiträgen und Schriften betonte er stets, dass es unmöglich sei, sich die Hitlerdiktatur vorzustellen, wenn man sie nicht selbst miterlebt hatte: ein ebenso unwiderlegbares wie zweifelhaftes rhetorisches Verfahren. In moralischer Hinsicht ist es in der Tat unwiderlegbar: Es beruht auf dem großen, unvermeidlichen Fehler von Historikern, Romanschriftstellern oder anderen, die sich mit einer Periode der Vergangenheit beschäftigen und aufgrund dessen, was inzwischen über diese Zeit und ihre Gräuel bekannt ist, *nachträglichen* Urteilen und Anachronismen aufsitzen.

Doch wenn der Betroffene selbst, die einzige Person dieser Geschichte, die vorher, währenddessen und danach in verschiedenen Kostümierungen eine wichtige Rolle gespielt hat, auf diesen Umstand hinweist, bekommt dieses Verfahren etwas Zweifelhaftes. Als Leserin und Zuhörerin wird die Historikerin ungewollt in Speers Inszenierung der Wahrheit hineingezogen. Er erzählt im Nachhinein von seinem Dritten Reich, im Wissen um die Vernichtung der Juden, von der er damals nichts gewusst haben will, in Form jener dreifachen Behauptung: Er habe es nicht gewusst, er wisse es jetzt, er hätte es wissen müssen, also sei er schuldig. Gleichzeitig aber vermittelt er den Eindruck, nicht mehr zu wissen, was er einst gewusst hat … Es ist unmöglich zu entscheiden, ob er diesen Eindruck absichtlich oder unabsichtlich vermittelt – vielleicht von beidem ein bisschen. Jedenfalls benutzt er wiederholt Strategien, die der Ungewissheit zuarbeiten.

Auch mit seiner Tochter verfährt er so. Durch den Briefwechsel kommen sie sich jedoch näher, in gewisser Weise beginnt mit ihrer Korrespondenz eine Vater-Tochter-Beziehung. Man kann lesen, wie der Star sich sorgt, als sie für ein Austauschjahr in die USA geht; wie er ihr rät, ihre Bekanntschaft zu Hitler unerwähnt zu lassen. Denn tatsächlich, sie hatte ihn gekannt, hatte seine Hand gehalten und mit ihm gesprochen, es gibt Fotos, die sie zusammen mit anderen Kindern in Berchtesgaden zeigen.

Doch trotz ihrer Briefe erfuhr auch Hilde letztlich nicht mehr über ihren Vater als jede beliebige Leserin seiner Erinnerungen.

Auch die Historikerin war sich zu Beginn ihres Aufenthalts nicht sicher, ob sie mehr erfahren würde. Doch als sie nach dreiwöchigen intensiven Gesprächen voneinander Abschied nehmen, ist sie überzeugt davon, dass er von den Juden gewusst hat. Sie hat ihm das kurz vor ihrem Aufbruch auch gesagt.

55.

Alle stellen ihm diese Frage, und er hat verstanden, dass jetzt auch die Historikerin an der Reihe ist. Sie hat den Zeitpunkt gut gewählt. Von Anfang an hatte er sie etwas pathetisch dazu gedrängt, ihm doch am liebsten gleich die verflixte Frage nach den Juden zu stellen; er hatte die Flucht nach vorn ergriffen, hatte potenzielle Missverständnisse zwischen ihnen ausräumen und ihr zeigen wollen, dass seine Antwort genau die sein würde, die er auch allen anderen gegeben und in seinen Bestsellern schwarz auf weiß niedergeschrieben hat: kollektiv schuldig, individuell unschuldig.

So hätte er sich ihr gegenüber positioniert, trotz allem, was seither publik geworden ist, sie haben darüber gesprochen: dieser furchtbare Artikel aus dem Jahr 1971 zum Beispiel, in dem sich Erich Goldhagen, ein polnisch-amerikanischer Historiker und Überlebender der Lager, mit der Posener Rede von 1943 beschäftigt, in der Himmler sich angeblich dankend an Speer wendet.

«Das Schlimmste, was mir seit Nürnberg passiert ist», hatte er der Historikerin gestanden. Sie erkannte hier eine seiner eklatantesten Charakterschwächen, die alles Übrige trübte: seine unglaubliche Egozentrik, mit der er alles auf sich bezog, auf das, was er empfand und zu ertragen hatte, außerstande, sich dauerhaft und eingehend auf seine Gesprächspartner einzulassen. Er war sofort in die Archive gestürzt, um den Nachweis zu erbringen, dass er an jenem Nachmittag, als Himmler seine Rede gehalten hatte, nicht anwesend gewesen war, dass er mithin auch nicht gelogen und bis Nürnberg von all diesen Dingen nichts gewusst hatte.

Der Artikel eines Holocaust-Überlebenden und Spezialisten zu Himmler und seiner SS hatte fast alles zunichtegemacht. Bis zu seiner Veröffentlichung war es dem Star gelungen, sich zu einer moralischen Figur zu stilisieren, die als eine der wichtigsten Führungsgestalten die gesamte Schuld für den nationalsozialistischen Völkermord zu tragen bereit war, obwohl er nie direkt an den Verbrechen beteiligt gewesen sei, geschweige denn von ihnen gewusst habe. Das kam einer Selbstaufopferung gleich, ein hehres Geschenk an das deutsche Volk, ein ritterlicher Akt in den Augen der Opfer. Auch in gesellschaftlicher und finanzieller Hinsicht war er wieder auf die Beine gekommen.

Nun ja, als er zum ersten Mal nach London gereist war, hatte man ihn kurzfristig festgenommen, verblüfft, eine Nazigröße wie ihn in aller Seelenruhe einreisen zu sehen. Doch alles war rasch wieder ins Lot gekommen, und er empörte sich nicht darüber, beklagte sich auch nicht über diejenigen, die seine Prominenz als skandalös empfanden. Als unbestrittener Meister der Bilder und Kulissen begegnete er seinen Kritikern aufrecht und demütig, und dahinter nahm man unbewusst einen zutiefst christlichen Menschen wahr, der eine Passionsgeschichte, seinen persönlichen Kreuzweg durchmachte. Christus hatte alle Sünden der Welt auf sich genommen, der Star trug alle Sünden des Nationalsozialismus. Und das Leben war ihm erneut gewogen, ja, im Grunde genommen war es das schon immer, von Spandau abgesehen. Dort ging es nicht um äußere Vergebung, für die er aktuell überall kämpft, sondern um die innere, eine radikale Verwandlung, weg von diesem Speer, der Hitler aus Liebe bis zum Schlimmsten gefolgt war. Als er dem jungen französischen Pastor und ehemaligen Widerstandskämpfer, dem dreißigjährigen George Casalis, begegnet war, hatte er in ihm sofort einen möglichen Vermittler für jene Vergebung erkannt. Nachdem er seine erste Predigt gehört hatte, war der Star, damals noch Häftling, mit folgender Bitte zu ihm gekommen: «Wollen Sie mir helfen, ein anderer Mensch zu werden?» Jener innere Prozess hatte nur drei Jahre gedauert, der Vertrag des Pastors war nicht verlängert worden, und trotzdem hatte diese Beziehung sie beide für immer geprägt – vor allem den Pastor. Zu dessen großer Überraschung kontaktierte der Star ihn nach der Zeit in Spandau nie wieder. So, als hätte er seine Rolle erfüllt, als bräuchte der Star ihn nicht mehr. So ging er mit allen um, wie die Historikerin feststellen sollte.

Nach der Haft in Spandau hatte er gut zwei Jahre lang an seinen Memoiren geschrieben und das Toilettenpapier zusammengetragen, das von seiner früheren Sekretärin und vor allem seinem alten Freund, einem ehemaligen Mitarbeiter im Berliner Planungsbüro und später im Ministerium, ehrerbietig aufbewahrt worden war. Besagter Freund hatte Margret und die Kinder unterstützt wie sonst niemand, indem er einen Fonds zur Absicherung von Speer und seiner Familie eingerichtet hatte.

Bei der Lektüre der Memoiren konstatierte er jedoch, dass es ihn überhaupt nicht gab. Nicht nur, dass ihm kein Dank zuteilwurde, er kam schlichtweg nicht vor. Speer erklärte ihm, dass er ihn nicht kompromittieren wolle, denn der Freund war ein angesehener Architekt im Nachkriegsdeutschland, da wolle er ihn nicht mit sich, dem ehemaligen Günstling Hitlers, in Verbindung bringen. Genau das aber stieß dem Freund übel auf, als er die *Erinnerungen* las. Und überhaupt, wie konnte Speer den Führer nur so verachten? Wie konnte er ihn ausschließlich als Verbrecher darstellen, nach allem, was Hitler für sie und insbesondere für ihn, den Günstling, getan hatte? Wie konnte er ihre privilegierte Beziehung vergessen, diese Vertrautheit, die sie weit über alle beruflichen und ideologischen Interessen hinaus miteinander verbunden hatte und die von allen anderen ebenso erstaunt wie eifersüchtig beäugt wurde? Wusste er denn nicht besser als jeder andere, dass nicht alles schwarz oder weiß ist, sondern alles grau, auch der Führer? Erinnerte er sich denn nicht, dass sie in ihrem Ministerium auch deutsche Halbjuden, also schlichtweg Juden, beschäftigt und auf diese Weise vor Deportation und Tod bewahrt hatten, darunter eine gewisse Marion Riesser, die übrigens mitgeholfen hatte, das Spandauer Toilettenpapier zu sichten und zu stenografieren? Wenn eine Halbjüdin wie Marion Riesser, deren Vorzüge er so oft gerühmt hatte und die, obgleich ihre Großmutter in Theresienstadt umgekommen war, hingebungsvoll die Papiere des ehemaligen Ministers des Führers sichtete, dann konnte nicht alles so schwarz und weiß sein, wie seine Erinnerungen es nahezulegen schienen. Und das gelte, der Freund besteht eigens noch einmal darauf, auch für den Führer. Er schreibt manchmal noch «der Führer». Er hasst ihn nicht. Und der Freund weiß, weshalb Albert Speer ihre Freundschaft aus seinem Leben löscht. Er hat seine Schriften gelesen, auch die zur Zeit des Ministeriums und des Planungsbüros verfassten Dokumente, insbesondere anlässlich der Vertreibung der Juden aus Berlin. Und so wie Hitler in seinen Augen nicht pechrabenschwarz ist, so ist der gute Albert Speer auch nicht blütenweiß. Das jedoch soll auf keinen Fall publik werden …

Genau genommen war all das für den Star aber nur nebensächlich, seine Memoiren hatten phänomenalen Erfolg und krönten ihn fast zu einer Art Schriftsteller; er verkündete gern, dass gut hundert Bücher in Arbeit seien, alle über das Dritte Reich, alle über Hitler und seinen Kreis der Vertrauten … und über die Kriegsproduktion und die Prachtarchitektur, und über das Sklavenhalter- und Konzentrationslagersystem des Regimes, und darüber, wie Hitler sich privat oder in der Öffentlichkeit verhalten hatte, wie sehr er selbst sich, eine verhängnisvolle Falle, im Privaten anfangs vom Staatsoberhaupt, vom Führer, abgehoben hatte – eine Vielzahl von Themen, die ihm nicht aus dem Kopf gingen, zum großen Leidwesen seiner Familie, vor allem Margrets, die endlich zu etwas anderem übergehen wollte und sich wünschte, dass er ein für alle Mal aufhörte, mit *ihm*, ihrem ehemaligen Führer, zu leben.

Seine Liebe zu Hitler hatte sich in Hass und Verachtung verwandelt, und seine früheren Freunde aus den fetten Jahren des Nationalsozialismus, als sie gemeinsam Kuppelbauten und Rüstungsfabriken geplant hatten, empfanden diesen Gesinnungswandel als scheinheilig und geradezu niederträchtig, als Verrat. Ab 1969, nach dem wahnwitzigen Erfolg der *Erinnerungen*, entfernten sie sich immer weiter von ihm. Doch dem Star war das gleichgültig, es ergaben sich andere, seinem neuen Image, das es ihm überall durchzusetzen gelang, angemessenere Freundschaften.

Der Star hatte der Historikerin einen für ihn unschätzbar wertvollen Brief gezeigt. Er stammte von einem gewissen Raphael Geis, einem Rabbiner. Auf November 1969 datiert, enthielt dieser Brief die kostbarsten Worte seines neuen Lebens. Der Rabbiner erklärte ihm, dass er seine *Erinnerungen* noch nicht gelesen, ihn aber im Fernsehen gesehen habe und seine Zeugenaussage aus Nürnberg kenne. Er räumte ein, ihn nicht zu verstehen, erkenne jedoch einen andersgearteten, aufrichtigen Menschen in ihm und sehe ihn als frommer Jude künftig klar «unter diesem Verzeihen stehen», das es seiner Meinung nach für Speer geben müsse.

Auf dieses Verzeihen wagte der Star nicht einmal zu hoffen, und dass es von einem Juden kam, erschütterte ihn zutiefst. Sie wurden Freunde. Drei Jahre lang, bis zum Tod von Raphael Geis, korrespondierten sie miteinander und trafen sich, zur großen Missbilligung der Ehefrau und der Kinder des Rabbiners, sogar persönlich. Geis war nach Buchenwald deportiert worden und auf wundersame Weise um 1939 freigelassen worden, nachdem er eine Ausreisegenehmigung für Palästina vorweisen konnte, wo er anschließend bis 1952 lebte. Er hatte der Neugeburt Israels beigewohnt, sehnte sich aber nach seiner deutschen Heimat und kehrte schließlich dorthin zurück. Er liebte das Land jenseits seiner Verbrechen.

Der Rabbiner wurde für den Star das, was der protestantische Pastor für Häftling Nr. 5 gewesen war, ein moralischer Bezugspunkt, ein Seelsorger. Er fragte ihn um Rat, wenn er einen Teil seines neuen Vermögens anonym einem jüdischen Verein zukommen lassen wollte, und manchmal warf der Rabbi ihm vor, er tue des Guten zu viel.

So war er im neuen, postnationalsozialistischen Deutschland zu einem Angehörigen des Großbürgertums avanciert, mit einem Rabbiner befreundet, mit Menschen, die höchstes moralisches und intellektuelles Ansehen genossen wie der bedeutende protestantische Theologe Karl

Barth. Eine wirkliche *vita nova*, eine Erlösung, der Beginn einer sonderbaren, noch nie da gewesenen Autorenkarriere: Historiker seiner selbst und zugleich das populäre Versuchskaninchen professioneller Historiker, ohne dass sein neuer Ruf dabei tatsächlich Schaden nahm.

Plötzlich aber der Artikel dieses Erich Goldhagen, der alles auf den Kopf stellte.

Dabei zog der Star sich wieder einmal aus der Affäre, und zwar nicht nur mithilfe der fadenscheinigen Ausrede, er sei am Nachmittag des 3. Oktober 1943 bei der Rede des grotesken Reichsführers SS gar nicht anwesend gewesen. Die Frage, weshalb sein Ruf von Goldhagens sorgfältiger Arbeit nicht stärker angekratzt wurde, verlangt keine Antwort, sie bleibt in der Schwebe zwischen Fiktion und Wahrheit.

Nicht zuletzt hatte er Angst, seine neuen Freunde zu verlieren, aber auch das passierte nicht. Als der Artikel erschien, war Raphael Geis krank, er riet dem Star lediglich, nicht mehr die Vergangenheit aufzuwühlen, und versorgte ihn mit guten Wünschen: «Wenn Sie doch endlich ein normales Leben führen dürften, bestehend aus Gegenwart und ein bissel Zukunft.»

Kurz darauf starb sein Freund, der Rabbiner, und es ergaben sich weitere, ebenso entscheidende Freundschaften.

1974 erhielt er ein Schreiben von Simon Wiesenthal. Wiesenthal war bekannt für seine Jagd auf Nazis, die sich in Südamerika versteckt hielten, wie Adolf Eichmann oder Franz Stangl, dem die Historikerin bekanntlich ein Buch gewidmet hatte. Trotz des bereits drei Jahre zurückliegenden Artikels von Goldhagen zu Himmlers Posener Rede fragte Wiesenthal ihn, wann und bei welcher Gelegenheit er zum ersten Mal von der Judenvernichtung erfahren habe, und Speer gab ihm ehrerbietig dieselbe Antwort wie allen anderen: Erst bei den Nürnberger Prozessen habe er davon gehört. Darüber hinaus brachte der Star seine Bewunderung für Wiesenthals Buch *Die Sonnenblume* zum Ausdruck. Wieder entspann sich eine Freundschaft, die beiden Männer begannen, ihre Theorien über Hitler und die anderen ewig gleichen Themen – den Nationalsozialismus, den Holocaust – auszutauschen, gaben sich gegenseitig ihre unveröffentlichten Manuskripte zu lesen, bis auch Wiesenthal irgendwann nach Heidelberg reiste.

So hatte das Leben ohne nennenswerte Trübungen seinen weiteren Gang genommen, und der Star konnte die von der Historikerin hochgeschätzten *Spandauer Tagebücher* veröffentlichen, ein neuerlicher Erfolg im Buchhandel. Nun sitzen sie beide da und unterhalten sich über all das, bevor sie ihm am Ende ihrer Gespräche einen ebenso überraschenden, trickreichen Satz an den Kopf wirft: «Ich glaube, ich weiß, was Sie über die Juden wussten.»

Sie hat einen günstigen Zeitpunkt gewählt, er ist erschöpft von diesen drei Wochen, in denen er sein Leben und Werk in Form gegossen hat. Er mag das, empfindet dabei einen angenehmen Nervenkitzel, aber es zermürbt ihn auch. Es ist nicht zu leugnen. Er ist aufrichtig zermürbt von der Vorstellung der gemarterten Juden.

Er habe geahnt, gibt er zur Antwort, dass etwas Schreckliches mit den Juden geschehe. Sie glaubt ihm. Aber wenn er es geahnt habe, dann habe er doch davon gewusst, nicht wahr? Nach einer Weile reicht er ihr den Brief an einen jüdischen Verein in Südafrika, der ihn gebeten hatte, die Behauptungen eines Negationisten zu entkräften. Der Brief ist mittlerweile ein Jahr alt. Darin gesteht er erneut seine Schuld als führender Angehöriger eines verbrecherischen Regimes, bestätigt, dass die Vernichtung der europäischen Juden tatsächlich stattgefunden hat, und setzt hinzu: «Meine Hauptschuld sehe ich immer noch in der Billigung der Judenverfolgungen und der Morde an Millionen von ihnen.»

Für die Historikerin ist dieser letzte Satz ein Ereignis. Sie kursiviert ihn sofort, es seien die offensten Worte, die er je niedergeschrieben habe.

Er hat es gewusst, und er hat nie akzeptiert, es gewusst zu haben. Er wusste es im Herbst 1943, vielleicht schon vorher, unmittelbar darauf wurde er krank, die furchtbaren Konsequenzen seiner Mitwisserschaft im Falle einer Niederlage nagten an ihm, 1944 entging er nur knapp dem Tod, und er begann, einer schwindelerregenden, zunehmenden Persönlichkeitsspaltung ausgesetzt, die Befehle seines Führers zu verweigern, während er ihm gleichzeitig weiter diente. Sicher, er verweigerte ihm nicht wegen der Juden den Gehorsam, sondern weil der Führer das Land in den Untergang trieb. Dennoch: Insgeheim empfand er ein Unbehagen, das die Niederlage und die Nürnberger Prozesse mit ihren Zeugenaussagen und Filmen zum Ausbruch brachten, in einer Mischung aus aufrichtiger Reue und Überlebensreflex. So war er auf die Argumentation der kollektiven Schuld und der individuellen Unschuld gekommen, um unabhängig davon, wie das Urteil ausfallen würde, das Gesicht zu wahren, nicht nur den anderen, sondern auch sich selbst gegenüber. Und er überlebte und schrieb, eine für manche skandalöse Auferstehung, je nach Standpunkt eine himmelschreiende Ungerechtigkeit, ein Verrat, doch seine Persönlichkeitsspaltung besserte sich nicht, im Gegenteil, sie verstärkte sich bei jeder Gelegenheit, bei jeder Veröffentlichung, bei jedem Auftritt, permanent also, denn er lebte nur noch in der ständigen Wiederaufbereitung, in der endlosen Wiederholung seiner Jahre mit Hitler.

In der doppelten Natur dieses Mannes sieht die Historikerin einen Kampf, seinen Kampf mit der Wahrheit oder vielmehr gegen sie. Er hat es gewusst, und er hat es nicht akzeptiert. Sie ist überzeugt, dass er in moralischer Hinsicht so leidet wie keiner der anderen, die sie kennengelernt hat; aber auch, dass dieses Leiden sich erst kürzlich eingestellt hat und dass parallel dazu eine andere, stärkere und dauerhafte Seite seines Charakters die Oberhand gewinnt, zu der sie letztlich nicht viel sagt: etwas Geheimnisvolles, das ihn zu einem typischen Angehörigen des engsten Kreises von Hitlers Vertrauten macht.

Als sie den letzten Satz dieses an den jüdischen Verein in Südafrika adressierten Briefs liest, in dem er die *Billigung* der Judenvernichtung als seine Hauptschuld anerkennt, denkt sie, dass man ihn in Nürnberg dafür gehängt hätte.

56.

London, November 1990

Die Historikerin erhält einen sonderbaren Brief von dem Star. Er macht ihr heftige Vorwürfe in Bezug auf die Stoßrichtung und den Inhalt ihres zwei Jahre zuvor in der *Sun-*

day Times erschienenen Artikels. Sie ist ratlos. Seinerzeit hatte er keine Einwände gehabt, den Beitrag vor Erscheinen sogar gegengelesen. Seit den Heidelberger Tagen telefonieren sie häufig miteinander, planen, ein gemeinsames Buch zu schreiben, eine Porträtreihe über Hitler und seine Vertrauten in zwei Teilen, so wie er sie während des Dritten Reichs sah und so, wie er sie heute sieht.

Dieser nachträgliche Widerruf passt nicht zu ihm. Er hat seine Gefühle immer unter Kontrolle gehabt und sie gleichzeitig auf rationale, auf zu rationale Weise kommuniziert, insbesondere seine Schuld, ein aussagekräftiger Beweis der gespaltenen Persönlichkeit, die sie ihm zuschreibt. In diesem Brief verhält es sich genau andersherum: Die persönliche Enttäuschung, das Gefühl von Ungerechtigkeit und Verrat, die direkte, heftige Äußerung seiner Gefühle überwiegen alle Argumente. Er rechtfertigt sich, wie er es noch nie getan hat. Er erwähnt die Nürnberger Prozesse und das Urteil, mit dem die Schuld beglichen worden sei. Er habe seine Strafe abgesessen und seine Verantwortung getragen, brauche sich demnach nicht mehr zu rechtfertigen, vor niemandem mehr, schon gar nicht vor ihr, der Historikerin. Bis zum Prozess habe er nichts von der Vernichtung der Juden gewusst, das habe er wieder und wieder gesagt, basta. Für ihn stehe sie auf der Seite seiner Kritiker, nicht auf seiner.

Sie ruft ihn an und fragt ihn, was in seinem Kopf vorgehe. Zu ihrer großen Überraschung antwortet er ihr heiter, sie solle sich keine unnötigen Gedanken machen wegen dieser Verstimmung, es gebe dafür einen Grund, der nichts mit ihr zu tun habe, er könne nur jetzt nicht darüber sprechen.

Das aber entspricht überhaupt nicht mehr der Persönlichkeit, die sie bisher erlebt hat. Er wirkt geradezu ausgelassen.

Sie lässt nicht locker, und nun ist sie diejenige, mit der die Gefühle durchgehen. Sie droht ihm, ihre Zusammenarbeit zu beenden, wenn er so über sie denke. Er besänftigt sie und verspricht ihr, sie bald zu treffen, um ihr alles zu erklären.

Mit ihm leben

(1947–1980)

57.

Manche Menschen bleiben allein, andere leben in einer Paarbeziehung, beim Zubettgehen und Aufstehen sehen sie dieselbe Person, ein alltägliches Phänomen, das unsere Persönlichkeit trotzdem beeinflusst, denn eine solche Erfahrung ist nie neutral.

Außerdem gibt es Fälle, in denen unser Beruf uns mit jemandem konfrontiert, einer obsessiven, mehr oder weniger öffentlichen Person, mit der wir irgendwann ebenso intensiv, wenn nicht intensiver zusammenleben als mit dem Menschen an unserer Seite.

Und natürlich hängt die Grundstimmung unserer Tage, unsere eher optimistisch beziehungsweise pessimistisch gefärbte Weltsicht davon ab, wen wir uns dafür ausgesucht haben.

Wenn wir Geschichte studieren, spezialisieren wir uns auf eine bestimmte Epoche, etwa auf den Zweiten Weltkrieg, wir schreiben eine Doktorarbeit, werden zu Spezialisten für das Dritte Reich und haben ständig mit dessen Führungsfiguren und Opfern zu tun.

Stellen Sie sich vor, Sie sind ein britischer Historiker

und haben sich auf Adolf Hitler spezialisiert. Tag für Tag sehen Sie ihn beim Zubettgehen und Aufstehen vor sich, und zwar Ihr Leben lang. Und eben diese Situation, die Tatsache, dass Sie Ihr gesamtes Dasein dem Leben Hitlers verschreiben, ist genauso mitreißend, faszinierend und erschreckend wie das Thema an sich.

Mit ihm, mit Adolf Hitler, zu leben und mit den Mitgliedern seines engsten Kreises, also auch den Untergebenen und sadistischen Handlangern, die in Fiktionen und Buch- oder Filmdokumentationen zu Berühmtheit gelangt sind, ist nicht das Gleiche, wie zum Beispiel mit Ludwig XIV. oder Heinrich II. zu leben, wenn man sich auf die Bourbonen oder das Haus Valois spezialisiert hat.

Es ist etwas absolut anderes, wenn man sich mit den Frauen von SS-Leuten und Angehörigen des SS-Helferinnenkorps beschäftigt; wenn man nach und nach herausfindet, dass manche von ihnen durch die Ghettos spazierten, wo ihre Ehemänner arbeiteten, in der einen Hand eine Tüte Bonbons, in der anderen einen Revolver; dass sie den Kindern, die auf sie zuliefen, ein Bonbon schenkten, bevor sie ihnen die Pistole in den Mund steckten, um ihnen eine Kugel durch den Kopf zu jagen.

Angenommen, Sie studieren Geschichte und spezialisieren sich auf die Vernichtung der Juden in Europa, vielleicht haben Sie in Ihrer Familie Deportierte, die niemals zurückgekehrt sind, ob Juden oder Gojim, und Tag für Tag stehen Ihnen beim Zubettgehen und Aufstehen die grauenerregenden Umstände ihres Todes vor Augen, die Henker. Aber es hilft nichts, irgendjemand muss es ja machen, um die Erinnerung daran zu erhalten.

Eigentlich bräuchte es dann einen Historiker des Historikers, um zu ermessen, welche Auswirkungen diese Spezialisierung auf seinen Alltag hat, was es bedeutet, beim Zubettgehen und Aufstehen nicht nur mit Millionen von Toten zu leben – eine schmerzliche Zelebration ihres Daseins –, sondern auch mit dem permanenten Sadismus ihrer Henker.

Die Historikerin hat ihr gesamtes Leben beim Zubettgehen und Aufstehen mit den Henkern und Opfern verbracht. Ihr Reich bevölkern Nazis, jugendliche Serienmörder und sexuell missbrauchte Kinder: drei Welten, drei Leidenschaften, die sich seit dem Ende ihrer Wiener Jugend im März 1938, einem Abgesang auf das gebildete, jüdisch-christliche Mitteleuropa, auf vielfältige Weise gespiegelt haben. Sie hat so viele Dokumente verinnerlicht, dass sie sie automatisch in Bezug setzen und wie im Film mithilfe der alternierenden Montage Assoziationen heraufbeschwören kann; Vergleiche, wie der Roman sie für gewisse Schreckenseffekte erlaubt.

Nur dass es sich hier um wahre Geschichten handelt, die vom Leben geschrieben wurden und ihm einen Sinn geben, eine besondere Klangfarbe, das Gefühl, dass wir im Vorhof der Hölle leben.

Einmal schreibt sie über eine der berühmtesten Szenen des Zweiten Weltkriegs, die das Kino geradezu fetischisiert hat. Sie basiert auf einem Ausschnitt der deutschen Wochenschau. Hier tut der Film, was man in der Literatur als Paraphrase, Collage, Zitat oder Intertextualität bezeichnet, wenn einzelne Elemente aus einem anderen Werk in das eigene eingebaut oder umgeschrieben werden. Es ist Ende April 1945, kurz vor dem Ende, Hitler tritt aus dem Bunker, um ein paar Angehörige der Hitlerjugend zu beglückwünschen. Er tätschelt ihnen die Wange, schüttelt ihre Hand und starrt sie lächelnd aus seinen krankheitsbedingt noch weiter hervortretenden Augen an.

Die Historikerin schildert parallel dazu eine andere Szene, die erst gegen Ende der Achtzigerjahre publik wurde und von der im 21. Jahrhundert trotzdem so gut wie niemand weiß. Seltsam, wie man sich an manche Sachen erinnert und an andere nicht.

Beide Szenen ereignen sich im gleichen Moment an unterschiedlichen Orten in Berlin. Hier ihr Bericht:

«Ungefähr zur selben Zeit, als Hitler am Nachmittag jenes Tages im Garten der Reichskanzlei einem kleinen Hitlerjungen die Wange tätschelte, entlud eine Lastwagenkolonne aus dem Hamburger Konzentrationslager Neuengamme ihre Fracht an der Tür eines leer stehenden Schulhauses am Bullenhuser Damm im Norden der Stadt: sechsundzwanzig Männer, zwei Frauen und zweiundzwanzig Kinder.

Die Kinder, jüdische Jungen und Mädchen verschiedener Nationalität, alle zwischen vier und zwölf Jahre alt, waren für medizinische Experimente in Auschwitz verwendet worden. Als Auschwitz einige Monate zuvor evakuiert worden war, hatte man sie nach Neuengamme überführt, das als geeignet für die Fortsetzung und wenn möglich den Abschluss der Experimente galt.

Doch die Zeit war abgelaufen. Die SS in Neuengamme wusste, dass diese Kinder, solange sie lebten, den schrecklichsten Beweis für ihre Verbrechen darstellten. Also brachte man sie an jenem Aprilnachmittag in die große Sporthalle der Hamburger Schule, in der im regelmäßigen Abstand von zwei Metern Seile mit Schlingen hingen, und erhängte sie.»

Sie ergänzt noch, die SS-Leute hätten auch die Krankenschwestern und erwachsenen Häftlinge gehängt.

Eine solche Symmetrie gibt zu allen möglichen moralischen Überlegungen Anlass, zu Ekel und zu Grauen, die Reaktionen ändern jedoch nichts am Ablauf der betreffenden Ereignisse und an ihr hartnäckiges Überleben innerhalb der Geschichte: hier ein paar Kinder, die wahrscheinlich bald an einer Kugel oder einer Granate krepieren und von ihrem Führer – je nach Quelle im Beisein seines geliebten Architekten, der die Szene in seinen *Erinnerungen* ebenfalls beschreibt – beglückwünscht werden, dort andere Kinder im Alter von vier bis zwölf, die gehängt werden, nachdem das Leben ihnen vor allem die Qualen im medizinischen Folterblock von Auschwitz beschert hat.

Manche Kinder ziehen zurück in den Kampf, andere werden gehängt, der Führer begeht seinen Geburtstag und zehn Tage später Selbstmord – Stunden, die Historiker und Regisseure für die Ewigkeit festgehalten haben –, und der Architekt setzt seinen Weg durch die Ruinen fort und kümmert sich um sein Image.

Die einen leben gut, die anderen schlecht, manche werden vom Schicksal, vom Zufall oder von der Geburt begünstigt, andere aus den gleichen Gründen benachteiligt, manche wechseln von einem Extrem ins andere, einige haben die Kraft, sich hochzuarbeiten, andere nicht – das sind Binsenwahrheiten, Klischees, Banalitäten, bis es angesichts einer abgründigen Situation sonst nicht mehr viel zu geben scheint, um diese Gleichzeitigkeit der Unglücklichen und der Glücklichen zu beschreiben. Das Verständnis, die soziologischen Erklärungen mit ihren beruhigenden Beweisführungen, ja, sogar die Revolte strauchelt über diese Relativität, die jahrhundertealte repetitive Gleichzeitigkeit in sämtlichen Breitengraden und unter sämtlichen Regimen: Die einen leiden, die anderen triumphieren. Dann wird der Pessimismus zur einzigen Weisheit.

58.

London, August 1981

Es ist spät, das Telefon klingelt. Don nimmt ab und lächelt. Er reicht seiner Frau den Hörer. Der Star ist nicht wiederzuerkennen. Schon immer hat er zur Entspannung gern ein paar Gläser getrunken, doch heute ist er komplett beschwipst. Nicht so, dass sich die Wörter in einem alkoholisierten Lallen auflösen, aber er kennt sich kaum noch vor Ausgelassenheit.

«Was ich Ihnen sagen wollte, war, dass ich finde, dass ich's alles doch ganz gut gemacht habe. Schließlich *war* ich Hitlers Architekt, ich *war* sein Minister für Rüstung und Kriegsproduktion, *war* dann zwanzig Jahre in Spandau und hab dann, als ich herauskam, *doch* noch einmal Karriere gemacht. Gar nicht so schlecht, nein?»

Sie ist zu verdutzt, um zu erkennen, dass er ihr hier gerade die wahre Version seiner selbst offenbart hat, ein Selbstporträt, so wie er sich wirklich sieht, stolz auf seine Rolle an der Seite Hitlers und stolz auf seine aktuelle Rolle gegen ihn; demgegenüber gibt er kaum etwas auf dieses ganze moralische Geschwätz, das, so oder so, ohnehin nicht zu einem Mann seiner Generation passt, einem Mann des 20. Jahrhunderts, das fest im 19. Jahrhundert verankert ist: mit seiner Begeisterung für die Darwin'-schen Wissenschaften, für den technischen Fortschritt und das unbegrenzte individuelle Erfolgsstreben ohne überflüssige Erwägungen über Gut und Böse; mit der Sehnsucht nach einem neuen Menschen für eine neue Welt.

Sie fragt ihn, mit wem sie eigentlich rede.

Darüber muss er lachen, und er gesteht ihr, er habe «doch noch ein Erlebnis» gehabt. Erneut will er nicht mehr dazu sagen, aber bald, bei einem Glas Wein. Dann legt er auf.

59.

Das Erlebnis ist eine Frau, die in Deutschland geboren ist und die englische Staatsbürgerschaft besitzt. Sie ist zwischen dreißig und vierzig Jahren alt. Sie hat ihm Ende 1979 geschrieben, nach der Lektüre der *Spandauer Tagebücher*, die sie tief berührt hätten. Man habe ihr immer beigebracht, die deutschen Männer jener Generation zu hassen, auch ihren eigenen, geliebten Vater. Sein Buch habe ihr die Komplexität der Ereignisse klargemacht, die Mechanik des Schicksals, die moralische Qual, die es bedeutet haben müsse zu erfahren, dass sie alle unwissentlich einem Monster zu Diensten gewesen seien. Sie empfindet große Bewunderung für den Verfasser.

Der Star hat ihr geantwortet, wie er sämtlichen Menschen antwortet. Während ihres dreiwöchigen Aufenthalts hatte die Historikerin miterlebt, wie ihn alle möglichen

Leute um ein Treffen ersuchten. Er willigte systematisch ein – auch wenn es uninteressante Neugierige waren, Touristen, die historische Berühmtheiten abklapperten, so wie andere ein Museum besichtigen oder die Rheinquelle. Der Star war der Meinung, dies sei seine Pflicht, ein Teil seiner Mission, die darin bestand, niemanden außen vor zu lassen, wenn es galt, seine Version der Tatsachen zum x-ten Mal zu wiederholen.

Margret ist anderer Meinung. Für ihn ist es ein Vergnügen, über seine Nazizeit zu sprechen. Es erschöpft ihn, es bringt ihn um, aber er ist unfähig, von etwas anderem zu reden. Die repetitiven Abende mit dem Star sind den immer gleichen Themen gewidmet: Hitler, den Mitgliedern des engsten Kreises, seiner Arbeit als Minister, vor allem aber Hitler, Hitler und wieder Hitler, ein abstoßendes Geschwätz, das seine Zuhörer in der Familie benommen und betroffen macht, sodass sie Einladungen zum Abendessen mittlerweile aus dem Weg gehen. Und so schweigt er künftig in ihrem Beisein, wissend, dass sie sich nichts zu sagen haben, und stürzt sich stattdessen auf immer neue Gesprächspartner. Letztlich ist er ja ein Star, der überlebende Star des Dritten Reichs.

Die junge Deutsche ist mit einem jungen Engländer verheiratet, sie haben zwei Kinder, sie hat die Staatsbürgerschaft ihres Mannes angenommen, und trotz ihres Akzents fällt es ihr inzwischen leichter, Engländerin zu sein als Deutsche. Wären da nicht diese quälende moralische und sentimentale Last, bestehend aus Wehmut, Nostalgie, Trauer, Schuldgefühlen, Scham, und der abgrundtiefe Überdruss, all das in ihrem Kopf zu ertragen, die typisch deutsche Musik der Nachkriegszeit.

Das Buch des Stars hat alles verändert. Dieser Mann hat sie von der Qual erlöst, in der postnationalsozialistischen Welt Deutsche zu sein. Er hat sie von ihrem Unbehagen geheilt, zumindest mit ihrer Herkunft versöhnt.

Sie willigt ein, ihn zu treffen. Liebe auf den ersten Blick lässt sich nicht erklären, das ist es, was sie beide empfinden, als sie sich sehen.

Es ist das erste Mal, dass der Star eine solche Erfahrung macht. Körperliche Liebe, aus einer unmittelbaren sexuellen Anziehung entstanden. Er ist fünfundsiebzig und, wie die Historikerin einräumt, noch immer gut aussehend, selbst für eine sehr viel jüngere Frau, die sogar noch jünger ist als seine eigenen Töchter. Er hat schon immer anziehend auf Frauen gewirkt, und die Historikerin hat Nürnberg und die Prozesse nicht vergessen. Er hatte nichts gemein mit den anderen Mitgliedern des engsten Kreises und ihren legendären öffentlichen oder privaten Wutausbrüchen, die mit ihren Anwürfen und Beleidigungen die deutsche Sprache auf lange Zeit hinaus besudelt haben. Er machte stets einen gelassenen Eindruck, schien seine Gefühle zu beherrschen und trat unbestreitbar entschlossen, aber nie offen gewaltsam auf.

Er hat schon immer anziehend auf Frauen gewirkt, aber dieses Mal fühlt er sich auch seinerseits angezogen, stärker als je zuvor.

Für Margret ist es eine Demütigung. Der Star liebt seine Frau, das ist nicht zu leugnen, aber nicht mit jener Art von Liebe, die er für die nach England übergetretene junge Deutsche empfindet. Zwischen ihnen war es nie so gewesen. Margret hat ihn immer unterstützt, und jetzt mutet er ihr diese Leidenschaft zu. Hilde, seine Älteste, ist schockiert. Sich in andere hineinzuversetzen ist für sie so selbstverständlich wie das Atmen. Sie versetzt sich in ihre Mutter hinein, aber auch in ihren Vater. Sie ist unglücklich für ihre Mutter und wütend auf den Vater, ein Teil von ihr freut sich jedoch auch für ihn …

Das Glück, das er hat, macht sie sprachlos. Auch seine Fähigkeit, die Willenskraft, ja, fast die Kunst, sein Leben zu führen, ohne sich über die Konsequenzen Gedanken zu machen, macht sie sprachlos.

Die Unterhaltungen mit dem Star nehmen für die wenigen Freunde, die noch immer mit ihm Umgang pflegen, kuriose Züge an. Es sind neue Freunde, Freunde aus der Zeit nach Spandau. Die alten haben sich schon lange von ihm abgewandt, und er hat sie seinerseits durch sein Schweigen abblitzen lassen. Seinem Verleger zeigt er Fotos von seiner neuen Freundin, spricht offen über sein körperliches Glück. Er redet wie ein Mann, das ist ihm noch nie passiert.

Er kann nicht fassen, dass das Leben ein solches Glück für ihn bereithält, und noch zu diesem Zeitpunkt: «Ich musste in die Siebziger kommen, um ein erstes wirklich erotisches Erlebnis mit einer Frau zu haben!», ruft er aus. Seine Freude kennt keine Grenzen, er hält damit nicht hinter dem Berg.

Womöglich hat er eine solche Freude bisher nur ein einziges Mal erlebt, sie war allerdings nicht von der gleichen Art – und er spricht anders darüber.

60.

London, 7. August 1981

«Hier Albert … aber ihr seid offenbar nicht zu Hause.»

Die Historikerin und ihr Mann kommen gerade von einem Wochenende auf dem Land zurück und finden mehrere Nachrichten auf ihrem Anrufbeantworter vor. Die erste ist von dem Star. Er weile gerade wegen eines Fernsehinterviews für die BBC in London. Sie hätten sich sehen können, wie schade. Dann eben ein andermal wieder, in Deutschland, sie solle unbedingt auch Don mitbringen.

Die zweite Nachricht stammt von dem Fernsehsender ITV. Die Historikerin wird gebeten, dringend zurückzurufen, es gehe um ein Gespräch über Speer.

Die dritte Nachricht kommt vom kanadischen Rundfunk. Wieder wird sie aufgefordert, dringend zurückzurufen. Man will mit ihr über Albert Speer sprechen, jetzt, wo er tot sei.

Zuerst glaubt sie an einen Irrtum. Die Abfolge der Nachrichten mit der munteren Stimme des Stars und der Information von seinem Tod nur wenige Stunden später hat etwas Unwirkliches.

Er ist in seinem Hotelzimmer in Anwesenheit seines deutsch-britischen *Erlebnisses* plötzlich zusammengebrochen. Am Morgen konnte er noch seinen Fernsehauftritt absolvieren. Auf dem Bildschirm hat er eine vitale Ausstrahlung, sogar verjüngt findet man ihn, er war noch nie in so guter Verfassung, zumindest nicht mehr seit der berühmten Epoche, von der er ständig erzählt, das Dritte Reich, der Krieg, die Architektur, Hitler etc. Verschmitzt schlägt er die Einladung seines Gesprächspartners, des

Historikers Norman Stone, zum gemeinsamen Lunch aus: Er sei noch «mit einer Dame verabredet». Am Vorabend haben sie bis spät in die Nacht geredet, um das Interview vorzubereiten. Ganz so wie damals, als sie sich, notorische Nachtschwärmer, in der Reichskanzlei oder in Berchtesgaden endlos über Modelle und Zeichenbretter gebeugt hatten. Das Leben meint es gut mit ihm, London steht für die Leidenschaft einer Frau und für die ästhetische Leidenschaft der Erinnerung, Gegenwart und Vergangenheit, Künstler und Günstling – und nicht zuletzt die Reise, die beste Reise überhaupt, wenn ein kurzer, intensiver Aufenthalt zur Metapher eines ganzen Lebens wird.

Am Nachmittag bringt man ihn ins Krankenhaus. Sein *Erlebnis* weint ununterbrochen. Sie hat miterlebt, wie er plötzlich das Bewusstsein verlor. Und sie ist diejenige, die Margret Bescheid gibt, eine unerträgliche Situation für die Familie des Stars.

Um zweiundzwanzig Uhr Berliner Zeit erliegt er einer Gehirnblutung.

61.

Europa, 1981–2012

«Einst gehörte ich, neben Filmdiven und Sängern, zu den am auffälligsten Ausgezeichneten», schreibt er um 1967/68 in seinen *Erinnerungen* zu einer Meinungsverschiedenheit mit Hitler Anfang 1944.

So also erinnert er sich: an das eigene Bild, das von einem anderen gespiegelt wird, das komplizierte Gefühlsspektrum der Liebe mit all ihren Qualen und Nöten. Und er schildert eingehend das furchtbare Gefühl, dass sein Führer sich zunehmend von ihm entfernte, die damit einhergehende Wut und die Eifersucht auf diejenigen, die, so dachte er, seinen Platz einnehmen würden.

In Wirklichkeit aber hatte er diesen Platz nicht verloren, der Führer hatte ihm sagen lassen, dass er ihm immer noch genauso wichtig sei, und er hatte überlebt, war selbst zu einem dieser Stars geworden, mit denen er sich damals verglichen hatte. Ein ambivalenter Star, aber doch unleugbar ein Star, ein Gegenstand von Hass oder Liebe, in einem Ausmaß, das nur einige wenige, egal ob gut oder schlecht, bei einer überwältigenden Mehrheit von Leuten bewirken, die ihrerseits außerstande sind, derlei Reaktionen hervorzurufen, sie aber quasi stellvertretend für die wenigen Erwählten, für jene Herrscher über die Bilder, zu empfinden vermögen.

Und nach seinem plötzlichen, glücklichen Ableben, dem letzten Wirken seines guten Sterns, jetzt, wo sie keines der gemeinsam geplanten Bücher mehr würden verwirklichen können, beschloss die Historikerin, ein letztes Mal über ihn zu schreiben, nicht mehr nur einen Artikel, sondern gleich ein ganzes Buch.

Sie stürzte sich in das Abenteuer, über den Star zu schreiben, der so erschöpfend über sich selbst geschrieben hatte, dass alle Biografien über ihn nur wie irritierende, weil unfreiwillige Paraphrasen wirkten; sie spiegelten ihren beständigen Kampf gegen den Quelltext, den vergeblichen Versuch, dessen Lügen offenzulegen. Das Ergebnis war immer eine Niederlage, die Niederlage der Biografen vor dem Autobiografen. Und wenn das, was er über sein Leben mit Hitler schreibt und über das, was er bezüglich der Judenvernichtung zu überhören beschlossen hat – wie in der glänzenden Szene, als ein Gauleiter ihm dringend davon abrät, eines dieser Lager in Polen zu besichtigen, und er beschließt, nicht mehr erfahren zu wollen –, wenn selbst solche Geständnisse von Unterschlagungen, Übertreibungen und Verzerrungen der Tatsachen befleckt sind, um den Siegern der Geschichte nach dem Mund zu reden und sich den Status als Star der deutschen Kollektivschuld zu sichern, dann wirken diese Unterlassungen und Verzerrungen, all die wohldosierten theatralischen Effekte letztlich wahrscheinlicher als die hier und da von Spezialisten aufgetane Wirklichkeit.

Brillant instrumentalisiert er das moralische Dilemma aller Historiker, sprich die *nachträgliche* Beurteilung der von ihnen untersuchten Epoche. Der gesunde Menschenverstand des Publikums gibt ihm darin recht. Die meisten aber gehen der Sache auf den Leim, und im Falle des Dritten Reichs gehen sie ihr sogar noch schneller auf den Leim, wie der Star bemerkt.

Er hat verstanden, dass die historische Wissenschaft eine Kriegskunst ist und der Historiker das letzte Glied in der Kette aller Kriege, die er permanent untersucht: kein objektives, von einer friedlichen Epoche aus schreibendes Wesen, sondern ein direkt in die Schlacht der Narrative involvierter Sieger oder Besiegter, der, auch wenn er das Gegenteil behauptet, auf einer der beiden Seiten steht.

Wohl deshalb begegnete er all diesen Historikern, die wegen seiner Vergangenheit als «guter Nazi» mit ihm haderten – ein Ausdruck, der seine Erinnerungen in Misskredit bringen sollte –, mit Gelassenheit und Geringschätzung; er erwartete sie in aller Seelenruhe, sah sie kommen: Krieger der Erinnerung, die sich mit grenzenloser Naivität auf ein Terrain vorwagten, das er selbst in- und auswendig kannte; es war sein Terrain als Mann des totalen Krieges und Günstling Adolf Hitlers, dem niemand mehr, abgesehen von ein paar elenden Negationisten und idiotischen Nostalgikern, die Rolle als Massenmörder Nummer 1 streitig machte, ein Image, das dem Bösen auf Erden am nächsten kam. Wie konnten diese Historiker es wagen, gegen den Musterschüler des größten Experten für Manipulationstechniken, der je auf der politischen Bühne gestanden hatte, anzutreten?

Es ist keine Kleinigkeit, die unglückliche Liebe des Teufels gewesen zu sein; genau das hatte er, der so für die deutsche Romantik schwärmte, der Historikerin bei seinem alkoholseligen Anruf bedeutet, als er sagte, er sei doch immerhin der Architekt und Rüstungsminister Hitlers gewesen.

Die Historikerin brauchte vierzehn Jahre, um ihr Buch zu schreiben, verbrachte also fast ebenso viel Zeit mit ihm wie er einst mit dem Führer. Aber nein, selbst als Toter noch saß Hitler fest im Kopf seines Günstlings. Sie waren innig vereint.

Die Historikerin klapperte die Überlebenden ab, die letzten Zeugen ihrer Beziehung, die Speer mehr oder weniger nahestanden. Sie unterhielt sich mit Margret und Hilde. Sie traf den Kindheitsfreund, früheren Mitarbeiter, Hüter seiner Architekturprojekte und unverbrüchlichen Helfer während seiner Haft, der das Gefühl hatte, komplett im Stich gelassen worden zu sein.

Sie traf seine Sekretärin und freundete sich mit ihr an, erfuhr von ihrer Bewunderung für den Mann, dem sie gedient hatte, von dem prunkvollen Prestige, spürbar bei der privaten Einweihung der neuen Reichskanzlei im Januar 1939, von ihrem Entzücken über den prachtvollen Bau; von ihrer Angst Ende April 1945, als ihr lieber Minister sie informierte, dass er ein letztes Mal ihren Führer sehen wolle; von der Ohrfeige, die sie ihm am liebsten verpasst hätte, als er zurückkam und sie mit scherzhafter Miene fragte: «Also, was gibt's Neues hier?»

Sie traf Dutzende Personen, den Verleger seiner *Erinnerungen*, den Pastor George Casalis, Frau und Kinder des Rabbiners Raphael Geis, denen die Freundschaft ihres Vaters mit diesem Nazi immer noch zu schaffen machte. Sie traf den Sohn von Karl Barth sowie eine Reihe ehemaliger SS-Leute und Mitarbeiter seines Berliner Planungsbüros wie jenen Karl Maria Hettlage, der zu Speer gesagt hatte, er sei Hitlers unglückliche Liebe.

Sie traf sie alle und verarbeitete die Gespräche mit ihnen zu einem der beiden Themenstränge ihres Buchs – das beste Buch, das je über Speer geschrieben worden ist.

Der andere Hauptthemenstrang betrifft den Aufenthalt bei ihm im Jahr 1978 und das Verhältnis, das sie während und nach ihrer Begegnung zu ihm hatte. Genau darin besteht der geniale Wurf: Es ist nicht die zigste Biografie, sondern die Geschichte einer Beziehung zwischen der Historikerin und ihrem noch lebenden Forschungsobjekt, die ungeheuerliche Gleichzeitigkeit zweier normalerweise separater Zeiten: der von der historischen Persönlichkeit erlebten Zeit sowie der späteren Zeit der Historiker und ihrer Narrative. Zwangsläufig überschnitten sich irgendwann berufliche und persönliche Motivationen. Und damit begann zwischen ihnen etwas anderes, ein romanhaftes Experiment. Die hellsichtige, nach Beweisen suchende Historikerin verschmolz mit einer anderen Gestalt, mit der zunehmend weniger hellsichtigen Freundin, der Vertrauten, die sich die widersprüchlichen Schilderungen eines mit dem Schlimmsten in Verbindung gebrachten Menschen anhörte; die sich eingestehen musste, dass seine Aura just davon ausging und ihm mit seiner hochgewachsenen, schlanken Statur, seiner Höflichkeit und Bildung, seinen moralischen Zwiespalten eine magnetische Anziehungskraft verlieh. Sie hatte seine *Erinnerungen* und seine Tagebücher gelesen, drei Wochen lang hatte sie ihn zu dem befragt, was er erlebt hatte, und zu dem, was er über das Erlebte geschrieben und gesagt hatte; nunmehr allein mit ihren Erinnerungen an ihn, überdachte sie diese Erinnerungen, die zu Erinnerungen an Erinnerungen über Erinnerungen wurden, eine repetitive, vielfach zurückgespiegelte Methode, bei der einem ganz schwindlig werden konnte.

Und ohne es richtig zu merken, wurde auch sie als Erzählerin zu einer Figur jener wahrhaft verblüffenden Geschichte, einer Geschichte, die dieses Adjektiv ebenso verdiente wie das Wort rätselhaft.

Gewiss, sie hatte einen treffenden Titel für ihr Buch gefunden: *Das Ringen mit der Wahrheit. Albert Speer und das deutsche Trauma.* Doch wenn man es las und sie gleich zu Beginn selbst auftreten sah, merkte man, wie sich zum Ringen Albert Speers das Ringen der Historikerin mit seinen Narrativen gesellte. Ein Ringen mit allen seinen Avataren, mit dem Architekten, Minister, Häftling und schließlich dem rätselhaften Star, der nun vor ihr saß; ein Ringen mit seinen Schriften und Erklärungen; ein Ringen mit seinen Wahrheiten und Fiktionen, zumindest mit einer bestimmten Form der Fiktion. Und zu guter Letzt ein Ringen der Historikerin mit sich selbst und ihren Beweggründen, denn indem sie das Geheimnis um diesen Mann lüften und all seiner Faszination berauben wollte, verstärkte sie es im Gegenteil nur weiter und drängte sich ihrerseits in die Beziehung zwischen ihm und Hitler als eine Figur unter vielen.

62.

2012 und danach

Gitta Sereny ist am 14. Juni 2012 in Cambridge gestorben. Einige Boulevardblätter ergingen sich in boshaften Nachrufen. Ihre beruflichen Leidenschaften für den Nationalsozialismus, für mörderische Teenager und sexuell missbrauchte Kinder, Leidenschaften, die auf ihr Privatleben übergriffen und sie Kontakt zu ihren Forschungsgegenständen wie Mary Bell oder Albert Speer aufnehmen, ja sogar Freundschaften mit ihnen knüpfen ließen, tauchten sie in ein zwiespältiges Licht: eine undurchsichtige Erscheinung, fasziniert von dem Bösen, dem sie unablässig nachstellte. Sie habe ihr Judentum verheimlicht, hieß es, sich als Katholikin ausgegeben. Sie habe die eigentlichen Gründe ihrer Flucht aus Österreich verschwiegen, sei von nationalsozialistischen Studenten wegen ihres Jüdischseins aus ihrer Theatergruppe geworfen worden. Sie rehabilitiere auf ihre Weise die Henker. Und sie weigere sich, der Vernichtung der europäischen Juden die absolute Ausnahmestellung zuzugestehen, die sie von anderen Gräueltaten der Geschichte unterscheide. Boshafte Artikel, von Lügen und groben Vereinfachungen verzerrt, während die Historikerin tot und wehrlos war; sie schien jetzt ausbaden zu müssen, wovor der Star sie einst gewarnt hatte: «Es ist gefährlich, über Menschen aus jener Zeit etwas Gutes zu sagen, nicht wahr? Weil es unvermeidlich nach Bewunderung oder Zustimmung klingt.»

Sie war Zeugin und Beobachterin der Ereignisse, die sie schilderte, nicht als Berichterstatterin, Memoirenschreiberin oder Romanschriftstellerin, sondern als Historikerin mit der ganzen moralischen Unbeugsamkeit, die von ihrem auf der Wahrheitssuche gründenden Fach verlangt wird.

Sie hatte diese Ereignisse allerdings selbst miterlebt, die kommenden beiden Jahrzehnte werden insofern entscheidend sein.

Dann nämlich werden die letzten ihrer Art sterben: Opfer und Henker, Kämpfer und Zivilisten, die zum Zeitpunkt der Geschehnisse alt genug waren, um sich an diesen so besonderen Krieg zu erinnern.

Nach ihnen bleibt nur noch die Zeit der Historiker, und die der Literatur.

63.

Jetzt könnte man versucht sein, auf dem Schachbrett die letzte Figur dieser Geschichte auftreten zu lassen, bei der es mehr als bei jeder anderen darauf ankommt, wer von ihr erzählt und wie von ihr erzählt wird.

Diese fehlende Figur ist die des Schriftstellers.

Nach Albert Speer und Gitta Sereny wäre es nur folgerichtig, wenn der Autor es ihnen gleichtun und die Entscheidungen für seine Inszenierung offenlegen würde. So hat schließlich alles begonnen: Beleuchtungen, auf den deutschen Himmel gerichtete Flakscheinwerfer, ein Lichtdom, der gleichzeitig verstörend und faszinierend auf das Publikum wirkt, eine Mischung aus theatralischem Kitsch und immaterieller Architektur, die Begeisterung, Widerwillen, Versunkenheit, Trance hervorruft, einen ewigen Mythos im kollektiven Gedächtnis verankert.

Und es wäre ein Gebot der Redlichkeit, an dieser Stelle den wahren Autor zur Sprache kommen zu lassen, in der ersten Person Singular, kurz vor dem Schluss seines eigenen Textes …

Doch ich wiederhole: Es handelt sich um eine wahre, permanent verfälschte Geschichte, erzählt von einem Protagonisten, der in Nürnberg für Kriegsverbrechen und Verbrechen gegen die Menschlichkeit verurteilt worden und knapp der Todesstrafe entronnen ist, um mit seinen *Erinnerungen* zwar sogenannte Memoiren zu schreiben, vor allem aber eine maßgebliche Fiktion über sich selbst.

Heute würde man von einer Autofiktion sprechen.

Nachdem ich also begriffen habe, was genau er gemacht hat, könnte es mich reizen, noch mal von vorn anzufangen, ich könnte mich an einer Art Selbstporträt mit Speer versuchen, den Weg nachzeichnen, der mich zu ihm geführt hat.

Ich habe die *Erinnerungen* mit etwa Mitte zwanzig gelesen. Im Laufe der Jahre kehrte ich immer wieder zu ihnen zurück. Das war kein Zufall. Seit ich diese Geschichte entdeckt hatte, war mir Speer als eine außergewöhnliche Romanfigur erschienen: Mir schwebte etwas vor zum Verhältnis zwischen Politik und Kunst, zu der Anziehungskraft der Macht und den Zugeständnissen des Künstlers an ebenjene Macht.

Doch ich scheiterte beim Schreiben dieses Romans. Und je länger ich mich damit abquälte, desto mehr verfolgte mich die Figur Speers und seine spezifische Beziehung zu Hitler. Wie die meisten Europäer verbanden auch mich komplexe familiäre Gründe mit dem Zweiten Weltkrieg, doch im Falle Speers taten sie nichts zur Sache. Ich bin nie der Ansicht gewesen, dass in der Literatur persönliche Gründe, und seien sie noch so schmerzlich, mehr gelten als die Fantasie; dass sie uns eher dazu berechtigen, über uns selbst zu schreiben, als einen Autor, der unsere Erfahrungen nicht teilt.

So ließ ich mich wider Willen in Speers narratives Spiel mit hineinziehen. Schließlich bildeten Hitler und er nicht von ungefähr das letzte der in der europäischen Kultur so prägenden Paare aus Künstler und Staatsmann, einen skandalösen Abklatsch des Verhältnisses zwischen Papst Julius II. und Michelangelo.

Erst vor Kurzem, nach der erneuten Lektüre seiner Erinnerungen und der erneuten Auseinandersetzung mit mehreren seiner Biografen habe ich begriffen, warum es unmöglich war, eine Fiktion über Speer zu schreiben.

Er hatte selbst seinen eigenen Roman verfasst, mit all den gebotenen Verführungsstrategien.

Sein Projekt, das sich nicht nur aus seinen Büchern, sondern auch aus seinen Aussagen bei den Nürnberger Prozessen und danach zusammensetzte, entsprach genau der eben erwähnten Autofiktion.

Oder, genauer gesagt, einer *negativen* Autofiktion, so wie es *positive* und *negative* Nahtoderfahrungen gibt. Das

Gegenteil der literarischen Autofiktion, wie wir sie kennen. Eine politische Autofiktion, die umso radikaler war, als sie die Nazizeit betraf.

Zuerst verewigte er diese Autofiktion ästhetisch in seinen Bauten und Inszenierungen. Später dann, auf noch folgenreichere Weise, auch in seinen Schriften.

Seither sehe ich in Speer ein viel umfassenderes und zutiefst zeitgenössisches Phänomen, das wir tagtäglich erleben, wenn wir Zeitung lesen oder auf Social Media unterwegs sind: Fake News, Verschwörungstheorien, subjektive Interpretationen von Fakten, Krieg der Narrative, Sublimierung des Schlimmsten, Selbstmitleid, Glamour der Wut, schwankende Bedeutungen … Wer schreibt die Geschichte, und vor allem: Wie wird sie geschrieben? Wer hat das Recht, sie zu schreiben, wer ist dafür am besten qualifiziert? Die Hauptfigur, ob Henker oder Opfer, oder eine außenstehende Person, der Romanschriftsteller oder Historiker?

Und was ist attraktiver? Wahrheit oder Fiktion?

Speer verkörperte diese Fragen besser als jeder andere. Er log immer. Er log, bot aber stets die beste Version seiner selbst an, trotz oder sogar wegen seiner Auslassungen und seiner spektakulären Erfindungen. Seit Langem haben die Historiker nachgewiesen, dass er aus seinen Erinnerungen und Aussagen geschickt einen Lügenteppich geknüpft hat. Er log bei den Nürnberger Prozessen. Er wusste von der Vernichtung der europäischen Juden, war als Rüstungsminister sogar daran beteiligt gewesen.

Im Grunde, dachte ich, wussten auch in Nürnberg schon alle, dass er über die Judenvernichtung informiert war. Wie konnte der Rüstungsminister, der in seinen Fabriken Lagerinsassen beschäftigte, nicht darüber im Bilde sein?

Damit betraf die Hauptfrage nicht mehr Speer, sondern sein Publikum. Sie betraf uns alle. Wie hatten wir glauben können, dass er nichts davon wusste? Warum hatten wir uns das zurechtlegen können? Warum zogen wir seine Version der Tatsachen derjenigen vor, die zahlreiche Historiker seit Generationen zutage gefördert hatten?

Genau das machte den Kern dieser Geschichte aus. Wie konnten seine Richter ihm glauben, und weshalb hatten trotz all der Enthüllungen zu seiner Person später auch Simon Wiesenthal und der Rabbiner Raphael Geis *beschlossen*, ihm zu glauben, sich sogar mit ihm anzufreunden?

Diese Fragen betrafen die Macht der Fiktion, die Bedeutung, die sie in unseren Leben hat. Zwar kann die Literatur sie nicht erklären, aber doch in ihrer ganzen Tragweite darzustellen versuchen. Seinen Kopf mithilfe der Fiktion, der Autofiktion, des Märchens, egal wie, aus der Schlinge ziehen, Hauptsache, es ist *geschrieben* oder *gesagt* worden.

Das Scheherazade-Syndrom. Es gibt das Stockholm-Syndrom für die Opfer und das Stendhal-Syndrom für reizüberflutete Reisende. Auch die Fiktion hat ihr Syndrom verdient.

Irgendwo in der Jetztzeit, oft am Tropengürtel unserer Erde, Thailand, Dominikanische Republik, Kambodscha: gegen Geld vorgeben, jemanden zu lieben, um die eigene Familie zu retten, ein neues Leben anzufangen, die eigene Welt zu verwandeln – Schönheit der Geste, Ethik der Lüge.

Deutschland, 1933 bis 1981: ein wichtiges Rädchen im Getriebe eines völkermörderischen Regimes sein und angeblich nichts gewusst haben, dem Strang entkommen –

und nicht nur das, in der Nachkriegsgesellschaft zu neuem Ansehen gelangen, zu einem Star der deutschen Schuld aufsteigen.

Von jeher mein Reich: das Scheherazade-Syndrom.

Nun schien mir eine andere Form von Buch möglich. Indem ich Albert Speer nicht mehr nur als Verfasser verfälschter Memoiren, sondern der radikalsten ästhetischen und politischen Autofiktion aller Zeiten betrachtete, hatte ich einen roten Faden gefunden, eine Dramaturgie: die allmähliche Entstehung eines außerordentlichen Lügengebäudes, des totalen Krieges zwischen Fiktion und Wahrheit.

Jetzt würde ich sämtliche Einwände gegen mein Projekt beleuchten können. Sie sind hochinteressant, sie illustrieren die bereits erwähnte Zeit danach, wenn es keine Augenzeugen mehr geben wird, die von Deportationen und Zwangsarbeit, von medizinischen Experimenten, Vergasungen und Krematorien berichten können.

Da wären zunächst einmal all die Leute, die «genug davon haben», genug von all den Büchern über die Nazis. Ich bin mir absolut bewusst, dass das Klischee eines weiteren Buchs über die Nazis mit erbitterter, spöttischer und enttäuschter Feindseligkeit quittiert wird; bewusst, dass die Leute alles über die Nazis zu wissen glauben, dass sie schon viel zu lange mit Romanen, Dokumentarfilmen und Essays überfüttert worden sind und endlich etwas anderes lesen wollen; dass die Tatsache, über einen Nazi zu schreiben, ihn wiederaufleben lässt, während unzählige Juden trotz aller Bemühungen, sie wiederzufinden, nirgendwo ihren Namen stehen haben; dass die Leute ihren Überdruss zunehmend weniger verschweigen, dass sie angesichts der schmerzlichen Erinnerungen aufseufzen. Ich bin mir bewusst, dass es tatsächlich deprimierend und widerlich ist, jeden Morgen aufzustehen, um ein weiteres Buch über die Nazis zu schreiben; dass es andere literarische Themen gibt, die gerade in Mode sind, beispielsweise die ehemalige Sowjetunion, Putin, die Ukraine, und dass das, was in Russland passiert oder auch in China und Taiwan eine willkommene Abwechslung zu den Nazis bietet. Puh! Endlich! Adieu, Hitler! Auch wenn sie sich zwischen Moskau und Kiew ständig gegenseitig als Nazis beschimpfen und ein Jude im Zusammenhang mit dem Israel-Palästina-Konflikt in einem französischen Radiosender als «Nazi ohne Vorhaut» tituliert werden kann.

Und dann der berühmte Godwin-Punkt, der so oft bemüht wird, wenn es um Hitler und die Nazis geht: Ende der Diskussion. Fast wie eine Angriffstaktik beim Schach. Ein Gesellschaftsspiel in den Printmedien, in Fernseh- oder akademischen Debatten. Die Regel lautet folgendermaßen: Wer sich in einer Diskussion über eine aktuelle Frage auf den Nationalsozialismus bezieht, hat verloren. *Reductio ad Hitlerum,* eine Bezeichnung des bedeutenden Philosophen Leo Strauss für induktive Fehlschlüsse. Hitler war vegan und antispeziesistisch, weil er in seine Hündinnen verliebt war und die Fleischesser in seinem Umfeld verachtete. Hitler war woke: Gemüseesser der ersten Stunde, Bücherverbrenner, Verfechter eines bürokratischen Jargons in Rasse-, Sex- und Wirtschaftsfragen. Hitler, Hitler und noch mal Hitler.

Am Ende habe ich alle überstrapazierten Einwände in den Wind geschlagen und einen Verlagsvertrag unterschrieben. Ich hatte das Glück, einen Vertrag unterschreiben zu können.

Im Grunde eine Art Pakt. Nun gut, ein mehr als gewöhnlicher Pakt. So banal, dass einem das Gähnen kommt. Man muss gar nicht erst metaphysisch werden, keine textuelle Symphonie komponieren – ein bei über Nazis schreibenden Schriftstellern beliebtes Genre, mit einem allgegenwärtigen Ostinato, wütend wiederholten musikalischen Motiven – und heikle, undifferenzierte Parallelen zwischen Verleger, Diktator, Autor, Architekt, Künstler und seinem Verhältnis zur jeweiligen Macht aufzeigen.

Trotzdem, ich habe einen faustischen Mikropakt geschlossen. Oder einen mikrofaustischen Pakt. Einen *faustino*. Einen *faustinato* mit Unterschrift und Paraphierungen.

In Anbetracht all der Gegner meines Buchs, all der Nazi-Übersättigten, habe ich irgendwann nur noch mit den Achseln gezuckt. Sie, die für das Vorhaben, ein weiteres Buch über die Nazis zu schreiben, bloß Spott übrig hatten und sich endlich anderen Themen zuwenden wollten, haben mir Folgendes gezeigt: Es ist das Dritte Reich, das sich uns in Erinnerung ruft. Es ist das Dritte Reich, das uns nicht vergisst.

Das Dritte Reich vergisst uns nicht, und solange es Menschen gibt, wird es uns nie vergessen. Dafür ist es geschaffen worden. Um unvergesslich zu werden, durch das Ausmaß seiner Verbrechen und die Extravaganz seiner Bauten.

Seine Ästhetik hat den Krieg gewonnen. Den Krieg der Waffen hat es verloren, den Krieg der Zeichen jedoch gewonnen. Und der Konflikt setzt sich auf der moralischen und künstlerischen Ebene fort, ein nicht enden wollender totaler Krieg.

Alle Kinder auf Erden wissen, wer Adolf Hitler ist. Sie kennen den Nazigruß und die Formel «Heil Hitler!». Viele haben ihn mindestens einmal in ihrem Leben nachgeahmt, als Spiel oder Provokation. Ein paar ewige Teenager machen das auch mit dreißig, vierzig oder sechzig Jahren noch. Von Algier bis Tokio, in Damaskus, Mexiko, Bangkok, Teheran, im Mittleren Osten, in Afrika, Asien und auf der verborgenen Seite des Mondes kennt jeder die Uniform der SS, die Hakenkreuzarmbinde, die Stukas, Hitler und sogar Göring, Himmler und Goebbels, ein Quartett, das aus den Geschichtsbüchern geschlüpft ist, um in kleinen Figuren, Videospielen, gefilmten, gezeichneten oder geschriebenen Biopics verkörpert zu werden: dystopische Science-Fiction-Serie, Sadomaso-Vorrichtung, Wehrmachtsmütze und Fersen in Netzstrumpfhose, Mode, Rock, Quenelle-Gruß, Swastika, eine Jugend, die sich am doppelten «S» berauscht hat, Wolfsangel, Brigade Asow, Bataillon oder Regiment Asow, Panzerkolonnen und Steppe auf der Spielkonsole, Ostfront forever.

Auf der anderen Seite, jenseits der betroffenen Familien, ist es ungleich schwieriger, den Namen eines Deportierten zu nennen. Bei den meisten findet ein vielsagendes Konzert statt, anhaltende Stille, das Orchester verstummt, man überlegt, erinnert sich bestenfalls an den Namen eines Lagers – Auschwitz, und zuerst und vor allem an *Zeichen*: einen sechszackigen gelben Stern, der auf die Brust genäht war, auf den Unterarm tätowierte Nummern, ein gestreifter Schlafanzug – auch hier ein binäres Wechselspiel, die Kehrseite der Flakscheinwerfer –, dürre Körper, weiße, skelettartige Erscheinungen, ein Bild, das vage über den durch das Sterben der letzten Deportierten immer abstrakter werdenden Gedenkfeiern schwebt; etwas Anonymes, in dem das menschliche Wesen, der Jude, zu einem bloßen Bestandteil der Nazikulisse wird.

Aber ein Eigenname?

Unsere Vorfahren praktizierten die *Damnatio Memoriae*, wir Modernen nicht mehr. Unsere Vorfahren praktizierten die Verdammung der Tyrannen qua Vergessen. Ihre Namen wurden aus den Annalen und von den Stelen getilgt, es war verboten, sie auszusprechen, man versuchte, sie ungesehen zu machen – nicht so wir Modernen. Für uns moderne Menschen steht die Berühmtheit weit jenseits von Gut und Böse, das Ausmaß unserer Verbrechen sichert uns weit mehr als unseren Opfern die Unsterblichkeit, und angesichts dieser Feststellung wird der Pessimismus zur einzig gültigen Weisheit.

Der Pessimismus ist die einzig gültige Weisheit, und im Falle Speers halten weder Fiktion noch Autofiktion lange stand. Er missbraucht die Wahrheit da, wo die Schriftsteller des 20. Jahrhunderts die Fiktion missbrauchen.

Von allen Fiktionen, die ich gelesen habe, ist Speers Erinnerungsband aufgrund seines Inhalts und seiner Konsequenzen die radikalste. Eine bislang unerreichte politische und ästhetische Autofiktion.

Sie dreht sich um einen Mann im Mittelpunkt des Schlimmsten, einen Hauptakteur dieses Schlimmsten, der sich selbst für einen Gegenstand hält und dessen Worte, vor allem die Art, wie er sie gesagt und geschrieben hat, nicht nur die Richter davon überzeugt haben, ihn im Gegensatz zu manchen seiner Mitarbeiter zu verschonen, sondern auch nachhaltig die Geschichte prägten: in denkwürdigen Szenen, die von Schriftstellern, Regisseuren und sogar Historikern unbesehen übernommen wurden – besonders der berühmte Untergang des Nationalsozialismus, die letzten Tage des Dritten Reichs, über das er mit seinem «Storch» hinwegfliegt wie ein Engel, ein allwissender Erzähler, der manch einem noch einen letzten Besuch abstattet, zwischen herabgestürzten, verkohlten Hakenkreuzen und Reichsadlern, und damit für seinen Führer eine letzte Kulisse schafft, nicht mehr in Nürnberg, sondern in Berlin, nicht mehr auf einer Rednertribüne, sondern in seinem Bunker – eine Kulisse aus Gespenstern und Trümmern, von ihm, dem Theoretiker der Ruinen, höchstpersönlich entworfen.

Allenthalben spektakuläre Effekte. Wenn er in der Atmosphäre der bevorstehenden Niederlage seine Begegnung mit dem Gauleiter von Niederschlesien schildert und ihn sagen lässt, er, Speer, solle nie, wirklich «nie, unter keinen Umständen» einer Einladung folgen, im Gau Oberschlesien ein Konzentrationslager zu besichtigen, und nach einer kleinen Kunstpause endlich zu der Pointe kommt, die dem Leser den Atem stocken lässt – denn «dort hätte er etwas gesehen, was er nicht schildern dürfe und auch nicht schildern könne» –, baut er geschickt ein klassisches Horrorszenario ein: «Aufgepasst! Geht bloß nicht dahin, in diesem Haus spukt es, es spielen sich grauenvolle Dinge ab, die jedes Vorstellungsvermögen übersteigen.»

In der Tat überkommt uns ein Schwindelgefühl wie in einem Spiegelpalast. Wir wissen, dass es sich um die Judenvernichtung, die Gaskammern, die Krematorien, die Selektionen an der Rampe handelte. Wir wissen um das moralische Verbot, was deren Darstellung betrifft, um die

Unmöglichkeit, sich mit der Kamera oder der Tastatur in die Gaskammern zu begeben.

Und nun wird dieses Verbot in einer verblüffenden Umkehrung der Rollen von einem Nazi ausgesprochen. Nicht von einem Theodor W. Adorno oder einem Claude Lanzmann, nein, von einem Gauleiter, der 1945 zu Tode gekommen und nicht mehr da ist, um den von Speer überlieferten Äußerungen zu widersprechen oder sie zu bestätigen.

Ein ebenso absehbares wie furchtbares Phänomen: die Ästhetisierung des moralischen Verbots. Wir wohnen ihm mithilfe der *Off camera* bei, und das, was man nicht sieht, der unmoralische Anblick schlechthin, verwandelt sich in eine szenische Komponente unter der Feder des Kulissenexperten Albert Speer.

In den Siebzigerjahren wird die Literatur stark von Experimenten mit Sprache und Romanstruktur geprägt, es ist die Geburtsstunde der Autofiktion. «Autobiografie? Nein, das ist ein Privileg der wichtigen Leute, an ihrem Lebensabend und in schönem Stil. Fiktion streng realer Ereignisse und Fakten, *Autofiktion*, wenn man will, die Sprache eines Abenteuers dem Abenteuer der Sprache überantwortet zu haben, außerhalb der Vernunft und der Syntax des traditionellen oder neuen Romans.»

Albert Speer war ein Mächtiger dieser Welt, einer, der im Mittelpunkt des Schlimmsten stand, und trotzdem schreibt er nicht an seinem Lebensabend eine Autobiografie, sondern – vorauseilend – nach seiner Entlassung aus dem Gefängnis eine Autofiktion. Er überantwortet die Sprache seines Abenteuers an Hitlers Seite dem Abenteuer einer scheinbar sachlichen Sprache, rhetorischen Effekten, in denen die Wahrheit zu bröckeln beginnt, sich fortstiehlt und wegschlängelt; eine graue Masse, die die Historiker ratlos und wütend macht, aber auch fasziniert, während sich Schriftsteller und Regisseure damit begnügen, seine Darstellungen und ein bestimmtes rötliches Licht auf einem geschminkten Gesicht zu kopieren, eine klassizistische und, wie es vulgär heißt, «dekadente» Schwarz-Weiß-Atmosphäre – eine unmoralische Kulisse, die mehr ist als eine bloße Kulisse: eine Weltsicht.

Der Pessimismus ist die einzig gültige Weisheit, und im Falle Speer halten weder Fiktion noch Autofiktion lange stand. Mit dem, was er erlebt hat, und seiner Begabung, es auszustaffieren, schaltet er uns alle schon im Vorfeld aus.

Journalisten bemühen sich um Gegendarstellungen. Angesichts von Speer gilt es, eine Gegenfiktion zu schaffen, eine Variante zu jener Fiktion, die eine historische Persönlichkeit anhand von wahren Begebenheiten, in denen sie selbst eine bedeutende Rolle gespielt hat, kreiert hat.

Albert Speer, die Gegenfiktion.

Schlacht der Narrative, Schlacht der Zeichen, er ist uns immer eine Länge voraus. Nur indem wir das erkennen, haben wir die Chance, seiner Falle zu entkommen.

64.

Eine letzte Variation.

Die Historikerin und der Star gehen in Umgebung von Heidelberg im Wald spazieren. Er erzählt von seinem besonderen Verhältnis zu Hitler. Karl Maria Hettlage sei es gewesen, SS-Mitglied und sein Untergebener im Berliner Planungsbüro, der den Finger auf die wahre Natur ihrer Verbindung gelegt habe, als er nach einer Besprechung sagte: «Wissen Sie, was Sie sind? Sie sind Hitlers unglückliche Liebe.»

Und er gesteht der Historikerin, wie glücklich er über diese Worte gewesen sei.

«Glück. Mein Gott! Glücklich fühlte ich mich.»

«Haben Sie sich geschmeichelt gefühlt?»

«Geschmeichelt? Nein. Froh.»

Nachwort zur deutschen Ausgabe

Das Syndrom Albert Speer

Für die deutsche Ausgabe dieses Buchs ein Nachwort zu schreiben, zwingt mich, noch einmal in die bewegten Umstände seiner Entstehungsgeschichte einzutauchen. Es könnte also etwas unzusammenhängend ausfallen, was Albert Speer im Grunde ja entspricht.

In Kapitel 63 liefere ich ein paar Schlüssel zum Verständnis – die frühe Rezeption Speers und die der Historiker, die mit ihm gerungen haben, sowie die allmählich heranreifende Analyse beider Sichtweisen –, nicht zuletzt, um mein eigenes Auftreten auf dem Schachbrett plausibel zu gestalten. Vierundsechzig Kapitel in Form kleiner, in acht Reihen und acht Spalten gegliederter Felder, die perfekt den unterschiedlichen Facetten des Themas entsprechen: Speer, der seine Partie gegen die Wahrheit spielt, die Historiker, die ihre Schachzüge gegen seine Lügen ersinnen, und ich, der ich mit der Möglichkeit spiele, den Roman in technischer und moralischer Hinsicht abzuschließen.

Es behagt mir nicht, Menschen nach ihrem Tod anzuklagen, daher will ich an dieser Stelle nicht weiter auf die Debatte eingehen, die um Wolf Jobst Siedler, Speers Verleger, und den Historiker und Journalisten Joachim Fest, der Speer beim Schreiben unterstützte, bezüglich ihrer Rezeption der Aussagen und Werke Albert Speers in Deutschland entbrannte. Das ist Aufgabe der Historiker und historischer Ausstellungen wie jener 2017 in Nürnberg, bei der sich neben anderen Kolleginnen und Kollegen auch Magnus Brechtken zu Wort meldete, um den Mythos Speer zu «dekonstruieren», wie es heute heißt – ein scheußliches Wort, das gut zu Speers *Theorie vom Ruinenwert* passt. Meiner Meinung nach hat Brechtken in seiner Biografie des Führerlieblings überhaupt nichts «dekonstruiert». Er hat nicht einfach eine Anhäufung von Trümmern zurückgelassen mit dem Anspruch, dazu beigetragen zu haben, eine jener Statuen der westlichen Kultur vom Sockel zu stoßen, die so viele der derzeitigen «Dekonstruktionsspezialisten» offen verachten – oft Universitätsprofessoren, die eine biedere bürgerliche Existenz führen, oder junge Leute, die verwöhnt in der wohlhabenden Mittelschicht aufgewachsen sind und die Launen zartbesaiteter Kinder in ideologische Forderungen überführen: Er hat die Wahrheit offengelegt. Er hat ein Denkmal aus Tatsachen errichtet, das er dem Denkmal der Lügen, Speers *Erinnerungen*, gegenüberstellt.

Dieser Krieg der Narrative bildet den Stoff zu meinem Roman. Mich faszinieren diese Konflikte, die heute einen so wichtigen Platz in den intellektuellen, künstlerischen und wissenschaftlichen Diskursen einnehmen. Im vorliegenden Fall stehen sich Albert Speer mit seinen Fiktionen und Gitta Sereny, die eine zentrale Persönlichkeit war und noch immer ist, gegenüber. Sereny verkörpert für mich die Wahrheitssuche der historischen Wissenschaft. Ich habe sie gewählt, weil ich mich ihr nahe fühle, ja, es ist fast so etwas wie Liebe zu dieser Österreicherin, die später die britische Staatsbürgerschaft angenommen hat, mütterlicherseits jüdische Vorfahren hatte und sich ihr Leben lang mit dem Bösen auseinandersetzte. Das Schlachtfeld zwischen Fiktion und Wahrheit ist der Roman: der einzige Raum, der alle kriegsführenden Parteien versammeln und den miteinander verschlungenen dramaturgischen Strängen die nötigen Hallräume bieten kann.

In Romanform über einen Mann zu schreiben, der so gezielt gelogen hat wie Speer, war eine Mise en abyme, ein vorgehaltener Spiegel. Zu Beginn dieses Abenteuers wusste ich noch nicht, wohin es mich führen würde. Bei mir folgt das Schreiben, das den Tanz – oder den Kampf – anführt, nie einem im Voraus festgelegten Plan. Dementsprechend konnte das erwähnte Kapitel 63 nur an dieser Stelle stehen, konnte ich nur dort über den Nationalsozialismus sprechen, der uns nicht loslässt, nur dort die Möglichkeit einer Gegenfiktion aufzeigen, sprich der romanhaften Ausgestaltung von Elementen, die in Memoiren als Tatsachen präsentiert werden. Nur so konnte ich die Unwahrscheinlichkeit oder zumindest Doppeldeutigkeit vermeintlicher Fakten aufzeigen, besonders bei kleinen Details wie diesem: die Anzugjacke, die der Führer Speer bei ihrem ersten Mittagessen leiht, obwohl der eine der beiden einen Meter fünfundsiebzig misst und der andere einen Meter zweiundachtzig. Ein gegenfiktionaler Roman ist die legitime Antwort auf unsere postfaktuelle Welt.

Das Albert-Speer-Syndrom, wie ich es hier in Ermangelung eines weniger hochtrabenden Ausdrucks nenne, hat sich mir im Laufe des Schreibprozesses zunehmend aufgedrängt. Wir sind es – wir, die Öffentlichkeit –, die Speer produzieren: jedes Mal, wenn wir in wichtigen, vor allem in politischen Fragen dem Unterhaltungs- und Verführungspotenzial erliegen; jedes Mal, wenn wir über die

Lügen einer Person lachen, die uns im Namen des wahren Volks regieren will, die wir als «systemkritisch» wahrnehmen und geschickt den Fallen der Justiz ausweichen sehen. Es stimmt, dass das sogenannte «System» darauf ausgelegt ist, uns auf die Nerven zu gehen, uns eher auf die Seite seiner amüsanten, grenzüberschreitenden und cholerischen Gegner zu ziehen: Sprachrohre unserer Frustrationen, erbitterte Kritiker einer technokratischen, moralinsauren Phrasendrescherei – aber welche andere Sprache bieten sie uns stattdessen?

Albert Speer war ein hervorragender Entertainer. Seine Lügen – und wir wissen, dass er gelogen hat – sind anziehender als die Wahrheiten zu seiner Person und seiner Rolle im Holocaust. Sein gelungenster Zaubertrick, der im kollektiven Gedächtnis noch immer funktioniert, besteht darin, zugunsten des Architekten vom Rüstungsminister abgelenkt zu haben. Von 1942 bis 1945 hatte er im Organigramm der Nazis eine ebenso wichtige Position inne wie Himmler und Goebbels, doch wir erinnern uns vor allem an seine Kollegen. Seine Reichsparteitage, sein Lichtdom, seine Schriften, die grandiose Manier, in der er in seinen Erinnerungen den Untergang des Reichs inszeniert, seine Rolle in der Nachkriegszeit – lauter Elemente, die ihn auf spektakuläre und nachhaltige Weise in unserer Psyche verankert haben, zumal in der Ära der Popkultur. Seit den 1960er-Jahren sind wir in die Pop-Geschichte eingetreten, eine Folge der auf sämtlichen Ebenen unserer Existenz präsenten Popkultur mit ihrem zwanghaften Berühmtheitskult – Hauptsache berühmt, egal wofür. Wir merken uns immer den Namen von Terroristen und Serienkillern, nie den der Opfer. Die Popkultur hat Adolf Hitler zum berühmtesten Staatsmann der Welt stilisiert, bis in die hintersten Gassen des globalen Dorfs. Speer hätte in einem Film von Luchino Visconti spielen können. Als Prachtexemplar eines Verdammten.

Es zählt bekanntlich zu den Stärken Speers, mit seinen Erklärungen und Büchern einen Krieg der Narrative geführt zu haben, er hat unser Faible für Schuldzuweisungen und Schuldgefühle ausgenutzt und beide Aspekte auf sehr persönliche Art ausgelebt – darin ist er unser Zeitgenosse. Man braucht sich nur anzuschauen, welche Fragen die akademischen, künstlerischen und medialen Kreise umtreiben. Wer darf über wen schreiben? Von wo aus schreibt man Geschichte? Wer bin ich, und wer bist du, um dies oder jenes schreiben zu dürfen? Woher kommst du? Welches Geschlecht hast du, welches Gender, wie sieht es mit Hautfarbe, Herkunft und Kultur aus?

Die einzige Möglichkeit zu antworten besteht darin, wie in der Talmudschule immer weitere Fragen zu stellen.

Finden Sie nicht auch, dass eine Art Justiz- und Polizeiwesen mit derlei Verhören das Kunstschaffen vereinnahmt hat? Ist Ihnen nicht aufgefallen, dass es heutzutage riskanter ist, über den anderen zu schreiben als über sich selbst? Muss man schwarz und schwul sein, um über James Baldwins Liebe zu einem weißen Maler und Gigolo schreiben zu dürfen? Ist das Konzept der kulturellen Aneignung nicht ein Orwell'sches Experiment, das darauf abzielt, Ihr Recht auf Meinungsäußerung auf eine Pseudo-Identität zu reduzieren, die durch Gender, Sexualität oder Ihren ethnischen Hintergrund abgesteckt wird? Haben Sie nicht das Gefühl, in einer gigantischen Excel-Tabelle unter der Aufsicht eines Personalmanagers zu leben, der Ihnen jedes Mal, wenn Sie gerade eine dieser künstlich erzeugten Zellen löschen wollen, einen Elektroschock verabreicht?

Als Franzose, der über Albert Speer schreibt, hätte auch mir das passieren können. Ich will hier nicht weiter ins Detail gehen, aber bekanntlich reagiert die Verlagswelt mittlerweile hochsensibel auf solche Themen. Ich will ein persönliches Beispiel anführen, das mein Recht, über Speer zu schreiben, betrifft – nicht, weil ich mich rechtfertigen wollte, sondern um zu zeigen, wie nichtig das Pseudokonzept der kulturellen Aneignung ist. Wie Millionen von Europäern hat auch einer meiner Vorfahren – ein Urgroßvater väterlicherseits – für Albert Speer und seinen Helfershelfer Fritz Sauckel «gearbeitet», im Rahmen des berühmten Service du travail obligatoire (STO), dem französischen Pflichtarbeitsdienst. Ich erinnere mich noch gut an diesen kräftigen Mann, ein Italiener aus dem Piemont, der sich in der Nähe von Nizza angesiedelt und im Ersten Weltkrieg am Piave gegen Österreich-Ungarn gekämpft hatte. Angeblich wurde er 1943 wegen seiner Fertigkeiten als Schmied zwangsrekrutiert. Da ich, solange er lebte, zu jung war, um ihn nach dieser Zeit zu befragen, vor allem zur deutschen Besetzung in der südlichen Zone Frankreichs ab 1942, bleiben mir nur Bruchstücke aus Gesprächen, die von seinem Sohn – meinem Großvater – und seinem Enkel – meinem Vater – überliefert worden sind. So soll er unter grauenhaften Bedingungen in einer Rüstungsfabrik gearbeitet haben, später zu sehr viel menschlicheren Konditionen auf einem Bauernhof. Die Besitzer, ein betagtes Ehepaar, begegneten ihm mit Wohlwollen und halfen ihm, sich zu verstecken, wenn die beiden Söhne, fanatische Nazis, vielleicht sogar SS-Angehörige, auf Heimaturlaub kamen. Diese Anekdote frappierte mich als perfektes Gegenbeispiel zu dem bekannten Generationenbruch der 1960er-Jahre, als die zwanzig Jahre zuvor

Geborenen ihre Eltern schonungslos für Krieg und Holocaust zur Verantwortung zogen. Es hatte also auch Eltern gegeben, die sich damals von ihren Nazi-Sprösslingen distanziert hatten. Außerdem hörte ich von einem schweren Bombenangriff, den mein Urgroßvater ganz am Ende der Kämpfe, in einer Menge Geflüchteter in einer deutschen Stadt erlebt haben soll – ob es Dresden war?

Es rankten sich etliche Legenden um die Tatsachen. Es war mir unmöglich, eine Art *Suite européenne* zu schreiben, in der sich ein Mann mit italienischer Herkunft und französischer Staatsbürgerschaft gezwungen sah, unter den fernen, gespenstischen und mörderischen Befehlen eines eleganten Mannes zu arbeiten, der geradewegs einem Roman von Thomas Mann entsprungen schien; den die Wochenschauen der Vorkriegszeit am Steuer eines Cabrios zeigten, wie er lächelnd seine architektonischen Vorhaben für Nürnberg darlegte; der mittlerweile zum obsessiven Verfechter des totalen Krieges geworden war. Ich halte vom Familienroman, egal wie seine aktuelle Bezeichnung lauten mag – ob Auto- oder Dokufiktion –, nicht mehr als von einer reinen Erfindung.

Ist es richtig, Albert Speer als eine ausschließlich deutsche Angelegenheit zu behandeln, ebenso wie seinen Meister Adolf Hitler und den Nationalsozialismus? Haben der Krieg und die Eroberungen des Dritten Reichs ihre Anführer samt ihrer Ideologie, ihrer Verbrechen und der damit verbundenen Mitschuld nicht auf eine internationale Bühne gestellt, sodass es letztlich vergeblich war, die Deutschen die Bürde ihres verteufelten Regimes so lange allein tragen zu lassen? Wäre nicht eine Weltgeschichte des Nationalsozialismus angezeigt – in Anlehnung an das wichtige Werk *Histoire mondiale de la France* (2017) des Historikers Patrick Boucheron –, um das Zusammenwirken von weltanschaulichen, kulturellen und imaginären Einflüssen zu untersuchen, die von Edward VIII. über Charles Lindbergh, den Großmufti von Jerusalem oder Juan Perón bis hin zu Mahmud Ahmadinedschad für diese Ideologie bezeichnend sind?

Und noch ein Beispiel für den globalen Aspekt des Nationalsozialismus: Welche Armee war im Zweiten Weltkrieg am kosmopolitischsten? Wahrscheinlich die Waffen-SS. Dutzende Nationalitäten, Inder, Muslime aus dem arabischen Raum und aus den Balkanländern, Kosaken. Welcher Arno Schmidt könnte einen Roman à la James Joyce über jene Einheiten schreiben, die sich untereinander in einem Kauderwelsch verständigten und den antisemitischen Befehlen höherer Offiziere mit schwäbischem, bayerischem, sächsischem oder rheinischem Einschlag gehorchten? Das würde uns neue Einsichten in diese Zeit eröffnen, die wir so gut zu kennen meinen, dass wir am liebsten zu etwas anderem übergehen würden – Informationsekel, akute Übersättigung mit Bild- und Buchmaterial zum Thema.

Was die Erinnerung und ihre diversen Metamorphosen betrifft, muss man sich stets auf das Schlimmste gefasst machen. Ein Schlimmstes, das zu Kunst wird, wenn uns die Zeit, die uns von den Verbrechen trennt, auf die andere Seite der Tatsachen, in eine imaginäre Welt katapultiert. Angeblich häuteten die Assyrer ihre Feinde bei lebendigem Leib, verzierten ihre Bauten mit deren Haut, errichteten kollektive Scheiterhaufen für die Besiegten, Pyramiden aus abgeschlagenen Köpfen. Das hinderte Delacroix nicht daran, *Der Tod des Sardanapal* zu malen, im Gegenteil. Wie wird man in einem Jahrhundert den

Holocaust darstellen? Eine brennende Frage für jemanden aus meiner Generation, der in der Schule die Berichte überlebender Deportierter gehört hat und für den die Vernichtung der Juden in Europa untrennbar nicht nur mit der europäischen, sondern mit der menschlichen Identität verbunden ist. Aber was ist mit den nachfolgenden Generationen? Die Tatsache, dass in den nächsten Jahren die letzten Augenzeugen sterben werden, markiert einen entscheidenden Wendepunkt. Historiker und Künstler werden sich künftig das Schicksal dieses unerhörten Grauens allein teilen, und das ist alles andere als beruhigend.

Albert Speer hat die *Theorie vom Ruinenwert* entworfen, der zufolge ein Baudenkmal im Hinblick auf seine späteren Ruinen errichtet werden solle. Selbst angesichts des zerfallenen Monuments seiner Erinnerungen und seiner Selbstdarstellung, das von den jüngsten Historikern in Schutt und Asche gelegt worden ist, scheinen sämtliche Verschüttungen, Risse und eingestürzten Säulen seiner Scheinargumente noch immer eine unverwechselbare Anziehungskraft zu haben. Sie zeigt, dass diese Geschichte nie zu Ende sein wird; dass sich die Wahrheit da, wo die Lüge nur zu verführen braucht, stets wird rechtfertigen müssen. Aus diesem Grund halte ich Albert Speer für ein zutiefst aktuelles Syndrom.

Jean-Noël Orengo